Schmugglerhatz und zarte Bande

Die Abenteuer der Amigos
Band I

3. durchgesehene Auflage

von
Andreas J. Kuhlewind

*Für Elke,
die glaubte, dass sie dieses Buch nie lesen würde...*

Bibliograsche Information der Deutschen Nationalbibliothek:
Die Deutsche Nationalbibliothek verzeichnet diese Publikation in der Deutschen Nationalbibliograe, detallierte bibliograsche Daten sind im Internet über dnb.dnb.de abrufbar.

TWENTYSIX – Der Self-Publishing-Verlag
Eine Kooperation zwischen der Verlagsgruppe Random House und BoD Books on Demand

(c) 2016 Andreas J. Kuhlewind
3. durchgesehene Auflage 2019

Herstellung und Verlag:
BoD Book on Demand, Norderstedt

ISBN: 978-3-7407-2474-0

Inhaltsverzeichnis

Ein unfairer Wettlauf	7
Peitsche und Zuckerbrot	25
Die Pläne ändern sich	43
Arbeitspferde, Büffeltiere und ein Pfau	53
Ein ungewöhnliches Robbenfoto	65
Nächtlicher Ausflug	83
Wohnen mit Aussicht	97
Prüfungen	117
Romantische Ermittlungen	139
Widerliche Ermittlungen	155
Wo ist Maren?	171
Zu Wasser, Land und Luft	185
Unter der Erde	199
Erleuchtung	213
Die Ereignisse überschlagen sich	227
Schreck in der Morgenstunde	239
Eine Flasche zerbricht	255
Lexikon nautischer Begriffe	263

Ein unfairer Wettlauf

Heiß brannte die Sonne auf das Gelände der Anderson Werft und tauchte es in gleißendes Licht. Kein Luftzug regte sich, und selbst die sonst so laut kreischenden Möwen hockten hechelnd im Schatten der lang gestreckten Lagerschuppen. Stille lag über der Werft, nur unterbrochen von dem gelegentlichen Summen der Elektromotoren des Hafenkrans und dem schleifenden Geräusch einer Drahtbürste auf hölzernem Untergrund.

„Wochenend' und Sonnenschein..."

„Ach, halt den Schnabel!" Alexander warf einen alten Lappen nach Chicco, seinem Papagei. Beleidigt flog dieser auf die Kaimauer und vertrieb eine dort dösende Möwe, indem er das Pfeifen einer Lokomotive nachahmte. Alexander lächelte. Er war sehr stolz auf seinen Papagei und liebte ihn sehr. Chicco beherrschte eine erstaunliche Anzahl von Worten und Geräuschen.

Erschöpft ließ er seine Bürste sinken und betrachtete die mühsam gesäuberte Fläche. Es würden noch Tage vergehen, bis er und sein Bruder Olaf den gesamten Rumpf ihres Bootes von der alten Farbe befreit haben würden.

Ihr Boot! Alexander konnte es immer noch nicht glauben.

Olaf und er waren leidenschaftliche Segler. Sie besaßen eine kleine Jolle, aus der sie jedoch zwischenzeitlich ein wenig heraus gewachsen waren. Schon lange träumten sie von einem größeren Segelboot. Sie hatten ein Auge auf die Möwe, den alten Segler von Fischer Hansen geworfen. Doch dieser verlangte 2000 Euro für den reparaturbedürftigen Kahn. Außerdem bräuchten sie dann noch ein neues Segel, und ob sie den verrotteten Motor reparieren konnten, war mehr als fraglich.

Es war allerdings ihre einzige realistische Möglichkeit an ein eigenes Boot zu kommen. Daher wollten die Jungen ursprünglich die diesjährigen Sommerferien dazu nutzen, um sich mit verschiedenen Ferienjobs das notwendige Geld zu verdienen.

Kurz vor dem Ende der Schulzeit besuchte sie jedoch Onkel Kurt, und durchkreuzte ihre Pläne auf höchst angenehme Weise. Er tat sehr geheimnisvoll und redete zunächst lange mit ihren Eltern. Schließlich wurden die Jungen in das Wohnzimmer gerufen und sie erfuhren die Neuigkeit.

Onkel Kurt, ehemaliger Kapitän zur See und nun Besitzer der Werft, hatte einen verfallenen Schuppen auf dem Werksgelände abreißen lassen, um Platz für ein neues Bürogebäude zu schaffen. Dabei wurde ein großes Segelboot entdeckt, welches seit vielen Jahren in dem unbenutzten Schuppen lagerte. Es gehörte wohl einst dem Vorbesitzer der Werft, und war nach dessen Tod in Vergessenheit geraten. Trotz des Alters befand es sich in einem recht guten Zustand, viel zu schade, um es zu verschrotten. Daher schenkte Onkel Kurt es den Brüdern. Er versprach, ihnen bei der Instandsetzung zu helfen. Die notwendigen Reparaturen konnten leicht von den Werftarbeitern durchgeführt werden. Er verlangte jedoch, dass die Jungen einfache Arbeiten selber übernahmen, ein Versprechen, dass sie nur zu gerne gaben. Hansens Boot war natürlich sofort vergessen, und statt zu jobben, schrubbten die Brüder nun mit ihren Stahlbürsten die alte Farbe vom Unterschiff ihrer eigenen Segelyacht, um es für einen neuen Anstrich vorzubereiten.

*

„Ist der aber hübsch, gehört der dir?"

Alexander wendete sich um, und sah in das Gesicht eines Mädchens, das keuchend vor ihm stand und auf Chicco zeigte. Er hatte sie gar nicht kommen hören, obwohl sie recht heftig nach Luft schnappte. Noch bevor er antworten konnte, flog Chicco auf Alexanders Schulter und öffnete seinen Schnabel: „Moin, moin. Puuuuh."

„Wie süß!", quiekte das Mädchen. „Der ist aber klug! Ich heiße übrigens Sarah."

„Nun, manchmal glaube ich wirklich selber, dass er weiß, was er sagt." Alexander tätschelte sanft Chiccos Kopf. „Aber das ist natürlich Unsinn. Er plappert einfach drauflos, und manchmal passen seine Worte eben zufällig zur Situation." Er betrachtete Sarah nun eingehender. Sie trug einen gelben Badeanzug, darüber ein oranges Shirt. Ihre schulterlangen, blonden Haare hatte sie zu einem Zopf geflochten, der durch das Loch einer ebenfalls orangefarbenen Schirmmütze baumelte. Ihre Füße steckten in Turnschuhen. Sie musste verrückt sein, bei dieser Hitze zu laufen.

„Ja", grinste sie etwas verlegen, so als hätte sie seine Gedanken erraten, „ich wollte ein wenig joggen, aber das ist bei diesen Temperaturen wohl keine wirklich gute Idee." Sie sah auf die

Drahtbürste in seinen Händen und auf das kleine Stück des von Farbe befreiten Rumpfes. „In dieser Hitze zu jobben ist sicher auch kein Vergnügen!"

„Nun, eigentlich jobbe ich nicht. Wir überholen unser Boot grundlegend."

„Euer Boot?" Sie sah ihn misstrauisch an. „Du veralberst mich, oder? Das ist doch sicher 15 Meter lang. Kein Junge in deinem Alter hat ein solch großes Schiff!"

„Fast 18 Meter, und es gehört wirklich mir und meinem Bruder!"

Wie aufs Stichwort bog Olaf auf seinem Fahrrad um die Ecke. Er stieg ab, und lehnte das Rad an die Wand der kleinen Hütte unmittelbar neben dem Boot. Darin schlossen sie nachts ihr Werkzeug weg, und es gab dort sogar einen alten Kühlschrank. Verblüfft starrte er auf Sarah. Diese ihrerseits starrte ungläubig zurück. Ein solches Verhalten war für die Brüder nicht neu. Sie waren Zwillinge, und sahen einander so ähnlich, dass sie ständig verwechselt wurden.

„Ich heiße übrigens Alexander, und der hier", er deutete auf seinen Bruder, „ist Olaf. Olaf, das ist Sarah."

„Hallo." Olaf wendete seine Augen von Sarah ab und hielt Alexander ein Reparaturhandbuch für kleine Schiffsdiesel entgegen. „Hier, von Onkel Kurt. Damit sollte es mir möglich sein, den Motor zu zerlegen, um ihn zu überholen." Sein Blick schweifte erneut zu Sarah und dann weiter zu der kleinen, blank gescheuerten Fläche auf dem Schiffsrumpf. „Er meinte, wir sollen bald Schluss machen. Heute ist der bisher heißeste Tag des Jahres, viel zu heiß für diese Arbeit."

„Du hast gut reden", schimpfte Alexander mit eingeschnappter Miene. „Du hast ja noch gar nicht angefangen! Ich hingegen schrubbe hier schon seit zwei Stunden!" Aber er war nicht wirklich sauer. Der Motor ihres Bootes war seit Jahren nicht benutzt worden und daher natürlich nicht funktionsfähig. Dreck und Rost verdeckten die vormals grüne Farbe und sämtliche Flüssigkeiten waren eingetrocknet. Olaf kannte sich gut mit technischen Dingen aus, daher war es klar, dass er sich um den Motor kümmerte. Mit etwas Glück würde er ihn wieder in Gang bringen können.

„Tja, wer es eben nicht im Kopf hat, muss es halt in den Armen haben!", lästerte Olaf und duckte sich vor der Drahtbürste, die Alexander in seine Richtung warf. Dabei musterte er Sarah wieder aus dem Augenwinkel.

„Habe ich irgendetwas an mir?", erkundigte sie sich, da ihr Olafs Blicke nicht entgingen. Sie schaute an sich herunter. „Stimmt etwas mit meinen Klamotten nicht, oder habe ich vielleicht einen Fleck auf der Nase?"

„Nein, nein", stammelte Olaf und lief rot an. „Es ist nur, ich habe dich doch eben erst im Yachthafen gesehen, oder? Als ich mit dem Rad dort vorbeifuhr. Und jetzt bist du hier. So schnell kannst du doch unmöglich gelaufen sein!"

Sarah öffnete ihren Mund für eine Antwort, wurde aber von Chicco unterbrochen, der jetzt auf Olafs Schulter flog und dabei das Geräusch einer Fahrradklingel von sich gab. Ihr Blick fiel auf die Lagerschuppen. Sie nagte ein wenig an ihrer Unterlippe, und wer sie kannte, wusste, dass dies ein Zeichen war, dass sie über irgendetwas intensiv nachdachte. Doch das konnten die Brüder natürlich nicht ahnen. Schließlich grinste sie verschmitzt. „Nun, ich bin eben schnell gelaufen, und du hast offenbar getrödelt! Überhaupt gibt es hier vermutlich niemanden, der es beim Laufen mit mir aufnehmen kann!"

„Gar nicht", brummte Olaf, musste sich jedoch eingestehen, dass er tatsächlich nicht sonderlich schnell geradelt war. Er wendete sich Alexander zu. „Wir wollen noch eine Stunde schrubben, dann gönnen wir uns bei Antonio ein Eis, einverstanden?"

„Ist das die Eisdiele beim Yachthafen?", erkundigte sich Sarah. Ohne die Antwort der Jungen abzuwarten, fuhr sie fort: „Da bin ich eben vorbeigelaufen. Die sah wirklich einladend aus." Sie holte tief Luft und schaute die Jungen herausfordernd an. „Wie wäre es mit einer Wette? Ich lasse euch schrubben, komme aber in einer Stunde wieder her und dann laufe ich mit einem von euch beiden um diese Lagerhallen herum." Sie deutete auf die drei vor ihnen liegenden Gebäude, in denen Onkel Kurt die Teile von abgewrackten Schiffen aufbewahrte. „Zwei Runden. Seid ihr schneller als ich, spendiere ich euch beiden je einen Eisbecher. Gewinne ich, bekomme ich von jedem von euch einen solchen! Na, traut ihr euch?" Ihre Augen blitzten bei diesen Worten schelmisch auf.

Verdutzt schauten sich Alexander und Olaf an. Sarah hatte sie geradezu überrumpelt. Doch dann grinste Alexander breit. Er war einer der schnellsten Läufer in seiner Klasse und wollte sich vor diesem Mädchen keine Blöße geben. Und ein kostenloses Eis war allemal nicht zu verachten. „Einverstanden, ich nehme an." Er hielt ihr seine Hand entgegen, und sie schlug ein. Dann griff er zur Stahlbürste und bearbeitete energisch den Bootsrumpf. „Also bis in einer Stunde."

„Ja, bis gleich", erwiderte Sarah und trabte los in Richtung des Yachthafens, „und nicht kneifen!"

*

Der Yachthafen war nur wenige Minuten entfernt. Dort lag die Albatros, die Segelyacht, mit der Sarah heute hier eingetroffen war. Mit einem weiten Satz sprang sie vom Anlegesteg auf das Vorschiff, wo ihre Schwester Ilona in der Sonne döste.

„Muss das sein?" Mürrisch blinzelte Ilona in das helle Licht. „Du hast mich geweckt!"

„Aufstehen, du Schlafmütze!" Sarah setzte sich auf das Handtuch neben ihre Schwester. „Ich muss dir etwas erzählen, aber schnell, wir haben nur wenig Zeit!" Die Mädchen steckten ihre Köpfe zusammen, und die Jungen hätten nicht schlecht gestaunt, wenn sie die beiden so sehen könnten. Auch Ilona und Sarah waren Zwillinge, und für ungeübte Augen nicht zu unterscheiden!

Nach kurzer Zeit sprangen die Mädchen aufgeregt auf und rannten laut schnatternd unter Deck. „Was ziehen wir an?", wollte Ilona wissen, wartete aber gar nicht erst Sarahs Antwort ab. „Den blauen Badeanzug natürlich, wir haben den Gleichen. Dazu die weißen Laufschuhe. Die sind fast identisch. Außerdem die blauen Shirts und weißen Blusen, einverstanden? Was machen wir mit unseren Haaren? Haben wir zwei gleiche Mützen?"

„Nein, haben wir nicht! Komm, setz' dich zu mir", erwiderte Sarah und zog Ilona neben sich auf eine Bank. „Dreh' dich um. Ich flechte dir den gleichen Zopf, wie ich ihn trage. Dann sieht niemand, dass meine Haare ein klein wenig länger sind als deine. Was wird aus Cora?"

Cora, die Hündin der Schwestern, war ein hübscher und lebhafter Border Collie. Angesteckt von der Aufregung der Mädchen lief sie durch die Kombüse und bellte die Schränke an. „Hör' auf zu kläffen", beschwerte sich Ilona und streichelte Cora beruhigend den Kopf, während sich Sarah an ihren Haaren zu schaffen machte. „Wir sperren sie solange in ihre Box auf dem Vorschiff. Arme Cora, aber es ist ja nur für eine kurze Zeit und wir können dich wirklich nicht mitnehmen. Wo ist eigentlich Vater?"

„Beim Hafenmeister, wegen der Liegegebühr. Anschließend wollte er irgendwo ein Bier trinken. Apropos trinken, unser Weg führt auf jeden Fall an der Eisdiele vorbei. Aber wenn uns dort jemand zusammen sieht, ist unser schöner Plan aufgeflogen. Niemand darf wissen, dass wir Zwillinge sind!"

„Kein Problem. Ich ziehe mir die Segeljacke mit der Kapuze über. Die Leute werden sich zwar wundern, warum ich bei dieser Hitze so etwas trage, aber egal. Hauptsache, niemand erkennt uns. Los jetzt, wir wollen uns sputen. Immerhin müssen wir uns von der Rückseite der Lagerschuppen her anschleichen."

Sie sperrten Cora weg. Traurig schaute sie die Mädchen mit ihren großen, braunen Augen an, doch es half nichts. Mit einem Knochen getröstet ergab sie sich in ihr Schicksal und legte sich kauend in ihren Verschlag. Dann schnappte sich Sarah eine Wasserflasche, verschloss das Boot und gemeinsam liefen die Mädchen zügig an der Eisdiele vorbei. Sie ließen die Hafenanlage hinter sich, und fanden einen kleinen Trampelpfad, dem sie bis auf die Rückseite der Schuppen folgten. Leise stöhnend entledigte

Ilona sich ihrer Segeljacke. „Was für eine Affenhitze! Und völlig unnötig, wir sind niemandem begegnet." Sie schaute auf ihre Armbanduhr. „Noch 10 Minuten, wo soll ich mich verstecken?"

„Mensch, unsere Armbanduhren!", flüsterte Sarah. „Wir müssen sie auszuziehen. Sie sind von verschiedenen Herstellern, fast hätten wir uns verraten!"

Sie steckten beide Uhren in eine Tasche der Segeljacke. Sarah schaute sich um. Unmittelbar vor ihnen befand sich Lagerraum Nummer eins, wie an dem Schild mit der großen Ziffer >>1<< unschwer zu erkennen war. Davor lag das Boot der Jungen, das sie zwar von hier aus nicht sehen konnten, aber ein schabendes Geräusch verriet ihnen, dass diese immer noch mit ihren Bürsten zugange waren. Rechter Hand schlossen sich die beiden anderen Lagerhallen an. Zwischen Schuppen eins und zwei stand ein riesiger Altmetallcontainer, nicht weit von ihnen entfernt. Gleich daneben lag ein großer, völlig verrosteter Eisenblock im Gras. Er wurde von zahlreichen Altmetallteilen verdeckt, die sich in dem Container hoch stapelten. Sarah zeigte darauf, und sie liefen hinüber. Dies war das ideale Versteck. Ilona legte die Regenjacke beiläufig in den Container. „Hoffentlich klappt alles!", raunte sie ihrer Schwester zu, winkte und hockte sich hinter den Metallklotz.

Sarah winkte ebenfalls, grinste zuversichtlich und folgte dem Trampelpfad zurück bis fast zur Eisdiele. Hier bog sie rechts ab. Dann ging sie mit klopfendem Herzen, so als ob sie geradewegs vom Yachthafen käme, in Richtung der Jungen.

Die Brüder hatten die letzte Stunde gut genutzt. Der farbfreie Fleck erstreckte sich nun über den gesamten Bug. Dieser bildete freilich nur einen geringen Teil der Schiffswand. Schwitzend senkten die Jungen ihre Bürsten, als Sarah sich näherte.

„WOW, da wart ihr aber wirklich fleißig", stellte Sarah ehrlich beeindruckt fest. Sie blickte Alexander in die Augen. „Hier", lächelte sie und reichte ihm die Wasserflasche, „du solltest vor dem Wettlauf eine Pause einlegen. Sonst hast du keine Chance! Darf ich mir solange ein wenig euer Boot anschauen?"

„Sicher, ich zeige es dir, während Alexander sich auf das Rennen vorbereitet. Hier, fang!" Olaf warf seinem Bruder grinsend ein Handtuch entgegen. „Genug für heute. In zehn Minuten geht's los. Mach' dich frisch, und wehe du blamierst uns!"

Olaf führte Sarah um den Bootsrumpf herum, erklärte einige Dinge und erzählte ihr von Onkel Kurt. Alexander grinste. Offensichtlich fand sein Bruder Gefallen an Sarah. Nun, sie war hübsch und offenbar auch sehr nett, sein Typ war sie jedoch nicht. Dass sie ihm eine Flasche Wasser mitgebracht hatte, war allerdings ein fairer Zug. Er setzte sich auf die Kaimauer und ließ Chicco aus seiner Hand saufen, bevor er selber aus der Flasche trank. Lang ausgestreckt auf der Mauer liegend, hörte er die beiden lachen. Aus den zehn Minuten wurde eine Viertelstunde, und er war fast eingeschlafen, als Sarah neben ihn trat.

„Nun, wie sieht's aus, fit?", fragte sie ihn und stupste ihm ihren Zeigefinger frech in die Seite.

„Sicher doch." Er stand auf und dehnte seine Beine. „Wo genau laufen wir lang?"

„Nun ich schlage vor, wir rennen rechts an Schuppen eins vorbei", Sarah deutete auf das erste Lagerhaus, „dann gegen den Uhrzeigersinn um die drei Schuppen und weiter links um den großen Baum dort hinten herum, dann hierher zurück. Ich schätze, eine Runde sind etwa 400 Meter, also 800 Meter für zwei Runden. Das sollte genügen. Einverstanden?"

„Gut, Start und Ziel ist die Kaimauer hier." Er setzte Chicco auf Olafs Schulter. „Du gibst das Startzeichen", und zu Sarah gewandt grinste er: „Auf geht's, ich habe Lust auf Eis."

„Es geht los!", rief Sarah so laut, dass Chicco aufkreischte. Sie zog ihre Bluse aus, legte sie sorgfältig auf die Kaimauer und stellte sich neben Alexander auf. „Ich bin bereit!"

„Oha, du hast dich umgezogen", bemerkte Alexander, zog ebenfalls sein Hemd aus und warf es achtlos neben ihre Bluse.

„Ach, auch schon bemerkt?", erwiderte Sarah, und schnippisch setzte sie hinzu, „ich wollte dich eben nicht zu sehr ablenken, daher habe ich meinen Badeanzug mit dem dezenteren Blauton angezogen."

„Da mach' dir mal keine Sorgen. Ich hätte dein ursprüngliches Outfit eh nicht sehen können, ich laufe ja stets eine Körperlänge vor dir her. Lass uns endlich starten, ich warte dann am Ziel auf dich!"

„OK, genug gezankt", rief Olaf, „Auf die Plätze", Sarah und Alexander gingen in die Hocke, „Fertig", beide stemmten einen Fuß gegen die Kaimauer, um sich abstoßen zu können, „LOS!"

Alexander und Sarah stürmten los, so schnell, dass sich Chicco erschrocken in die Lüfte erhob, und sich - wie ein Teekessel pfeifend - auf die Reling des Bootes setzte.

Gleichzeitig bogen sie auf die erste Gerade parallel zur langen Wand von Schuppen eins ein. Alexander konzentrierte sich auf den Weg. Sarah war wirklich eine ernst zu nehmende Gegnerin. Sie liefen um die Ecke, und vorbei an Schuppen zwei und drei. Den großen Baum erreichte er einen halben Schritt vor ihr, musste sich jedoch eingestehen, dass das nur an dem Umstand lag, dass er auf der Innenbahn lief. Er schielte flüchtig nach rechts, und bemerkte zu seiner Erleichterung, dass Sarah wesentlich heftiger atmete als er. Waren das erste Ermüdungserscheinungen? Er erhöhte sein Tempo noch ein klein wenig, mehr war nicht drin. Doch Sarah hielt mit und holte sogar - wenngleich schwer keuchend - auf. Gleichzeitig erreichten sie die Kaimauer und liefen in die zweite Runde. Wieder hinter Schuppen eins angelangt, bemerkte er erleichtert, dass sie nun einen oder zwei Schritte hinter ihm lag. Doch er wagte es nicht, sich umzudrehen. Er flog vorbei an dem Altmetallcontainer.

Sarah hatte sich bewusst zwei Schritte zurückfallen lassen. Sie sprang, nach Luft schnappend hinter den Container. Alexander war ein ausgezeichneter Läufer, und sie wusste nicht, ob sie das Rennen hätte gewinnen können. In dem Moment, in dem Alexander an Ilona vorbeischoss, schnellte diese empor, und lief nun statt Sarah weiter, nur wenige Schritte hinter ihm.

Verblüfft hörte Alexander, wie Ilona allmählich aufholte. An dem großen Baum waren sie erneut auf gleicher Höhe. Jetzt galt es, den Endspurt für sich zu entscheiden. Er rannte so schnell er konnte, sein Herz raste, doch Ilona überholte ihn langsam. Sie lief nun sehr gleichmäßig, offenbar hatte sie ihren Rhythmus gefunden. Er holte alles aus sich heraus, aber es gelang ihm nicht, sie noch einzuholen. Mit zwei Schritten Vorsprung erreichte Ilona das Ziel und rutschte nach Atem ringend die Kaimauer herunter. Alexander ließ sich neben sie auf den heißen Asphalt fallen, nicht in der Lage irgendetwas zu sagen.

„WOW, das war mal ein richtig spannender Wettlauf!", kommentierte Olaf sachlich, und Chicco ließ eine Fanfare ertönen.

Immer noch schwer keuchend blickte Ilona auf und sah Chicco das erste Mal. „Der ist aber", presste sie zwischen zwei Atemzügen hervor, „wirklich hübsch!", und legte sich einfach lang auf den Boden.

Es dauerte eine Weile, bis beide wieder zu Atem kamen. Dann streckte Alexander der vermeintlichen Sarah seine Hand entgegen. „Gratuliere, das war ein tolles Rennen. Dein Eis hast du dir verdient." Ilona schüttelte grinsend seine Hand. „Du bist aber auch gut gelaufen, und denk' daran, ein Eis von jedem von euch!"

„Klar, abgemacht ist abgemacht, lasst uns zur Eisdiele gehen, obwohl ich nicht sicher bin, ob ein Sauerstoffzelt für euch beide nicht angebrachter wäre." Olaf warf Alexander dessen Hemd zu und reichte Ilona die Bluse. Er betrachtete sie genau, während sie diese überstreifte. „Oder möchtest du dich vorher noch einmal umziehen", stichelte er.

„Nein, nein", lachte sie, „ich glaube, sie lassen mich auch so in die Eisdiele, oder meint ihr nicht?" Keck warf sie ihre Haare in den Nacken und trabte los.

*

Kurz darauf hockten sie um einen runden Tisch herum, jeder hinter einem großen Fruchtbecher. Olaf hätte sich gerne vor die Eisdiele ins Freie gesetzt, aber Ilona gab das nicht zu. In der Sonne würde ihr Eis so schnell schmelzen und außerdem wäre es ihr dort viel zu heiß. So schleckten sie lachend ihr Eis im gekühlten Innenraum, während Alexander von den Ausflügen erzählte, die sie mit ihrem neuen Boot unternehmen wollten. Olaf verhielt sich jedoch auffallend ruhig. Nachdem Ilona ihren Becher ausgelöffelt hatte, stand sie plötzlich auf und griff zu ihrem Handy. „Entschuldigt bitte, ich muss kurz meinen Vater anrufen, geht das? Es dauert nur einen Moment. Bestellt schon mal mein zweites Eis, diesmal mit Nüssen, bitte."

Sie verließ die Eisdiele, und Olaf nutzte die Gelegenheit, um mit seinem Bruder unter vier Augen zu sprechen. „Du Alexander", sagte er hastig, „wir werden hereingelegt!"

„Was meinst du?" Alexander schaute seinen Bruder erstaunt an. „Aber ja, auch ich habe das Gefühl, dass hier etwas nicht stimmt. Sarah kommt mir so verändert vor."

„Das war nicht Sarah! Offenbar hat sie eine Zwillingsschwester. Sie haben während des Rennens irgendwie ihre Plätze getauscht, keine Ahnung wie. Und wieso bestand sie auf zwei Eisbecher? Ich denke, dieser Telefonanruf gerade ist nur ein Vorwand, um das Restaurant verlassen zu können. Bestimmt tauschen sie wieder und jetzt kommt Sarah herein, um ihren Eisbecher zu bekommen. Deshalb wollte sie auch nicht vor der Eisdiele sitzen, denn dort wäre es schwieriger gewesen, ihre Rollen unbemerkt zu tauschen. Ich bin ganz sicher, das gerade war nicht Sarah!"

Mit gerunzelter Stirn dachte Alexander über das Rennen nach, dann fiel ihm der Container ein. Dieser bot in der Tat ein ideales Versteck. „Du kannst Recht haben, aber woran hast du es bemerkt? Und warum sollten wir ihnen das Eis bezahlen, wenn sie uns beschummeln?"

„Nun, erstens finde ich die Idee der Mädchen wirklich witzig, und zweitens habe ich bereits einen Plan, es ihnen heimzuzahlen. Still jetzt, da kommt sie herein, ich erkläre es dir später. Aber lass' dir bloß nichts anmerken, egal was ich sage."

„Du scheinst echt auf sie zu stehen, oder?", grinste Alexander seinen Bruder an.

„Red' keinen Stuss!", protestierte Olaf leise. Aber er begab sich schnell zur Theke, um seine roten Ohren zu verbergen, während er einen Nussbecher, diesmal tatsächlich für Sarah, bestellte.

Olaf hatte Recht! Während Sarah ihren Becher auslöffelte, beobachtete Alexander sie genau. Es waren Kleinigkeiten, die sie von ihrer Schwester unterschieden, Geringfügigkeiten, wie sie vielleicht nur andere Zwillinge registrieren können. Die Art, wie sie sich auf den Stuhl setzte, wie sie beim Lachen ihren Mund nicht ganz so weit öffnete oder ihre Haare zurückwarf. Er nickte seinem Bruder unauffällig zu.

„Darf ich Chicco die letzte Nuss geben?", fragte Sarah Olaf.

„Schön, dass du fragst", erwiderte er und nickte zustimmend, „manchmal werfen Touristen ihm einfach irgendwelche Knabbereien vor, ohne sich Gedanken darüber zu machen, ob er sie überhaupt verträgt."

Sarah bot Chicco die Nuss an und kraulte seinen Kopf, während dieser die Leckerei mit dem Geräusch eines Rasenmähers zerbiss. Ihre Ohren liefen leicht rot an, als sie ihre nächste Frage stellte: „Bin ich immer noch nur eine beliebige Touristin für dich?".

Olaf errötete ebenfalls. Aber das war das Stichwort, worauf er gewartet hatte. Sarah war wirklich nett, doch Nettigkeit hin oder her, eine Revanche für das Rennen und die Eisbecher musste sein! „Das kommt drauf an", stotterte er verlegen, schluckte und fuhr mit fester Stimme fort. „Wir müssen jetzt leider nachhause. Unsere Eltern erwarten uns. Aber wenn du möchtest, treffen wir uns morgen früh hier wieder. Wie wäre es um neun Uhr? Es gibt hier leckere Milchshakes und einen tollen Cappuccino. Magst du den? Alexander hat Onkel Kurt versprochen, ihm morgen den ganzen Tag im Hafen zu helfen. Also habe ich vormittags etwas Zeit, bevor ich ab Mittag wieder am Boot arbeiten muss."

Alexander öffnete den Mund, um zu protestieren. Weder wurden sie von ihren Eltern erwartet, noch hatte er seinem Onkel ein solches Versprechen gegeben. Doch dann fielen ihm Olafs Worte ein „lass' dir bloß nichts anmerken, egal was ich sage!" Also räusperte er sich lautstark und schloss seinen Mund wieder.

Sarah sprang auf, ihr Gesicht strahlte vor Freude. „Super, ich freue mich auf morgen!" Sie winkte ihnen zu, und bevor die Jungen etwas sagen konnten, rannte sie aus dem Laden.

Olaf bezahlte und sie begaben sich auf den Heimweg. Unterwegs erläuterte er seinen Plan, entwarf eine grobe Strategie und gemeinsam tüftelten sie die Details aus. Alexander freute sich zunehmend auf den morgigen Tag. Nur ein Punkt bereitete im Kopfzerbrechen. Warum sollten die Mädchen machen, was sie von ihnen verlangen würden?

„Nun, da brauchen wir in der Tat ein wenig Glück", überlegte Olaf. „Aber jedes der Mädchen wird denken, die andere hätte es versprochen. Sie sind ja getrennt und können nicht miteinander reden. Woher soll die eine genau wissen, was die andere heute gesagt hat?"

„Du hast Recht!", Alexander war nun ebenfalls überzeugt, dass ihr Plan funktionieren konnte. Sie würden morgen einen lustigen und schönen Tag verbringen, und dennoch viele Stunden an ihrem Boot arbeiten. Es war ein toller Streich, den sie da ausgeheckt hatten!

Peitsche und Zuckerbrot

Aufgeregt begab sich Alexander am nächsten Morgen zum Yachthafen. Seine Armbanduhr zeigte 8:30 Uhr, eine halbe Stunde vor der Zeit. Nach einem guten Versteck suchend, schweifte sein Blick über den Kai. Dort lagen zwei große Bojen, die demnächst in der Hafeneinfahrt verankert werden sollten. Hinter diesen konnte er sich gut verbergen. Von dort hatte er eine hervorragende Sicht über den Hafen, war aber selber nicht zu entdecken. Außer ihrer eigenen kleinen Jolle befanden sich lediglich drei Yachten im Hafenbecken. Zwei davon kannte er bereits, die Dritte hieß Albatros, und musste das Schiff der Mädchen sein. Es war eine hübsche, moderne und schnittige Yacht, jedoch deutlich kleiner als ihr Boot.

Er hockte sich hinter die Bojen und wartete ab. Die Zeit verstrich endlos langsam, wie immer, wenn man auf etwas wartete. Dann, nach etwa fünfzehn Minuten öffnete sich die Kabinentür. Sarah - oder war es ihre Schwester - trat auf das Deck und machte sich an einer Backskiste zu schaffen. Vermutlich verstaute sie etwas. Kurz darauf erschien das andere Mädchen. Er grinste, Olaf hatte Recht behalten. Es waren Zwillinge, und ebenso wie sein Bruder und er, glichen sie sich wie ein Ei dem anderen. Allerdings trugen sie heute unterschiedliche Kleidung. Jetzt verschwanden die beiden wieder unter Deck, und Alexander musste sich erneut in Geduld üben.

Weitere zehn Minuten später, sprang eines der Mädchen auf den Anlegesteg, und lief in Richtung der Eisdiele davon. Das musste Sarah sein. Er wartete, bis sie außer Sicht war, dann kam er aus seinem Versteck hervor und ging mit pochendem Herzen zur Yacht. Jetzt sollte sich zeigen, ob ihr schöner Plan funktionieren würde! Wie nur konnte er die Schwester aus dem Schiff herauslocken? Er raffte seinen ganzen Mut zusammen und war gerade im Begriff gegen den Rumpf zu klopfen, als sie aus der Kajüte trat. Erstaunt blickte sie ihm ins Gesicht.

„Guten Morgen!" Ilonas Gedanken überschlugen sich. Natürlich hatte Sarah ihr von der Verabredung mit Olaf erzählt, aber sie dachte, die beiden wollten sich in der Eisdiele treffen. Offenbar kam er sie jedoch abholen. Sie konnte ja jetzt schlecht auch mit ihm zur Eisdiele gehen, denn dann würden sie ja auf Sarah treffen. Wie peinlich wäre das denn!

„Hallo Sarah", räusperte sich Alexander, „ich dachte schon, du hättest unsere Verabredung vergessen oder wolltest kneifen."

„Äääh, wieso kneifen?", fragte Ilona verdutzt.

Jetzt kam es darauf an. „Na, du hattest doch versprochen, mir am Boot zu helfen, bevor wir zu Antonio gehen!"

Ilonas Gesichtszüge entglitten ihr, und Alexander konnte ein Lachen nur mühsam unterdrücken. Sie fasste sich jedoch bemerkenswert schnell. Was war Sarah doch für eine blöde Kuh! Wer weiß, was sie gestern sonst noch so erzählt hatte. Wenn jetzt nicht alles auffliegen sollte, musste sie wohl oder übel in den sauren

Apfel beißen, und irgendetwas am Boot werkeln, anstatt gemütlich ein Buch zu lesen, wie sie es sich eigentlich vorgenommen hatte.

„Klar doch! Versprochen ist versprochen", presste sie heraus. „Warte bitte einen Augenblick, ich ziehe mich nur schnell um. Ich möchte schließlich nicht mein hübsches Sommerkleid ruinieren."

Sie verschwand unter Deck. Alexander fiel ein Stein vom Herzen. Das klappte ja wesentlich besser, als er gehofft hatte. Kurz darauf erschien sie in Jeanshose und mit einem Jeanshemd bekleidet auf dem Vorschiff. „Na denn", seufzte sie und schimpfte innerlich laut auf Sarah. Die konnte später etwas erleben. „Lass' uns gehen", brummte sie ein wenig mürrisch, und beeilte sich von Bord zu springen. Wenn sie nun mit Olaf wegging, wartete Sarah natürlich vergebens auf ihn in der Eisdiele, und sie mussten fort sein, ehe diese unverrichteter Dinge zur Albatros zurückkam. Nun, das geschah ihr recht!

Sie gingen zum Boot der Jungen, und auf dem Weg dorthin besserte sich ihre Laune ein wenig. Eigentlich war es gar nicht so übel, sich in Gesellschaft an der frischen Luft zu bewegen, anstatt alleine auf der Albatros zu hocken. Allerdings wäre sie lieber spazieren gegangen oder so, anstatt zu arbeiten. Sie erreichten die Stelle, an der das Schiff stand. Ilona konnte es nun das erste Mal in Ruhe betrachten. Der Rumpf erhob sich beeindruckend hoch über den Kai. „WOW, es hat ja zwei Masten", stellte sie fest, „das ist mir gestern gar nicht aufgefallen. Und es gehört tatsächlich euch?"

Alexander fiel ein, dass dieses Mädchen ihr Boot noch gar nicht richtig gesehen hatte. Es war ja Sarah, die von Olaf gestern herumgeführt wurde. Zu gerne hätte er ihren Namen gewusst, aber er konnte natürlich nicht danach fragen, sonst würde ihr ganzer Plan auffliegen. „Sicher", sagte er, „wenn du magst, zeige ich es dir, bevor wir anfangen."

Über eine am Rumpf angelehnte Leiter stiegen sie auf das Deck. Ilona schaute sich neugierig um. Es war ein sehr geräumiges Schiff, aber die Jungen hatten noch viel zu tun. Stolz erklärte Alexander ihr, was sie alles vorhatten: „Wir bekommen ein völlig neues Deck aus Teakholz. Das alte ist in all den Jahren im Schuppen völlig ausgetrocknet, hat sich verzogen, ist rissig geworden und daher nicht mehr wasserdicht. Dabei helfen uns natürlich die Werftarbeiter. Der Kajütenaufbau ist noch gut, nur die Tür ist defekt und wird ausgetauscht. Die Badeplattform am Heck ist an einigen Stellen beschädigt. Sie bekommt eine komplett neue GFK-Beschichtung. Auch die Reling wird erneuert, sowie die meisten Beschläge. Die benötigten Ersatzteile lagern in den Schuppen der Werft. Und natürlich wird vieles neu gestrichen. Komm einmal unter Deck." Er half ihr bei dem wackeligen Niedergang. „Vorsicht, stoß' dir nicht den Kopf an."

Das Innere des Schiffes befand sich in einem wirklich guten Zustand. Schränke aus edlen Hölzern boten reichlich Stauraum und die Bänke waren mit einem hellen, fast weißen Leder bezogen. Interessiert betrachtete Ilona einen Plan neben den Stufen. „Ach, den habe ich nur so aus Spaß auf meinem Laptop gezeichnet und ausgedruckt", meinte Alexander bescheiden. „Um eine Vorstellung von den Änderungen zu bekommen. Allzu viele sind es ja nicht."

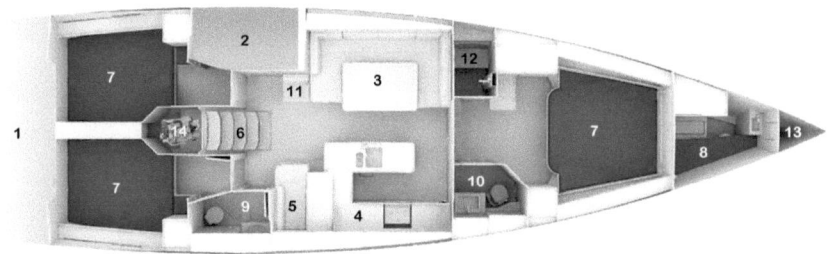

1 Badeplattform mit Leiter
2 Begehbarer Kleiderschrank
3 Salon
4 Kombüse
5 Navigationsecke
6 Niedergang
7 Doppelkojen
8 Vordere Einzelkoje
9 Bad mit Dusche
10 Bad ohne Dusche
11 Zusätzliche Backskiste
12 Kleiner Kleiderschrank
13 Ankerkasten
14 Motor

„Du scheinst dich gut mit Computern auszukennen", stellte Ilona fest, öffnete verschiedene Türen und Schubladen, und bestaunte die zweckmäßige, aber auch komfortable Einrichtung. Sie zählte drei große Doppelkojen und zwei Badezimmer, eines davon mit Dusche. Außerdem gab es noch eine kleine Einzelkoje ganz vorne im Bug. Diese verfügte über ein winziges Waschbecken.

„Die Einzelkabine wird noch durch ein zusätzliches Schott vom Rest des Schiffes abgetrennt", erklärte Alexander, „aus Sicherheitsgründen, es gibt da wohl Vorschriften. Sie wird dann nur über eine Klappe auf dem Vorschiff zugänglich sein. Das Gleiche gilt für den Niedergang. Der Stufenabstand ist nach aktueller Gesetzeslage unzulässig groß. Daher wird er völlig neu angefertigt und ragt dann etwas weiter in den Salon hinein, als es derzeit der Fall ist. Außerdem bauen wir noch eine zusätzliche Backskiste neben der Sitzecke ein. Sie bekommt auch ein Sitzkissen, sodass man dort zum Beispiel seine nassen Klamotten oder Gummistiefel bequem ausziehen kann, ohne gleich ganz in den Salon hinein zu müssen. Darin verstauen wir dann Dinge wie Signalflaggen, die Leuchtpistole und Fackeln, Ankerbälle, Werkzeug und so weiter, also alles, was notfalls schnell zur Hand sein muss. Die Änderungen habe ich in meinem Plan bereits berücksichtigt. Der Rest der Kajüte ist aber soweit in Ordnung."

„So weit in Ordnung? Spinnst du? Wenn hier erstmal ordentlich sauber gemacht wurde, ist das ein Superschiff! Schau nur die hübschen, hellen Hölzer überall, und die aufwändigen Messingbeschläge. Die Kombüse ist ein Traum, da ist richtig viel Platz. Viel mehr als auf unserem Boot. Hier können ja", sie zählte kurz nach, „sieben Personen mitsegeln."

„Eigentlich sogar zehn. Drei Doppelkabinen, die Einzelkabine vorne, dann kann die Sitzgruppe im Salon zu einem Doppelbett umfunktioniert werden, und in der Navigationsecke lässt sich ein Notbett herrichten." Alexander freute sich, dass das Mädchen - wie immer es auch heißen mochte - sich so begeisterte. Nicht ohne Stolz fügte er hinzu: „Aber wir haben noch viel zu tun, wollen wir anfangen?"

Sie verließen die Kajüte und kletterten die Leiter hinunter, zurück auf den Kai. Dort warf ihr Alexander eine Drahtbürste zu.

„Hier, damit kannst du die Farbe abkratzen. Lass' sie einfach auf den Boden rieseln, wir fegen dann später alles zusammen. Und nicht zu kräftig drücken, um das Holz nicht zu beschädigen."

„Ich soll hier Farbe abschrubben?" Ilona blickte ihn ungläubig an. „Davon war doch nie die Rede! Ich dachte, ich würde vielleicht im Inneren was machen, putzen oder so."

„Wieso, du hast es doch selber vorgeschlagen!", bluffte Alexander, „schon vergessen?", fügte er frech hinzu.

„Nein, nein, du hast ja Recht." Oh warte, Sarah würde heute Abend ihr blaues Wunder erleben. Sie ergab sich in ihr Schicksal, und begann zunächst zaghaft, dann immer beherzter zu kratzen. „Können wir wenigstens etwas Musik dazu haben?"

*

Sarah erlebte indes nicht ihr blaues Wunder, sondern einen sehr netten Vormittag. Sie traf wie erwartet Olaf in der Eisdiele, und jeder bestellte sich einen Milchshake. Diesmal jedoch achtete Olaf darauf, dass sie ganz hinten in einer Ecke der Eisdiele saßen. Von hier aus war der Hafen kaum zu sehen, sodass Alexander und Sarahs Schwester - wie sie wohl heißen mochte? - ungesehen zum Boot gehen konnten.

Etwas verlegen saßen sie zunächst voreinander und schlürften ihr Getränk. „Ist das euer Boot im Hafenbecken?", erkundigte Olaf sich schließlich, um ein Gespräch in Gang zu bringen.

„Ja, es gehört meinem Vater. Wir wollen diesen Urlaub die Küste entlang segeln." Sie stockte, als ihr einfiel, dass sie wahrscheinlich schon morgen weiterfahren würden. Eigentlich wäre sie gerne noch einige Tage hiergeblieben. Sie sah Olaf an, und glaubte in seinem Gesicht ebenfalls eine Enttäuschung wahrzunehmen. Hatte er etwa den gleichen Gedanken?

„Seid ihr das erste Mal hier in Kraven?", erkundigte er sich weiter.

„Ja, und es gefällt mir hier wirklich gut. Es ist ganz anders, als bei uns in der Stadt. Viel weniger hektisch! Ich mag es sehr, am Meer und in der Natur zu sein!"

„Kennst du schon die Robbenbank?", fragte Olaf und war erleichtert, als sie ihren Kopf schüttelte. Die Robbenbank war ein zentraler Punkt ihres Plans. „Wenn du magst, können wir gerne dorthin gehen. Mit ein wenig Glück sehen wir dort einige Kegelrobben."

„Ja, bitte!" Sie strahlte ihn an, „Lass' uns gleich losgehen, geht das? Ich würde die Tiere gerne beobachten."

„Von mir aus", auch Olaf strahlte, ihr Plan funktionierte ganz ausgezeichnet, „aber wir müssen etwa eine Stunde gehen, und dann noch durch knietiefes Wasser und Schilf waten. Ich habe uns ein wenig Wegzehrung mitgebracht." Er deutete verlegen grinsend auf seinen kleinen Rucksack.

Sarah gefiel seine Fürsorge. „Dann wollen wir keine Zeit verlieren. Da du die Vorräte für unterwegs mitgebracht hast, zahle ich nun die Shakes. Nein, keine Widerrede!" Sie legte einige Münzen auf den Tisch, und gemeinsam verließen sie die Eisdiele.

Zunächst liefen sie am Strand entlang, dann folgte Olaf einem Trampelpfad, der sie auf eine Klippe führte. Vom Klippenrand aus hatten sie eine großartige Aussicht über das Meer. Sie setzten sich eine Weile nebeneinander an die Felsenkante, ließen ihre Beine über den Rand baumeln und sich den Wind durch die Haare wehen. Sarah war wirklich nett, und fast bedauerte Olaf, was er später mit ihr vorhatte, aber eben nur fast. Sie hatte schließlich einen Denkzettel verdient.

Über einen recht steilen Weg gelangten sie hinunter in die angrenzende Bucht. Hier war das Wasser flach, und das Schilf stand weit in das Meer hinein. Dahinter befand sich die Robbenbank. Olaf kramte in seinem Rucksack und holte ein Fernglas hervor. Den Rucksack legte er in den Sand, und warf seine Schuhe daneben, „die sind im Wasser eher lästig." Sarah tat es ihm gleich und krempelte ihre Hosenbeine hoch. „Gib acht, wo du hintrittst", warnte Olaf sie, „wir müssen sehr langsam gehen. Erstens gibt es hier scharfkantige Muscheln und Steine im Wasser, und zweitens wollen wir die Robben nicht vertreiben. Wir müssen ganz leise sein!"

Sie kämpften sich Schritt für Schritt durch das Schilf. Einmal quiekte Sarah leise auf, als sie mit dem kleinen Zeh gegen einen spitzen Stein stieß, und schreckte dadurch einige Stare hoch. Ohne weitere Zwischenfälle erreichten sie kurz darauf den Schilfrand. Von hier aus hatten sie einen guten Blick auf die Robbenbank und waren doch weit genug entfernt, um die Tiere nicht zu stören.

„Schau, dort liegen etwa zwanzig Kegelrobben, aber manchmal sind es über hundert", raunte Olaf, und reichte Sarah das Fernglas. Sie hatte sich einfach ins Wasser gesetzt. Es war hier nicht tief, und reichte ihr nur knapp über den Bauchnabel. „Komm", wisperte sie und deutete neben sich, „setz dich zu mir, unsere Klamotten werden später in der Sonne Ruck-Zuck wieder trocknen."

Stumm saßen sie beieinander, und beobachteten die etwas unförmigen Geschöpfe. Die jungen Heuler wälzten sich zwischen den Alttieren. Ab und an schnappten diese nach den Unruhestiftern, aber die meisten ließen sich nicht stören. Sarah war begeistert und hob immer wieder das Fernglas vor die Augen. Nach einer Weile wurde ihr jedoch kühl. Sie beugte sich zu Olaf. „Danke für den tollen Ausflug, aber jetzt wird mir das Wasser allmählich zu kalt", flüsterte sie. Ihre Lippen waren tatsächlich ein wenig blau angelaufen.

„Ist gut", Olaf erhob sich aus dem Wasser und warf dabei unauffällig einen Blick auf seine Armbanduhr, sie lagen gut in der Zeit. „Ja, lass' uns zur Klippe zurückgehen und etwas essen", schlug er ebenso leise vor, „ich komme um vor Hunger."

Sie bahnten sich ihren Weg zurück zum Strand, wo Sarah ihr Shirt auswrang. Rucksack und Schuhe fanden sie so vor, wie sie diese zurückgelassen hatten. Da sie jedoch nicht mit nassen Füßen hineinschlüpfen mochten, nahmen sie die Schuhe einfach in die Hand und erklommen die Klippe barfuß. Oben angelangt setzten sie sich wieder an den Rand, und machten sich über das Essen her. Es waren nur einige Brote, Eier, zwei Tomaten und für jeden einen Apfel, dazu eine Flasche Orangensaft, aber es kam Sarah wie ein Festmahl vor.

Der Ausblick war wirklich phantastisch. Vor ihren Füßen breitete sich das Meer aus. Linker Hand lag die Bucht mit der Robbenbank, die von hier oben aus betrachtet ganz klein wirkte. Rechts blickten sie auf den Strand von Kraven, gleich dahinter erhoben sich die Lagerschuppen und der Kran der Werft. Genau vor ihnen erstreckte sich eine Reihe von Felsen ins Meer, an deren äußersten Spitze ein alter Leuchtturm stand. Dieser war zu Fuß nicht mehr zugänglich. Früher einmal verband eine Steinbrücke den Leuchtturm mit dem Festland. Seit es jedoch einen neuen Leuchtturm gab, wurde der alte nicht mehr benötigt. Wind und Wellen nagten an der Steinbrücke, sodass diese im Laufe der Jahre zerfallen war und heute nur noch die Reste zweier Pfeiler aus dem Wasser ragten.

Plötzlich stutzte Olaf. Von der Spitze des alten Leuchtturmes blitzte es kurz auf. Das konnte doch gar nicht sein! Er schaute genauer hin - da war es wieder. Zwei weitere Blitze folgten dem ersten. Er stupste Sarah in die Seite. „Hast du das auch gesehen?", wollte er wissen.

„Was denn?"

„Na, diese Blitze auf dem Leuchtturm."

„Nein, ich habe gerade nicht hingeschaut. Aber du hast doch gesagt, er ist nicht mehr in Betrieb."

„Ist er auch nicht, aber ich sah es deutlich dreimal aufblitzen!"

Sie beobachteten den Turm noch eine Weile, aber außer einigen Möwen, die kreischend um die Spitze kreisten, war nichts Aufregendes zu erkennen. „Bestimmt war es die Sonne, die sich irgendwo spiegelte, oder aber ein Reflex auf dem Wasser gewesen", mutmaßte Sarah.

Bestimmt war es das nicht, dachte Olaf bei sich, aber es war jetzt Zeit, zum zweiten Teil ihres Plans überzugehen, und so vergaß er die Lichtblitze. Er holte tief Luft. „Wollen wir nun zum Boot?"

„Wie jetzt?", fragte Sarah, und sah ihn verblüfft an.

„Na, du hast doch gestern versprochen, mir mit dem Rumpf zu helfen." Er sah ihren skeptischen Blick, und überlegte krampfhaft, wie er ihre Zweifel zerstreuen konnte. Vielleicht konnte er sie bei der Ehre packen. „Jetzt sag bloß nicht, du kneifst. Das hätte ich echt nicht von dir erwartet."

Auch Sarah dachte fieberhaft nach. Natürlich, Ilona hatte wieder einmal Unsinn geplappert. Sie ärgerte sich über ihre Schwester. Aber sie wollte Olaf nicht enttäuschen, er war wirklich zu nett. Statt zum Beispiel noch ein Eis zu schlecken, musste sie also nun Farbe kratzen. Sie würde Ilona heute Abend den Kopf abreißen, jetzt jedoch schüttelte sie den ihrigen. „Nein, nein, ich halte meine Versprechen. Ich hatte es wegen der Robben nur vergessen." Was für eine Idiotin Ilona doch war!

*

Zwischenzeitlich arbeiteten Alexander und Ilona fleißig am Schiff. Alexander hatte auf Ilonas Wunsch hin das alte Radio aus der Hütte geholt. Warum war ihm das eigentlich nicht schon gestern eingefallen? Er suchte einen Sender mit aktuellen Schlagern heraus, und sie begannen im Rhythmus der Musik zu schrubben. Da er größer als Ilona war, kümmerte er sich um die oberen Holzteile, während das Mädchen den Kiel sehr gewissenhaft bearbeitete. Die Zeit verflog im Gegensatz zu gestern wesentlich schneller, wegen der Musik natürlich, und weil zwischendurch immer wieder mal eine lustige Bemerkung gewechselt wurde. Doch schließlich schrie Ilona auf.

„Autsch!", rief sie erschrocken, und hielt sich die Hand. Alexander betrachtete ihre Finger. Sie hatte sich einen dicken Splitter eingefangen und zudem eine Blase in ihrer linken Handfläche. Das hatte er nicht gewollt! Dies hier sollte ein Streich werden, keine Bestrafung! Er blickte auf seine Uhr. Eigentlich hätten sie laut Plan noch eine halbe Stunde arbeiten sollen, aber das Mädchen hatte genug gelitten. „Warum hast du nichts gesagt?", fragte er vorwurfsvoll. „Mit dieser Blase hätte ich dich doch nicht bürsten lassen!"

„...und mich für eine Heulsuse gehalten!"

„Unsinn, warte kurz." Er lief in die Hütte, kam mit einem Verbandskasten zurück und entnahm ihm eine Pinzette. Vorsichtig zog er den Splitter aus ihrem Finger. Auf die Blase klebte er ein viel zu großes Pflaster. „Dafür hast du dir eine Belohnung verdient", lächelte er sie aufmunternd an.

„Ein Eis?", fragte sie hoffnungsvoll.

„Nein, ich habe eine bessere Idee." Er trug den Verbandskasten zurück, verschloss die Hütte und schnappte sich seinen Rucksack. Das Radio ließ er für Olaf und Sarah stehen. Die beiden sollten in etwa einer Stunde hier aufkreuzen. Der Plan sah vor, dass er mit dem Mädchen nach der Arbeit zum neuen Leuchtturm ging. Dieser lag in der entgegengesetzten Richtung zur Robbenbank. So liefen die Brüder nicht Gefahr, sich zufällig zu begegnen.

„Wo führst du mich denn hin?", erkundigte sich Ilona neugierig.

„Überraschung!", antwortete Alexander und wendete sich in Richtung von Jans Haus. „Komm' nur, es ist nicht weit."

Jan hieß eigentlich Johannson Günzen, aber jeder nannte ihn nur Jan. Die Jungen kannten ihn, solange sie zurückdenken konnten. Wie oft hatten sie vor seinem Haus gesessen, Limonade getrunken und seinen spannenden Geschichten gelauscht. In seiner Jugend hatte er sämtliche Weltmeere befahren, danach, wie die meisten Männer hier im Ort, als Fischer gearbeitet. Seit er in Rente war, kümmerte er sich ehrenamtlich um den neuen Leuchtturm.

Sie fanden ihn Pfeife rauchend auf einer Bank sitzen. „Hallo Jan", rief Alexander. „Das hier ist", er stockte, denn er kannte ja nicht den Namen des Mädchens. Aber sie glaubte ja, er hielt sie für ihre Schwester. „Sarah", fuhr er fort, „ich würde ihr gerne den Leuchtturm zeigen. Gibst du uns bitte dein Boot und die Schlüssel?"

„Dürfen wir da wirklich hin?", freute sich Ilona und reichte Jan artig die Hand. „Ich dachte, der wäre nicht öffentlich zugänglich."

„Ist er auch nicht", brummte Jan freundlich und kramte in seiner Tasche nach dem Schlüssel. „Aber Alexander und Olaf waren schon oft mit mir dort. Sie kennen sich gut aus. Wenn du eh hinfährst, kannst du auch gleich die Protokolle ausfüllen und die Sicherungen überprüfen, ja? Dann brauche ich heute nicht mehr rüber zu schippern."

„In Ordnung", rief Alexander und führte Ilona zum Boot. Er startete den Außenborder und sie tuckerten zu der kleinen Insel, die etwa einen Kilometer vor Kraven im Meer lag. Ilona genoss die kurze Fahrt, legte sich in den Bug und ließ ihre Hände im kühlen Wasser baumeln.

Sie vertäuten das Boot an dem kleinen Anlegesteg der Insel. Diese war nur wenig größer als der Leuchtturm. Rot mit einem gelben Streifen erhob er sich über ihre Köpfe. Ganz oben blitzte eine große Glaskuppel in der Sonne. Alexander öffnete die Tür, und sie stiegen die enge Wendeltreppe hinauf. Etwa auf halber Höhe entriegelte Alexander eine weitere Tür und sie betraten den Kontrollraum.

Ilonas Augen leuchteten beim Anblick der Schalttafel. „Super", schwärmte sie, „ich interessiere mich sehr für Elektronik und habe schon so manches zusammengelötet. In meinem Zimmer steht zum Beispiel eine Lampe, die auf Sprache reagiert, und das kleine Zweitfunkgerät auf unserem Schiff habe ich selber gebaut. Aber das hier ist ja richtige Leistungselektronik." Sie betrachtete die Messgeräte und Beschriftungen. „360 Volt an drei Phasen, das ist sicher die Motorsteuerung, und schau nur hier, 1.2 Kilovolt, ich vermute mal, das ist für die Lampe."

Alexander war beeindruckt. „Stimmt. WOW, du kennst dich wirklich gut aus. Kannst du bitte die Spannungen auf den oberen Anzeigeinstrumenten ablesen?" Ilona schaute auf die Skalen und las die Werte laut vor. Alexander trug sie sorgfältig in das Protokollbuch ein. Anschließend kontrollierten sie die Sicherungen. Alles war in Ordnung. Alexander verschloss den Raum, und sie stiegen weiter hoch. Auf dem Rundgang gleich unterhalb der Glaskuppel machten sie es sich bequem, dösten in der Sonne, aßen die Brote aus Alexanders Rucksack und erfreuten sich an der Aussicht. Ilona konnte sich gar nicht sattsehen. Sie blickte auf das Fahrwasser und beobachtete die wenigen Segelschiffe, die in der Flaute vor sich hindümpelten. In der Ferne sahen sie den alten Leuchtturm.

„Merkwürdig, wo kommen die denn her?", wunderte sich Alexander und zeigte auf eine Motoryacht, die hinter dem alten Leuchtturm mit hoher Geschwindigkeit das Wasser durchpflügte. „Die befinden sich doch außerhalb des Fahrwassers. Das ist ein Naturschutzgebiet, wegen der Seehundsbank. Die dürfen da gar nicht fahren!"

„Manche Leute sind wirklich unmöglich", schimpfte Ilona und warf ihren Apfelkitsch einer besonders frechen Möwe zu, die ihn gierig aufschnappte und sich in die Lüfte erhob, verfolgt von anderen Möwen, die kreischend versuchten, ihr die Beute abzujagen. Sie blickte auf ihre Armbanduhr. Wie die Zeit verflog. Sie waren schon fast drei Stunden hier. „Du, es war ein echt toller Tag, trotz der Schufterei heute Morgen. Aber ich muss zurück, Vater macht sich sonst Sorgen."

„Einverstanden." Alexander schaute ebenfalls auf seine Uhr. Olaf und Sarah sollten laut ihres Plans in diesem Augenblick die Arbeiten am Boot beenden. „Auch ich habe noch etwas zu erledigen."

Sie fuhren zurück und zogen das Boot hoch auf den Strand. Jetzt war es an der Zeit, die Bombe platzen zu lassen. Alexander überlegte, wie er es anfangen sollte. „So, ab nachhause", sagte er, und klapperte mit dem Schlüsselbund. „Ich bringe die hier noch zu Jan." Er entfernte sich einige Schritte und drehte sich dann zu Ilona um. „Du", fuhr er fort, „Olaf und ich wollen heute Abend am Strand ein Lagerfeuer anzünden und grillen. Auch wenn ich nicht weiß, wie du heißt, würden wir uns freuen, wenn du und deine Schwester dazu kommen. Um sieben Uhr, ja? Es ist für alles gesorgt!" Er grinste breit und lief ohne eine Antwort abzu-

warten von dannen. Zurück ließ er ein völlig perplexes Mädchen.
*

Auch Olaf und Sarah hatten ihren Teil der Arbeit erledigt. Zunächst schabten sie etwas einsilbig jeder vor sich hin. Dann entdeckte Sarah das Radio. „Funktioniert das?" Sie schaltete es ein, und suchte einen passenden Sender. Im Takt der Musik war die Arbeit sehr viel angenehmer. Als ein bekannter Schlager gespielt wurde, sang Sarah laut mit. Sie sang gerne und hatte eine schöne Stimme. Olaf war singen ein wenig peinlich, aber auch er summte leise vor sich hin. Die Zeit verflog und schließlich ließ er seine Bürste sinken. „Genug für heute."

„Ich dachte schon, du magst gar nicht mehr aufhören", sagte Sarah und betrachtete ihr Werk. Sie hatten wirklich viel geschafft. Etwa ein Drittel des Rumpfes war von der alten Farbe befreit, die nun gemeinsam mit einigen Rost- und Holzsplittern auf dem Boden lag. Sie fegten noch alles zusammen, und schlossen das Radio und die Bürsten in der Hütte ein.

„Ich muss jetzt los, vielen Dank für deine Hilfe." Er stieg auf sein Fahrrad, das neben der Hütte stand. „Ach ja, Alexander und ich grillen heute Abend. Am Strand, um sieben Uhr. Es wäre toll, wenn du auch kommst. Zu essen und zu trinken ist genügend da." Er stieg in die Pedale und rollte los. „Und bring doch bitte deine Schwester mit!" Das Letzte, was er aus dem Augenwinkel sah, bevor er um die Ecke bog, waren Sarahs Gesichtszüge, wie sie ihr fassungslos entglitten.

Die Pläne ändern sich

Wütend lief Sarah zurück zur Albatros. Ihr Vater wollte den ganzen Tag mit Cora wandern, und würde noch nicht zurück sein, aber Ilona konnte jetzt etwas erleben! Verärgert stellte sie fest, dass auch ihre Schwester nicht da war. Wo trieb die sich nur wieder rum? Schmollend saß sie auf einer Bank, als Ilona kurz darauf den Salon betrat.

„Wo bist du...", aber sie unterbrach sich. Vielleicht lag es daran, dass sie Zwillinge waren, oder weil sie so viel gemeinsam unternahmen, aber oft verstanden sich die Schwestern, ohne ein Wort miteinander wechseln zu müssen. So auch jetzt. Sarah sah das Pflaster in Ilonas Handfläche sowie ihr verschwitztes Hemd, und sie wusste gleich, dass auch sie hereingelegt worden war. „Soso, du also auch!" Ihre miese Laune war wie weggeblasen und sie lachte lauthals. Auch Ilonas langes Gesicht verzog sich zu einem Grinsen und sie stimmte in das Gelächter ihrer Schwester ein.

„Wir haben uns ganz schön an der Nase herumführen lassen, gelle", stellte Ilona fest, als sich die beiden wieder beruhigt hatten. „Aber ernsthaft, das haben die Jungen eigentlich ganz nett eingefädelt, oder?"

„Ja. Das war wohl die Rache für den gestrigen Wettlauf, aber wirklich fair. Olaf hat mich zwar ziemlich schuften lassen, aber vorher ging er mit mir zu einer Robbenbank. Das war super!"

„Und ich war mit Alexander auf dem Leuchtturm. Wir waren sogar im Kontrollraum, auch das war echt toll! Und sie haben uns für sieben Uhr zum Grillen eingeladen."

„Ja." Sie saßen einen Moment schweigend nebeneinander, dann meinte Sarah. „Du, ich glaube, die finden uns richtig nett, was denkst du?" Sie schauten sich an und kicherten.

„Was ist hier denn los?" Ihr Vater kehrte von seiner Wanderung zurück und steckte seinen Kopf in die Kajüte. „Ihr giggelt ja wie die Mädchen."

„Sind wir ja auch", gab Ilona zurück und streichelte Cora, die schwanzwedelnd die Mädchen begrüßte. Sie erzählten ihrem Vater von ihren Erlebnissen. Er amüsierte sich köstlich, als er sich seine Töchter mit den Drahtbürsten vorstellte. Auch er fand den Streich witzig und fair. „Das scheinen ja richtig nette und anständige Jungs zu sein", stellte er fest.

„Du, Vater müssen wir morgen wirklich schon weitersegeln?", fragte Sarah. „Ich würde gerne noch einen oder zwei Tage hierbleiben!"

„Ihr wisst, dass wir in fünf Tagen Maren treffen", erwiderte Vater. „und es sind noch fünf Tagesetappen bis zu dem Hafen, wo sie zusteigt. Nein, wir müssen morgen aufbrechen."

„Aber wir könnten doch längere Etappen segeln, und so schon in drei oder vier Tagen da sein", schlug Ilona vor. Auch ihr gefiel der Gedanke, noch ein wenig länger zu bleiben.

„Das wären dann aber recht lange Etappen, und wenn der Wind nicht mitspielt, schaffen wir es nicht rechtzeitig. Heute hatten wir zum Beispiel fast den ganzen Tag über Flaute. Nein, das wäre Maren gegenüber nicht fair. Außerdem habe ich mich darauf gefreut, mit euch zu segeln."

Ilona zog ein langes Gesicht. Maren war ihre Stiefschwester. Vater und Mutter hatten sich vor einigen Jahren getrennt. Seit dieser Zeit lebten sie bei Vater, da Ruth, ihre Mutter, oft im Ausland arbeitete. Aber sie besuchte die Zwillinge regelmäßig, und die Schwestern freuten sich immer auf die gemeinsame Zeit. Vor einem Jahr hatte Mutter Thomas, ihren neuen Lebensgefährten geheiratet. Maren war seine Tochter. Sie hatten ihre Stiefschwester erst zweimal getroffen, das erste Mal bei Mutters standesamtlicher Hochzeit. Damals war Maren unglaublich herausgeputzt gewesen, geradeso, als ob sie die Braut wäre. Das zweite Mal sahen sie Maren in den Winterferien, als sie für eine Woche Mutter besuchten. Allerdings fuhr Maren damals mit ihrer Schulklasse in Skiurlaub, sodass sie nur einen gemeinsamen Tag miteinander verbrachten. Auch diesmal trug sie wieder ein, wie Ilona allerdings zugeben musste, richtig schickes Kleid, und rannte den ganzen Tag aufgeregt im Haus herum, auf der Suche nach Dingen, die sie unbedingt noch in den Koffer packen musste. Ilona fand Maren verwöhnt, albern und arrogant.

Gegen Ende des letzten Schuljahres hatte Mutter angeregt, dass Maren mit ihnen die Sommerferien verbringen sollte. Auch Vater war der Meinung, dass es gut wäre, wenn sich die Mädchen besser kennenlernen würden, und willigte ein, Maren für drei Wochen mit auf Segeltörn zu nehmen. Diesmal waren die Schwestern einmal nicht der gleichen Meinung. Während Sarah es ok fand, wollte Ilona lieber mit ihr und ihrem Vater alleine segeln. Aber was sollte sie machen? Doch wegen Maren hier so früh wegzumüssen war ärgerlich.

„Ach komm, Kopf hoch", munterte Vater Ilona auf. Ihm war ihr langes Gesicht nicht entgangen. „Wie wäre es mit Spagetti, dazu eine Pilzsoße? Das mögt ihr doch immer!"

„Oooh, dürfen wir zum Strand gehen? Bitte Vater!", bettelte Sarah. „Die Jungs machen ein Lagerfeuer und haben uns zum Grillen eingeladen. Wir müssen uns doch wenigstens verabschieden."

„Na gut", willigte er ein und seufzte theatralisch. „Dann gehe ich eben in das kleine Hafenrestaurant. Aber um zehn seid ihr zurück, wir müssen morgen sehr früh raus. Und nehmt Cora mit."

„Klar doch. Dürfen wir auch von der Limonade haben? Was wollen wir anziehen?" Ilona wühlte bereits in ihrem Kleiderfach. „Was hältst du von dem gelben Kleid? Wir besitzen das Gleiche. Oder lieber etwas Unterschiedliches?"

„Ich ziehe eine Jeans an." Sarah wollte diesmal nicht im Zwillingslook aufkreuzen. Kurz darauf verließen sie das Boot in Richtung Strand. Cora sprang ihnen um die Füße. Ihr Vater winkte ihnen nach. Nun, er würde die nächsten Tage mit ihnen gemeinsam unterwegs sein, dachte er. Sollten sie ruhig einen Abend für sich haben. Indes, es sollte ganz anders kommen!

*

Das Lagerfeuer prasselte bereits, als die Mädchen den Strand erreichten. Die Jungen winkten ihnen schon von Weitem entgegen. „Hallo! Schön, dass ihr gekommen seid. Oh, ist das euer Hund? Ich hoffe, er verträgt sich mit Chicco."

„Ja, das ist Cora. Sie ist wirklich ganz lieb und gehorcht aufs Wort. Wir müssen ihr Chicco nur vorstellen, dann sollte es keine Probleme geben."

„Na, dann lass' es uns gleich versuchen." Alexander rief Chicco, der sofort auf seine ausgestreckte Hand flog. Cora saß im Sand und beäugte Chicco neugierig. Vorsichtig näherte sie sich dem Vogel, sprang jedoch einen Satz zurück, als dieser das Geräusch einer Autohupe von sich gab. „Benimm dich, Chicco", ermahnte ihn Alexander.

Jetzt nahm Sarah Cora beim Halsband, und führte sie zu dem Papagei. „Das ist Chicco", sagte sie, und ließ die Hündin vorsichtig an ihm schnuppern. „Sag' guten Tag."

Artig hob Cora ihre Pfote, und hielt sie Chicco entgegen. Dieser flog hoch und setzte sich darauf. Erschrocken zog sie die Pfote zurück, und Chicco purzelte in den Sand. „O weh, O weh", sagte er und die Kinder schüttelten sich vor Lachen. Cora legte sich in den Sand, ließ den Vogel jedoch nicht aus den Augen. Was war das nur für ein Tier? Aber sie duldete, dass Chicco auf ihren Rücken flog. „Schau, sie haben bereits Freundschaft geschlossen", freute sich Sarah. Sie schaute die Jungs an, „wollen auch wir unser Kriegsbeil begraben?"

„Gerne", Olaf sah ihr direkt in die Augen. „Außerdem finde ich euren Streich beim Wettlauf richtig lustig. Aber das konnten wir natürlich nicht auf uns sitzen lassen."

„Eure Retourkutsche war aber auch Klasse." Ilona freute sich über sein Kompliment. „Ich heiße übrigens Ilona", stellte sie sich vor, „Ihr kennt ja noch gar nicht meinen Namen. Aber sagt, woran habt ihr gemerkt, dass wir Zwillinge sind?"

„Nun, als ich gestern Sarah beim Boot traf, obwohl ich ihr - also Ilona - erst kurz zuvor im Hafen begegnet bin, habe ich mir noch nichts gedacht. Erst als du Chicco sahst, wurde ich misstrauisch. Es war, als ob du ihm das erste Mal begegnen würdest, was ja auch stimmte, aber du - beziehungsweise Sarah - hatte ihn ja bereits gesehen." Er wendete sich Sarah zu: „Als das Rennen begann, hast Du ganz laut ‚*Es geht los!*' gerufen, so als ob du das jemandem - Ilona, wie ich nun weiß - mitteilen wolltest. Dann fand ich es merkwürdig, dass Sarah zwei Eisbecher wollte. Ich habe dir eine Falle gestellt, indem ich vorschlug, uns vor die Eisdiele zu setzen. Da hättet ihr nicht ohne Weiteres unbemerkt die Rollen tauschen können. Aber du wolltest aus fadenscheinigen Gründen unbedingt in die Eisdiele rein. Na, und als ihr schließlich wieder getauscht hattet, war klar, dass ihr zwei verschiedene Personen seid. Wie ihr euch bewegt oder lacht. Vielleicht haben wir ein besonderes Gespür dafür, weil wir selber Zwillinge sind."

„Uii, du bist ja ein richtiger Sherlock Holmes! Was gibt es eigentlich zu essen?", wechselte Sarah das Thema, und hielt die mitgebrachte Tasche mit den Flaschen hoch. „Zitronenlimonade und Orangensaft, unser bescheidener Beitrag zum Versöhnungsfest. Nach der ganzen Schufterei habe ich richtig Hunger!"

Sie legten einen Grillrost über das Lagerfeuer, und während Olaf und Ilona Würstchen wendeten, sammelten Sarah und Alexander noch einige trockene Äste.

Schließlich saßen sie kauend um die Flammen herum. Chicco flog von einem zum anderen und versuchte etwas von dem Früchtesalat zu stibitzen, den die Jungen mitgebracht hatten. Die Mädchen freuten sich jedes Mal, wenn er auf ihren Schultern landete. Cora folgte ihm etwas eifersüchtig, konnte sich jedoch auch nicht beklagen. Neben zahlreichen Streicheleinheiten bekam sie sogar eine Wurst, obwohl sie schon auf dem Boot gefressen hatte.

„Ich kann nicht mehr!", stöhnte Alexander nach einer Weile, und gab Cora das letzte Stück seiner Wurst. Diese verschlang es mit einem Bissen und legte zufrieden ihren Kopf in Sarahs Schoß. Alexander öffnete einen Koffer, holte seine Gitarre hervor und spielte einige bekannte Lieder. Er war ein wirklich guter Spieler, variierte die Melodien und fügte eigene Passagen ein. Die Mädchen sangen begeistert mit, als plötzlich ihr Vater an das Lagerfeuer trat. Seine Töchter sahen ihm sofort an, dass irgendetwas vorgefallen war.

„Was ist passiert, Vater?", fragte Sarah beunruhigt und Alexander legte seine Gitarre beiseite.

„Hallo, ihr müsst Alexander und Olaf sein, es freut mich euch kennen zu lernen", er nickte den Jungen freundlich zu und gab ihnen die Hand. „Entschuldigt bitte, dass ich euch störe. Nennt mich einfach Gerd, einverstanden?"

Er setzte sich mit sorgenvoller Miene in den warmen Sand. „Es ist etwas wirklich Schlimmes geschehen. Es gab einen Unfall in meiner Firma." Er wendete sich den Jungen zu. „Ihr müsst wissen, ich leite einen Chemiebetrieb. Einer der großen Kessel ist explodiert und mehrere Angestellte sind verletzt. Wir müssen leider sofort nachhause fahren."

„Das ist ja schrecklich", rief Ilona und die vier Kinder sahen sich betroffen an. Cora, die stets bemerkte, wenn jemanden etwas bedrückte, legte tröstend ihren Kopf auf Gerds Beine.

„Gott sei Dank sind sämtliche Verletzungen nur leichter Natur. Jetzt gilt es jedoch zu vermeiden, dass die Chemikalien auslaufen, die Reparaturen müssen koordiniert und die Produktion umgestellt werden. Da muss ich vor Ort sein."

„Ja, das ist wirklich übel", pflichtete Sarah ihrem Vater betroffen bei. „Und natürlich musst du zurück, keine Frage. Aber Ilona und ich können doch gar nicht helfen, im Gegenteil, wir wären dir im Weg, da du dich dann auch um uns kümmern wolltest. Ich kenne doch meinen fürsorglichen Vater." Sie stupste ihn aufmunternd in die Seite. „Können wir nicht einfach hierbleiben? Wir könnten auf der Albatros übernachten. Das hätten wir ja sowieso die nächsten drei Wochen gemacht."

„Ja, ich habe auch kurz daran gedacht, aber ich kann euch nicht alleine hier zurücklassen. Ihr seid noch zu jung, um alleine Urlaub zu machen."

„Wieso das denn?", protestierten die Mädchen gleichzeitig, „Wir können durchaus für uns selber sorgen. Wer hat denn die letzten Abende gekocht?"

„Nein, es geht nicht. Eurer Mutter wäre das auch nicht recht!"

„Herr, äääh ich meine Gerd", mischte sich Olaf ein. „Unsere Eltern betreiben ein kleines Restaurant, die Pension Seeblick, das heißt, wir haben regelmäßig Gäste, auch zur Vollpension. Die Wohnungen sind zwar belegt, aber wenn die Mädels auf dem

Boot übernachten, wären meine Eltern sicher einverstanden, wenn sie bei uns essen würden."

„Ich weiß nicht, ich kann doch eure Eltern nicht damit belästigen."

„Och bitte Vater", bettelten die Mädchen. Gerd musterte seine Töchter. Sie waren wirklich keine Kleinkinder mehr, und sicher in der Lage eine Weile für sich selber zu sorgen, zumal sie nicht alleine wären. Offenbar hatten sie Freundschaft mit diesen Jungen geschlossen. „Nun gut, gab er nach", und wendete sich an die Jungen. „Ich rede mit euren Eltern. Wenn sie mit eurem Vorschlag einverstanden sind, dürft ihr von *mir* aus bleiben. Aber eure Mutter muss ebenfalls zustimmen!"

*

Sie begaben sich gleich zu den Eltern der Jungen. Auch diese zeigten sich von dem Unglück sehr betroffen. „Natürlich könnt ihr zum Essen kommen", sagte Olafs Mutter und drückte die Mädchen herzlich. „Im Gemeinschaftsraum ist genügend Platz. Frühstück und Abendessen bereite ich sowieso jeden Tag zu, da fallen zwei zusätzliche Mäuler gar nicht ins Gewicht. Nur ein Zimmer habe ich nicht frei, ihr müsst schon auf eurem Boot übernachten. Aber die Jungen können am Strand zelten, dann sind sie in eurer Nähe. Ich weiß, dass sie das sowieso vorhatten."

Die Mädchen strahlten. „Können wir nicht auch am Strand zelten, Vater?", fragten sie. „Im Laden mit dem Schiffszubehör gab es schicke Zelte. Die waren gar nicht so teuer!"

„Nun mal langsam", beschwichtigte er die Mädchen, aber er lächelte das erste Mal am heutigen Abend. „Ihr müsst zuerst eure Mutter um Erlaubnis bitten, dann schauen wir weiter."

Ilona kramte eilig ihr Handy hervor und wählt die Nummer. Sie stellte es auf Lautsprecher, sodass alle gleichzeitig telefonieren konnten. Mutter war zunächst gar nicht begeistert, aber nach einer Weile ließ auch sie sich überreden. Vielleicht war es gar nicht so schlecht, wenn die Mädchen ein wenig auf ihren eigenen Füßen stehen würden. Sie vereinbarten, dass Maren bereits in zwei Tagen zu ihnen stoßen sollte. Vater handelte mit Olafs Mutter einen Betrag für die Verköstigung der Mädchen aus, dann verabschiedeten sie sich und er ging mit seinen Töchtern zurück zur Yacht. Hier besprachen sie noch einige Dinge, dann blickte er auf die Borduhr. Es war alles geklärt, und wenn er sich beeilte, könnte er bereits kurz nach Mitternacht im Betrieb sein. Sie riefen ein Taxi und wenig später winkten die Mädchen den immer kleiner werdenden Rücklichtern des Wagens hinterher, der ihren Vater zu dem Hafen brachte, in dem ihre Segeltörn vor wenigen Tagen begonnen hatte, und wo nun sein Auto parkte.

Kurz darauf lagen die Mädchen tuschelnd in ihren Kojen. Sie bedauerten, dass sie nicht mit ihrem Vater segeln konnten, aber sie freuten sich auch ungemein auf die kommenden Wochen. Es war das erste Mal, dass sie ganz alleine Urlaub machten. Selbst der Gedanke, dass Maren schon übermorgen eintreffen würde, konnte Ilonas Laune nicht trüben. Selig schliefen die Mädchen ein.

Arbeitspferde, Büffeltiere und ein Pfau

„Jemand da? Guten Morgäääähn!", Alexander klopfte energisch gegen den Rumpf der Albatros. „Ihr Schlafmützen, habt ihr einmal auf die Uhr geschaut?".

Ilona erschien in der Kajütentür und rieb sich die Augen. „Wie spät ist es denn?"

„Halb zehn!"

„Was? Ach Du meine Güte!" Sie stürzte nach unten und weckte Sarah, die immer noch fest schlummerte. Sie hatten verschlafen, wie peinlich! Aber nach der Aufregung gestern Abend war das eigentlich kein Wunder. „Wir kommen sofort, eure Mutter muss ja einen tollen Eindruck von uns haben!"

„Keine Sorge", lachten die Jungen. „Mutter hat uns alles für das Frühstück mitgegeben. Sie dachte, wir würden die frische Luft dem Frühstücksraum vorziehen."

„Eure Mutter kann wohl Gedanken lesen." Sie klappten den Tisch in der Plicht der Yacht aus und setzten sich um ihn herum. Es war ein tolles Frühstück. Kakao, Brötchen, für jeden ein Croissant, Butter, Marmelade, Tomaten, Eier, Käse und Wurst, an der Cora interessiert schnüffelte. „Geh weg Cora, da vorne steht dein Napf", schimpfte Sarah, und die Hündin machte sich in Begleitung von Chicco über ihr Futter her. Die beiden waren mittlerweile unzertrennlich geworden. Chicco pickte sich ein Stück des Hundefutters, ließ es aber sogleich wieder fallen. „Stinkekram", rief er. Die Mädchen lachten, aber Alexander war ungehalten.

„Ich hoffe, er gewöhnt sich das bald wieder ab. Es ist sein neues Lieblingswort. Irgendjemand von Mutters Gästen hat es ihm beigebracht, ich finde es doof!"

„Doof, doof", wiederholte Chicco, und diesmal lachten alle.

„Was wollt ihr heute machen?", erkundigte sich Alexander. „Wir müssen den ganzen Tag am Boot arbeiten. Onkel Kurt möchte in zwei Tagen den Rumpf streichen lassen, anschließend wird sofort das neue Deck eingebaut. Nächste Woche kommt ein großer Schlepper zur Reparatur in die Werft. Dann haben die Arbeiter wenig Zeit für unser Schiff, sodass bis dahin so viel wie möglich erledigt werden soll."

„Ich weiß nicht, wir haben uns noch keine Gedanken darüber gemacht." Sarah sah Ilona fragend an, und die beiden waren sich wieder einmal wortlos einig. „Wie wäre es, wenn wir euch helfen? Zur Belohnung kauft ihr heute Abend mit uns ein Zelt und baut es für uns auf. Dann können wir heute mit euch am Strand übernachten."

Olaf strahlte. Mit den Mädchen schien man wirklich Pferde stehlen zu können. Sie räumten auf und gingen an die Arbeit. Zur Musik schrubbten sie um die Wette, und gönnten sich nur eine kurze Mittagspause.

*

Nachmittags schaute Onkel Kurt vorbei und staunte nicht schlecht. Der Rumpf war fast vollständig von der alten Farbe befreit. Den Rest würden sie morgen Vormittag problemlos schaffen. Er freute sich über den Arbeitseifer der Kinder. „Prima, ihr seid ja richtige Arbeitspferde", lobte er, „morgen schicke ich euch Jens und Hain mit den Spritzpistolen und Poliermaschinen vorbei. Sie werden den Rumpf spachteln und lackieren. Es sind mehrere Schichten notwendig. Die Arbeit muss von Fachleuten erledigt werden, sonst ist die Lackierung nachher ungleichmäßig oder sogar undicht. Das Ganze dauert bis übermorgen Abend. Also habt ihr, wenn ihr morgen mit dem Rumpf fertig seid, solange frei."

„Dann ist es nun an der Zeit, das Zelt zu besorgen", meinte Ilona. „Ich freue mich wirklich darauf, am Strand zu schlafen." Sie begaben sich zum *Seglertraum*, dem Bootsausstatter am Ort. Der Laden war riesig. Es gab hier ganze Schiffskomponenten wie zum Beispiel eine komplette Reling, aber auch alle möglichen Ersatzteile. Ilona interessierte sich besonders für die Messinstrumente und Kartenplotter. Aber neben den ganzen technischen Artikeln gab es auch eine große Abteilung für allgemeinen Seglerbedarf, wie Töpfe und Pfannen, Schlafsäcke, Gasgrills und Zelte.

Ein blaues, recht großes Zelt gefiel den Mädchen besonders gut. Der Innenraum war in zwei Segmente unterteilt. Ein Schlafbereich bot mit seinen beiden getrennten Schlafkabinen vier Personen bequem Platz. Im Aufenthaltsbereich konnten ohne Weiteres sechs bis acht Personen sitzen und zum Beispiel essen, wenn es draußen regnete. Da es sich um ein Sonderangebot handelte, war es zudem erstaunlich günstig. Sie fotografierten es, und schickten ihrem Vater das Bild auf dessen Handy. Dieser antwortete prompt und stimmte dem Kauf zu. Auf den Rat der Jungen hin, erwarben sie noch einige Heringe, da die dem Zelt beiliegenden Pflöcke nicht für Sand geeignet waren. Außerdem erstanden sie noch zwei Luftmatratzen. Schlafsäcke und Decken hatten sie auf der Yacht. „So", sagte Sarah an die Jungen gewandt. „Das wäre geschafft. Jetzt seid ihr dran. Wir Mädels gehen duschen und machen uns hübsch. Ihr könnt zwischenzeitlich das Zelt zum Strand schleppen und aufbauen. Wir treffen uns später in der Pension."

*

Das Abendessen schmeckte großartig. Es gab eine feurige Suppe, scharfen Gulasch und frisches Gemüse. Alexanders Mutter war eine hervorragende Köchin. Zur Nachspeise hatte sie, als Willkommensgruß für die Mädchen, eine große Tiramisutorte gebacken. Pappsatt saßen die Kinder etwas später am Strand vor ihren Zelten. Die Jungen hatten ganze Arbeit geleistet. Ordentlich verspannt, stand das neue Zelt in der Mulde einer Düne. So war es vor der Flut und dem Wind geschützt. Bis zum Wasser waren es nur wenige Schritte, und die Yacht konnten sie von hier aus gerade noch sehen. Gleich gegenüber hatten die Jungen ihr eigenes Zelt aufgebaut. Ein Steinring bildete die Feuerstelle zwischen den Zelten. Die Mädchen waren begeistert. Allerdings hatte heute niemand mehr Lust, Feuerholz zu sammeln. So lagen sie einfach im warmen Sand und überlegten, womit sie die freie Zeit der nächsten beiden Tage ausfüllen konnten.

Ilona hatte die beste Idee. „Ihr könnt doch sicher unsere Yacht segeln, oder?", fragte sie die Jungen.

„Sicher, wir haben beide einen Segelschein."

„Wie wäre es übermorgen mit einem kleinen Törn? Wir könnten in einer Bucht ankern, dort baden, picknicken und abends wieder zurück sein."

„Tolle Idee", meinte Olaf, „aber wir müssen natürlich euren Vater um Erlaubnis bitten."

„Klar, aber er ist sicher einverstanden", sagte Sarah zuversichtlich, und griff zu ihrem Handy. Doch sie hatte sich gründlich geirrt. Solange die Mädchen keinen eigenen Segelschein besaßen, verbot ihr Vater strickt jeglichen Törn. Enttäuscht blickten sie sich an.

„Vielleicht können wir ja zu einer Badebucht wandern?", schlug Sarah halbherzig vor.

„Wartet, ich habe eine bessere Idee", meldete sich Alexander zu Wort. „Moment, ich schaue schnell etwas nach." Er holte seinen kleinen Laptop aus dem Zelt. Alexander kannte sich gut mit Computern aus. Insbesondere im Winter, aber auch abends saß er oft stundenlang vor dem Monitor, schrieb Programme oder suchte etwas im Internet. Ungeduldig verfolgten die Schwestern, wie seine Finger über die Tastatur flogen. „Was denn nun?", wollten die Mädchen wissen.

„Hier habe ich es, ja, das passt! Was haltet ihr von einer Herausforderung?", fragte er geheimnisvoll.

„Was für eine Herausforderung?"

„Ich hätte da einen Vorschlag."

„Nun sag schon, mach' es nicht so spannend!", rief Sarah ungeduldig.

„Aber es wäre nicht einfach!"

„Verrätst du uns jetzt, was du im Sinn hast, oder müssen wir es aus dir herauskitzeln?", drohte Sarah.

„Hört zu. Es ist ja nicht so, dass ihr vom Segeln gar keine Ahnung habt, richtig?" Die Mädchen nickten. „Ich habe nachgeschaut. In Neustadt befindet sich doch das Wasseramt. Dort kann man die Prüfung für den Segelschein ablegen, der nächste Termin ist in sechs Tagen. Folglich bleiben uns fünf Tage, um euch auf die Prüfung vorzubereiten. Ihr fahrt morgen Vormittag nach Neustadt, meldet euch zur Prüfung an und besorgt euch die Lehrbücher sowie die vorgeschriebene Übungskarte für die Navigationsaufgaben. Wenn ihr wiederkommt, werden wir mit euch auf unserer Jolle segeln üben. Dazu stehen uns die Abende zur Verfügung. Die Theorie lernt ihr tagsüber, während wir an unserem Schiff arbeiten." Er klappte geräuschvoll seinen Laptop zusammen. „Nun, was sagt ihr?"

Ilona blieb zunächst der Mund offen stehen, dann sprang sie begeistert auf. „Ich finde, das ist eine Superidee! Aber können wir das echt schaffen, ich meine, es sind nur fünf Tage, streng genommen viereinhalb, denn morgen Vormittag fällt ja schon aus."

Olaf nickte zustimmend, „doch, das kann klappen. Es gibt teure Crashkurse, die das in ähnlicher Zeit hinbekommen. Und ihr habt immerhin zwei Privatlehrer - uns!" Er grinste frech. „Allerdings gibt es zwei Dinge zu beachten. Erstens, euer Vater muss zustimmen. Ihr benötigt sein Einverständnis, da ihr Küken ja noch keine sechzehn Jahre alt seid!" Ilona streckte ihm die Zunge entgegen. „Zweitens, die Prüfung hat auch einen Motorboot-Teil. Aber da hilft uns bestimmt Jan mit seiner Barkasse. Von ihm haben auch wir den Motorteil gelernt. Er macht das gerne, und als Seemann kann er euch ganz sicher den einen oder anderen Kniff beibringen. Das werden sicher anstrengende Tage, aber wenn ihr das wirklich wollt, helfen wir euch. Zur Belohnung erlaubt uns euer Vater dann vielleicht, eure Yacht zu benutzen."

Mit vor Aufregung glühenden Wangen riefen die Mädchen erneut ihren Vater an. Er war zunächst ganz verblüfft, fand die Idee jedoch großartig, auch wenn er glaubte, dass fünf Tage nicht genügen würden. Aber er versprach, gleich morgen früh die Erlaubnis in die Pension zu faxen.

Ilona gähnte. „Ab ins Bett", sagte Olaf, der auch müde war. Ab morgen wird gebüffelt, da müsst ihr ausgeschlafen sein.

„Vom Arbeitspferd zum Büffeltier", lachte Sarah und fügte lästernd hinzu, „komm Cora, ab ins Körbchen, die Herren sind erschöpft!"

Bald darauf lag jeder in seinem Schlafsack. Coras Korb stand natürlich im Zelt der Mädchen. So konnten sie beruhigt schlafen, die Hündin würde gut auf sie achten und bei der kleinsten Gefahr bellen. Ich glaube, die Jungs und wir werden richtig gute Freunde, dachte Ilona noch, kurz bevor sie trotz der Aufregung einnickte.

*

Am nächsten Morgen stürmten sie als erste den Gemeinschaftsraum, wo das Fax ihres Vaters bereits auf sie wartete. Sie verschlangen ihr Frühstück und liefen zu Jan. Von ihm hing nun ab, ob sie ihren Plan verwirklichen konnten. Wie üblich saß er paffend auf der Bank vor seinem Haus und beobachtete das Fahrwasser.

„Potzblitz, da brat' mir einer einen Pelikan!", begrüßte er die vier. „Zwei Zwillinge, ich meine vier... äääh also zwei Pärchen, ach ihr wisst schon, was ich meine", grinste er gutmütig.

„Guten Morgen", lachten die Mädchen. Ohne Umschweife erklärten sie ihm ihr Anliegen.

„Hmmm", brummte er, „da habt ihr Lütten euch ja ordentlich was vorgenommen. Habt ihr denn schon mal Seeluft geschnuppert, oder seid ihr völlige Landratten?"

„Dies ist nicht unser erster Segeltörn", beteuerte Sarah. „Manches wissen wir schon, anderes müssen wir halt lernen. Aber wir wollen es unbedingt schaffen! Bitte helfen sie uns."

„Nun denn", brummte er erneut. „Ich freue mich immer, wenn ich neuen Leichtmatrosen was zeigen kann. Wir machen es so. Ich habe heute und die nächsten beiden Tage leider keine Zeit. In drei Tagen, gleich am Morgen schaue ich mir an, wie ihr mit der Jolle der Jungs umgeht. Wenn ich denke, dass ihr die Prüfung schaffen könnt, übe ich mit euch den Motorteil. Wir haben dann zwei Tage Zeit, das langt dicke. Einverstanden? Aber ich stelle eine Bedingung."

„Was für eine Bedingung denn?", fragten Sarah und Ilona gleichzeitig, und schauten ihn skeptisch an.

„Ihr müsst mich Jan nennen und duzen. Wenn ihr noch einmal sie zu mir sagt, ist es aus mit unserer Vereinbarung!", drohte er mit erhobenem Zeigefinger.

Die Mädchen strahlten und Ilona umarmte ihn kurz. „Schon gut, schon gut", grinste er, „so, und nun schaut, dass ihr Land gewinnt."

Während die Jungen zu ihrem Boot gingen, fuhren die Mädchen mit dem Bus nach Neustadt. Alles verlief nach Plan. Abends trafen sie sich auf der Albatros, wo die Mädchen bereits in ihren Büchern blätterten. Die Jungen hatten den Nachmittag dazu genutzt, einen Lehrplan für die Mädchen aufzustellen. Olaf ging gerade mit Sarah einige Fragen zur Seeschifffahrt durch, während Alexander mit Ilona Knoten übte, als es plötzlich an die Kajütentür klopfte.

Maren trat ein. Sie trug ein weißes Kleid, dazu passende, schicke Schuhe und einen Strohhut, unter dem ihre langen schwarzen Haare hervorquollen. Wie ein Model auf dem Laufsteg, dachte Ilona. Ihr Blick fiel auf Alexander, der Maren mit großen Augen anstarrte. Es war sonnenklar, Alexander hatte nichts gegen lange und schwarze Haare einzuwenden!

„Hallo", grüßte Maren, und zog einen großen Koffer hinter sich her. Verblüfft starrte sie auf die Jungen. „Noch mehr Zwillinge", lachte sie und schüttelte ihnen die Hand. „Da komme ich mir als Einzelkind ja ziemlich exotisch vor." Alexander bekam ganz rote Ohren, aber Maren war zu aufgeregt, um es zu bemerken. Sie drückte die Mädchen, schaute sich um und plapperte drauf los. „Ich bin echt froh, hier zu sein, das ist toll! Ich war ja noch auf keinem Schiff und bin so gespannt. Leider können wir ohne Gerd ja nicht segeln, aber auch so finde ich es toll. Sind das die Kojen? Wo soll ich schlafen?"

„Für heute Abend hier", Sarah zeigte auf eine Koje. „Aber wir haben ein Zelt am Strand aufgebaut. Wir besorgen dir morgen eine Luftmatratze, einverstanden? Dann können wir alle dort übernachten. Einen Schlafsack hast du ja schon, wie ich sehe."

Maren rollte ihn bereits auf ihrem Bett aus. „Das werden bestimmt tolle Ferien", freute sie sich. „Was lest ihr da?"

Sie erzählten Maren von der Prüfung. „Toll, kann ich da noch mitmachen?"

„Toll", äffte Ilona Maren nach, „wäre es, wenn du das Lehrbuch und die Anmeldung hättest. So musst du morgen erst nach Neustadt und die Formalitäten erledigen. Ich weiß nicht, ob dann die Zeit noch reicht."

Maren war viel zu aufgeregt, um den Unterton in Ilonas Stimme zu bemerken. „Wisst ihr, ich bin eine richtige Leseratte. Als ich von dem Törn erfuhr, dachte ich, es könne nichts schaden, ein wenig über das Segeln zu wissen. Also habe ich mir das hier besorgt." Sie verschwand in ihrer Koje und kam strahlend mit dem Lehrbuch zurück. „Das ist doch das Gleiche wie auf dem Tisch, oder? Ich habe es schon komplett durchgelesen."

Die Jungen waren beeindruckt. „Nun, die Anmeldung kann notfalls über Fax erfolgen", sagte Alexander, „dann zeig' doch mal, was du schon kannst", fügte er hinzu und setzte sich neben sie. Abwechselnd stellten die Jungen Fragen aus dem Lehrbuch und erklärten die Zusammenhänge, wenn die Mädchen etwas nicht wussten. Tatsächlich konnte Maren fast jede Frage richtig beantworten. „Und du warst wirklich noch nie auf einem Schiff?", fragte Olaf ungläubig.

„Wie ich bereits sagte, ich bin ein echter Bücherfan. Wenn ich einmal etwas gelesen habe, vergesse ich es nicht so schnell wieder. Aber von der Praxis habe ich null Ahnung. Zeigt ihr mir die Knoten und so?"

„Wir werden Morgen alle zum Hafen gehen. Dort liegt ja unsere Jolle. Ich werde mit jeweils einer von euch segeln üben. Wer gerade nicht segelt, lernt mit Alexander Navigation und übt Knoten", sagte Olaf, „Alexander kann das ganz prima. Jetzt aber gehen wir schlafen. Glaubt mir! Den ganzen Tag Manöver zu üben, schlaucht ganz schön, da müsst ihr fit sein. Übermüdete Leichtmatrosen kann ich da nicht brauchen!"

Kurz darauf lagen alle in ihren Betten, die Jungen im Zelt und die Mädchen in den Kojen der Albatros. Ilona horchte auf das gleichmäßige Atmen ihrer Schwester neben sich. Sie selber konnte nicht einschlafen und grübelte vor sich hin. Warum nur konnte sie Maren nicht leiden? War sie vielleicht eifersüchtig? Ihr war nicht entgangen, wie zuvorkommend Alexander Maren behandelt hatte. Aber nein! Alexander war echt nett, aber mehr auch nicht. Sollten die beiden glücklich werden, wenn sie das wollten. Aber was war es dann? Warum reagierte sie so ablehnend auf Maren? Wenn sie ehrlich war, musste sie zugeben, dass Maren eigentlich nichts falsch gemacht hatte. Sie war klug, hatte sie doch fast alle Fragen des Lehrbuchs beantworten können und das nach nur einmaliger Lektüre. Und sie prahlte nicht mit ihrem Wissen. Im Gegenteil, sie gab sich eigentlich überraschend bescheiden. Wahrscheinlich passte sie einfach nicht zu ihnen. Ja, das musste es sein. Maren war zweifelsohne eine Schönheit und wusste sich in Szene zu setzen, eben ein verwöhntes Modepüppchen, das jetzt bei ihrer Mutter wohnte. Plötzlich vermisste Ilona ihre Mutter, es war höchste Zeit, sie wieder einmal für einige Tage zu besuchen. Ach, warum nur hatten ihre Eltern darauf bestanden, dass Maren mit ihnen die Ferien verbringen sollte? Arbeitspferde, Büffeltiere und jetzt ein Pfau, dachte Ilona noch, bevor auch ihr die Augen zufielen. Ihre bisher so harmonische Gemeinschaft hatte einen Knacks bekommen!

Ein ungewöhnliches Robbenfoto

Olaf hatte nicht zu viel versprochen. Manöver fahren war anstrengend. Seit einer Stunde übte er mit Sarah, bei idealen zwei bis drei Windstärken, Wenden und Halsen. Ganz offenbar hatten die beiden einen Heidenspaß, denn sie lachten oft lauthals. Sarah stellte sich sehr geschickt an und Olaf war stolz auf seine Schülerin, doch jetzt war sie müde. Es war Zeit für eine Pause. Er ließ sie einen Aufschießer am Steg fahren, das heißt, gegen den Wind anlegen. Das Manöver misslang völlig, und fast wäre Sarah ins Wasser gefallen. Der zweite Anlauf gelang besser. Sarah musste die Jolle noch vorschriftsmäßig vertäuen - eine weiterer Prüfungspunkt - bevor Olaf sie entließ. „Wer ist die Nächste?", rief er.

„Maren", antwortete Ilona etwas ungehalten. Sie beschäftigte sich gerade mit einer kniffligen Navigationsaufgabe, die Alexander den beiden Mädchen eben gestellt hatte. Maren hatte sie natürlich im Handumdrehen gelöst. Aus dem Augenwinkel beobachtete sie, wie Maren in das Boot sprang. Olaf hatte darauf hingewiesen, dass sie heute durchaus kentern und somit ins Wasser fallen könnten. Daher hatten die Mädchen ihre Bikinis angezogen, darüber trugen sie kurze Hosen und Shirts als Sonnenschutz. Rutschfeste Bootsschuhe sorgten für einen sicheren Stand in der Jolle. Maren sieht selbst in diesen normalen Klamotten umwerfend aus, dachte Ilona, mal sehen wie sie aussieht, wenn sie erst ins Wasser gefallen und pitschnass ist!

Doch einstweilen plumpste sie nicht hinein. Da Maren noch nie auf einem Boot gewesen war, erklärte Olaf ihr zunächst am Steg liegend wie *Schoten* - „damit verstellt man die Segel", Maren nickte, und *Fallen* - „damit werden die Segel hoch- und runtergezogen", Maren nickte erneut, gehandhabt wurden.

Sarah ließ sich stöhnend neben ihre Schwester fallen. Die Kinder hatten einfach einige Decken auf dem Steg ausgebreitet und das Essen und die Getränke daneben aufgereiht. Zudem hatte Alexanders Mutter ihnen heute einige Kekse und Schokolade hinzugegeben. So konnte sich jeder nach Belieben bedienen, wann immer er oder sie Durst oder einen Appetit hatte. Sie schnappte sich eine Tomate und streckte sich lang aus. „Nur fünf Minuten Pause", bat sie, als sie Alexanders Stirnrunzeln bemerkte, „dann darfst du mich mit deinen Formeln quälen." Sie vertrieb Cora, die sich auf ihre Beine legen wollte. „Geh' von der Decke runter, geliebtes Hundevieh, es ist zu warm."

Ilona nahm sich einen Keks, und wendete sich wieder ihrer Aufgabe zu. „Erklärst du mir bitte noch einmal die Sache mit dem Strömungsdreieck?", fragte sie Alexander.

Olaf löste inzwischen die Festmacher. Chicco, der vorne im Bug saß, erhob sich schimpfend in die Lüfte und flog zu Alexander, als die Jolle wackelnd vom Steg ablegte. Ganz langsam steuerte er ihr Boot zunächst alleine, um Maren ein Gefühl für das Segeln zu vermitteln. „Gleich fahren wir eine Wende, das heißt, wir drehen den Bug durch den Wind", erklärte er. „Danach kommt der Wind, der im Moment von rechts weht, natürlich von der anderen Seite, das heißt, der Baum - also die Stange an der Segelunterseite - wird auf die gegenüberliegende Seite gedrückt. Achte darauf, dass er dir nicht gegen den Kopf schlägt."

Olaf war ein wirklich guter und geduldiger Lehrer. Er betrachtete Maren, die an seinen Lippen hing. Sie hatte ihre langen Haare zu einem Dutt hochgesteckt, damit sie nicht beim Segeln störten. Er fand Maren nett, nicht so nett wie Sarah, aber doch ganz patent. Auch wenn Ilona es zu verbergen suchte, spürte er doch die Abneigung, die sie Maren entgegenbrachte. Hoffentlich legte sich das bald. Es wäre schade, wenn sie sich streiten würden, das könnte das Ende dieser beginnenden Freundschaft bedeuten. Er seufzte leise und wendete sich Maren zu. „Magst du es jetzt einmal selber versuchen?"

Eine weitere Stunde später war es Maren, die sich erschöpft auf die Decken fallen ließ, während Ilona zu Olaf ins Boot stieg. „Nur fünf Minuten, dann darfst du mich wieder mit deiner Theorie quälen", sagte sie zu Alexander. Sarah grinste. Das waren in etwa die gleichen Worte, die sie vorhin gesagt hatte, allerdings schaute Alexander Maren wesentlich weniger streng dabei an.

Auch Ilona machte ihre Sache nicht schlecht. Unter Olafs fachmännischer Anleitung absolvierte sie ihre Übungen, wenngleich nicht ganz so souverän wie Sarah. Insbesondere bei den Halsen, also dem Richtungswechsel, bei dem nicht der Bug, sondern das Heck durch den Wind ging, tat sie sich schwer. Also halsten sie auf Teufel komm raus, und am Ende der ersten Segelstunde klappte es bereits wesentlich besser.

*

Nun war es Zeit für die Mittagspause. Sie rafften die Decken und alles andere zusammen, und gingen an den nur wenige Schritte entfernten Strand. Hier sprangen sie zunächst ins Wasser und badeten. Insbesondere die Mädchen lachten und kreischten ausgelassen, und bespritzten die Jungen mit Wasser. Diese ihrerseits versuchten, deren Köpfe unter die Wasseroberfläche zu drücken, um sie davon abzuhalten. Doch bei Ilona hatten sie Pech. Sie tauchte einfach noch etwas tiefer und zog die Jungen am Bein in die Tiefe. Japsend setzten sie sich ein wenig später in den heißen Sand.

„Ganz ehrlich", sagte Sarah zu den Jungen, nachdem sie wieder Luft bekam, „ich finde es toll, dass ihr hier mit uns lernt. Ihr könntet ja auch ganz was anderes mit eurer Zeit anfangen!"

Die Jungen grinsten verlegen vor sich hin. Sie wussten einfach nicht, was sie jetzt antworten sollten. Da niemand etwas sagte, ergriff Ilona das Wort, um die etwas peinliche Stille zu durchbrechen. „Sarah hat Recht, auch von mir ein herzliches Dankeschön. Andererseits ist es natürlich auch nicht schlecht, mit so netten Mädels wie uns zusammen zu sein, oder?", grinste sie frech. Bevor jemand etwas sagen konnte, wechselte sie das Thema, indem sie zur Schokolade griff. „Möchte sonst noch jemand ein Stück?"

Aber da hatte sie Pech. „Die müsst ihr euch verdienen", verlangte Alexander und schnappte ihr die Schokolade wieder weg. „Kompassübung!".

Der Reihe nach bekamen die Mädchen die große Decke über den Kopf geworfen. Außer ihren Füßen konnten sie nun nichts mehr sehen. Alexander gab ihnen einen Kompass in die Hand und vier Richtungen und Entfernungen vor, die sie dann blind, nur mit Hilfe des Kompasses abgehen mussten. Es sah witzig aus, wie sie mit der Decke durch das teils knietiefe Wasser watschelten. Am Ziel wartete die Schokolade. Maren und Sarah benötigten jeweils drei Anläufe. Ilona machte es am besten. Sie fand ihre Schokolade beim ersten Versuch.

Sie dösten noch ein wenig in der Sonne, dann läutete Olaf den Nachmittagsunterricht ein. Der Wind hatte ein wenig aufgefrischt, und insbesondere Maren war zunächst zu zaghaft bei den Manövern, die sie jetzt spürbar schneller durchführen musste. Trotzdem klappten die Übungen schon viel besser als am Vormittag. Die Theorie lief jedoch wegen der Hitze etwas schleppend. Gegen 17:00 Uhr beendeten sie den Unterricht. Die Mädchen waren erschöpft und Olaf fand, dass es für heute genug war. Mit dem Gefühl, eine Menge gelernt zu haben, gingen sie zum Schiff der Jungen.

*

Das Boot sah großartig aus. Bis zur Wasserlinie rot lackiert, funkelte der Rumpf makellos im Sonnenlicht. Oberhalb dieser Linie war er kräftig blau gestrichen, der Lieblingsfarbe von Olaf. Onkel Kurt zeigte den Kindern stolz, was sie alles geschafft hatten. Dann deutete er auf das bereitliegende Werkzeug im Schuppen, Zangen, Keile und Brechstangen. Damit würden die Jungen, unter Anleitung der Werftarbeiter, morgen die alten Decksplanken entfernen.

Als Nächstes liefen sie erneut zum Seglertraum. Leider war keine Luftmatratze vorrätig. Der Verkäufer bestellte eine, die

Maren am kommenden Nachmittag abholen konnte. Ilona ärgerte sich, nun mussten sie noch eine Nacht auf der Yacht verbringen.

„Ihr könnt ja im Zelt schlafen, eine Nacht halte ich schon alleine aus", schlug Maren halbherzig vor. Ilonas düsterer Blick war ihr nicht entgangen.

„Nein, auf keinen Fall", bestimmte Sarah entschieden. „Das kommt gar nicht in Frage. Abgesehen davon, dass es nicht fair wäre, würde uns Vater ganz schön was erzählen. Eine weitere Nacht auf der Yacht ist kein Beinbruch."

*

Nach dem Abendessen saßen sie noch beisammen, tauschten ihre Handynummern aus, und fotografierten sich gegenseitig für die Kontaktfotos. Dann spielten sie noch eine Runde *Brieftaube* mit Chicco. Chicco mochte dieses Spiel, war es jedoch gewöhnt, nur zwischen den Brüdern hin- und hergeschickt zu werden. Jetzt waren da auf einmal drei weitere Namen. Alexander gab ihm einen Zettel in den Schnabel. „Flieg' zu Maren". Chicco erhob sich in die Luft... und landete auf Olafs Kopf. Dieser nahm das Tier behutsam in seine Hände und setzte es auf Marens Schulter. „Das ist Maren", sagte er und wiederholte ihren Namen mehrfach. Nach einer Weile konnte Chicco tatsächlich die Kinder unterscheiden, und flog stets zur genannten Person.

Sie spielten nun *„sag' die Wahrheit'* mit Chicco als Briefboten. Jemand schrieb eine Frage auf einen Zettel und schickte Chicco damit zu einem Empfänger seiner Wahl. Dieser musste die Frage wahrheitsgemäß beantworten, und dann den Vogel mit einer weiteren Frage auf die Reise schicken. Es waren keine Fragen erlaubt, die nur mit „Ja" oder „Nein" beantwortet werden konnten. So war es den anderen, die die Frage ja nicht kannten, möglich, darüber zu spekulieren, was der Sender wohl wissen wollte.

„Zweimal", antwortete Sarah jetzt, und bekam einen roten Kopf.

„Hach, bestimmt wollte Maren wissen, wie oft Sarah die Schule geschwänzt hat", mutmaßte Alexander.

„Wäre die Frage von Olaf gekommen, wüsste ich, was er hätte wissen wollen", lästerte Ilona, ohne näher auf ihre Vermutung einzugehen.

Doch Olaf ließ sich nicht auf ihre Neckerei ein. „Um es mit den Worten eines bekannten deutschen Dichters zu sagen: Was stört es eine große Eiche, wenn eine Sau sich an ihr schabt!" Er gähnte herzhaft. „Wir sollten zu Bett gehen, morgen haben wir alle ein strammes Programm vor uns."

„Zuvor sagt ihr uns noch, wie wir uns machen", forderte Sarah Olaf auf. „Meint ihr, wir schaffen die Prüfung? Zuerst unser Praxislehrer."

„Ihr seid... wie dressierte Landratten", antwortete Olaf und duckte sich vor der Serviette, die Sarah zusammenknüllte und in seine Richtung warf. „Nein ernsthaft, ihr macht das toll. Alle! Du segelst wirklich gut, nur mit dem Kurs halten hast du noch Probleme, besonders auf Vorwindkursen. Ilona hingegen steuert sehr sicher, aber die Kurswechsel müssen noch schneller werden. Man merkt jedoch deutlich, dass ihr schon gesegelt habt. Auch Maren lernt schnell, aber für sie ist natürlich alles neu. Wenn ihr wollt, könnt ihr morgen ohne uns die Jolle benutzen, das kriegt ihr jetzt locker hin. Außerdem werdet ihr sicherer, wenn ich euch nicht ständig auf die Finger schaue."

„Und was sagt unser Theoriepauker?"

Alexander räusperte sich. „Was Maren an Praxis fehlt, hat sie den anderen an Theorie voraus. Ich glaube wirklich, ich kann ihr nichts mehr beibringen. Bei der Gezeitenrechnung hat sie sogar mich korrigiert." Er bekam einen hochroten Kopf, und Maren kicherte. „Das ist aber gut so, denn so kann sie sich aufs Segeln konzentrieren. Die Wissensfragen wie die rechtlichen Dinge, Wetterkunde, Vorfahrtsregelungen oder Sicherheitsvorschriften sind wohl kein Problem. Die müssen sich Sarah und Ilona halt nochmal durchlesen, zum Beispiel abends in der Kajüte vor dem Einschlafen. Anders die Navigationsaufgaben in der Karte und die Gezeitenrechnung. Hier ist noch richtig viel zu tun. Ich werde euch nachher am Rechner einige Aufgaben ausdrucken, und morgen zum Frühstück mitbringen. Die könnt ihr dann tagsüber lösen. Olaf und ich arbeiten ja am Boot. Abends ist dann Korrekturlesen und gegebenenfalls Nachsitzen angesagt."

„Na, dann wollen wir mal den Anweisungen unserer Peiniger Folge leisten, und in die Kojen hüpfen." Sie erhoben sich aus ihren Stühlen und Maren pikste Alexander zum Abschied freundschaftlich in die Seite. „Danke für deine Nachtschicht Alexander!" Ihr Blick fiel zufällig auf Ilona, und sie fing einen weiteren düsteren Blick auf.

An diesem Abend lag Maren noch lange wach. Ihre Gedanken drehten sich im Kreis. Natürlich hatte sie Ilonas ablehnende Haltung und ihre Sticheleien bemerkt. Aber was hatte sie ihr getan? Kam sie Ilona vielleicht wegen Alexander ins Gehege? Es war offensichtlich, dass er Maren mochte, und sie fand ihn auch richtig nett. Das könnte sein. Aber irgendetwas sagte ihr, dass dies nicht der Grund war. Sie mochte die Schwestern, selbst Ilona, sehr, und war gerne mit ihnen zusammen. Aber sie wollte auch nicht das fünfte Rad am Wagen sein. Das fünfte Rad am Wagen? War es vielleicht das? Sie lauschte den regelmäßigen Atemzügen der Zwillinge, die neben ihr in der großen Koje lagen. Sie selbst hatte die etwas kleinere Koje für sich alleine. Auf einmal kam sie sich ganz verlassen und einsam vor. Sie dachte an ihre Mutter. Ihre Mutter verlor vor einigen Jahren bei einem Autounfall ihr Leben. Ein betrunkener LKW-Fahrer war auf der Landstraße frontal in sie hineingefahren. Marens Augen wurden feucht, dann schoss ihr ein weiterer Gedanke durch den Kopf. Aber das war ja albern! Oder doch nicht? Eine Träne lief ihr über die Wange. Sie vergrub ihren Kopf in das Kissen und fiel in einen unruhigen Schlaf.

*

Fußgetrappel und Stimmen rissen Maren aus dem Schlaf. Die Jungen brachten das Frühstück und die *Hausaufgaben* vorbei. Alexander war fleißig gewesen. Für jedes Mädchen hatte er einen ordentlichen Stapel mit Navigations-, Gezeiten- und Wetteraufgaben vorbereitet. Maren vernahm gedämpfte Stimmen, dann gingen die Jungen zu ihrem Boot, wo Onkel Kurt bereits auf sie wartete. Schade, dachte sie, Alexander und Olaf hatten offenbar bereits in der Pension gefrühstückt.

Maren benötigte noch einen Moment, um richtig wach zu werden, dann kletterte sie aus ihrer Koje. „Ihr seid ja schon beim Frühstück", sagte sie in einem entschuldigenden Tonfall, und setzte sich einfach im Pyjama an den Tisch. Die Schwestern waren bereits komplett angekleidet. „Morgen stelle ich meinen Wecker, aber es war gestern auch ein anstrengender Tag!" Dass sie die ganze Nacht unruhig geschlafen hatte, und mehrfach aufgewacht war, behielt sie für sich. „Guten Morgen, du Schlafmütze", empfing Sarah sie fröhlich. „Ich wollte schon Cora auf dich hetzen, um dich zu wecken", fügte sie zwinkernd hinzu.

„Da hätte aber ihre Frisur gelitten", versetzte Ilona spitz. Maren wollte etwas entgegnen, aber Sarah kam ihr zuvor. „Das war gemein", wies sie ihre Schwester zurecht.

„Schon gut, war nicht so gemeint", murmelte Ilona.

In diesem Moment klingelte Marens Handy. Die Mutter der Zwillinge rief an und erkundigte sich nach ihrem Wohlergehen. „Hallo Ruth .... jaja .... uns geht es wirklich toll, wir lernen alle für den Segelschein .... ach, das weißt du schon .... Moment, ich gebe dir Sarah .... was .... keine Zeit .... dann bis später ... Tschüss!"

„Das war eure Mutter, sie wollte wissen, wie es uns geht. Aber sie war in Eile, wegen eines Meetings. Sie ruft euch heute Abend in Ruhe an. Was wollen wir heute machen?"

Doch dieser Anruf war zu viel für Ilona. Erst nahm Sarah Maren in Schutz, dann rief ihre Mutter Maren und nicht die Schwestern an. Wütend stand sie auf. „Du kannst ja mit unserem Modepüppchen segeln üben. Ich suche mir eine ruhige Ecke zum Lernen!" Sie schnappte sich ein Lehrbuch, pfiff Cora zu sich und sprang vom Boot, ehe die beiden etwas sagen konnten.

Maren war wie vor den Kopf gestoßen. „Ich reise ab", sagte sie mit Tränen in den Augen. „Ich bin gerne hier, aber ich will nicht Anlass für Streitereien sein."

„Unsinn", tröstete sie Sarah, die sauer auf ihre Schwester war, aber ihre Stimme klang bedrückt. „Ilona wird sich schon wieder einkriegen. Daran siehst du, dass Zwillinge nicht in allem gleich sind. Ilona kann, im Gegensatz zu mir, ganz schön aufbrausend sein. Am besten, man lässt sie dann in Ruhe. Du wirst sehen, heute Abend ist alles wieder gut." Sie versuchte, ihrer Stimme etwas Zuversicht zu verleihen. „Es ist nicht deine Schuld, aber in einem hat Ilona Recht, wir müssen segeln üben!"

*

Ilona lief ziellos durch die Gegend. Sie war wütend, wütend auf Sarah, wütend auf Maren, wütend auf ihre Mutter und am allermeisten wütend auf sich selber. Sie erreichte die Klippe und setzte sich schmollend an den Rand, ohne zu wissen, dass Olaf und Sarah vor einigen Tagen an genau der gleichen Stelle gesessen hatten. Sie schlug das Buch auf, konnte sich jedoch nicht auf die Aufgaben konzentrieren. Lustlos warf sie es ins Gras und streckte sich lang aus. Sie genoss die Sonne auf ihrer Haut und den Wind, der sanft durch ihre Haare wehte. Langsam beruhigte sie sich.

Ilona richtete sich auf, blinzelte in die Sonne und sah sich um. Sie musste eingeschlafen sein. Cora lag hechelnd neben ihr. Sie tätschelte das treue Tier und blickte über das Meer. Was für eine tolle Aussicht das war. Ein Stück weiter rechts sah sie eine Sandbank. Das musste die Robbenbank sein, von der Sarah erzählt hatte. Nun, warum sollte sie nicht ebenfalls die Tiere besuchen? Es war noch früh am Tag, zum Lernen blieb noch reichlich Zeit. Kurz darauf stapfte sie durch das Schilf.

„Musst du so viel Krach machen? Jetzt sind sie fortgeflogen", fuhr sie eine Stimme unwirsch an. Ilona zuckte erschrocken zusammen. Wer hatte da gesprochen? Sie bog einige Schilfbüschel zur Seite und sah einen Jungen, der ungehalten neben einem Stativ stand.

„Entschuldige", erwiderte sie, „aber erstens war ich nicht wirklich laut, und zweitens konnte ich ja nicht wissen, dass hier jemand im Schilf steht."

„Hast ja Recht", gab der Junge zu, und seine Stimme wurde freundlicher. „Diese Reiher sind aber auch zu schreckhaft!"

„Du fotografierst also Vögel?", frage sie und betrachtete interessiert den Fotoapparat des Jungen. „WOW, das ist ja eine richtig professionelle Kamera mit einem starken Teleobjektiv. So eine wünsche ich mir auch mal!" Ilona fotografierte gerne, besaß aber nur eine einfache Digitalkamera.

„Eigentlich wollte ich die Robben fotografieren." Der Junge war geschmeichelt. „Aber die sind alle fort. Ich verstehe das gar nicht. Sie sollten um diese Uhrzeit auf der Sandbank in der Sonne liegen."

„Ist das ein Presseausweis?", fragte Ilona und deutete auf den eingeschweißten Zettel, der mit einer Klammer an dem Hut des Jungen befestigt war, und auf dem in großen Buchstaben das Wort PRESSE prangte. „Wie kommst du denn an den?"

„Ach, ich absolviere ein Praktikum beim Neustädter Tagesblatt, der hiesigen Lokalzeitung. Für zwei Wochen. Ich möchte mal Reporter oder Fotograf werden, weißt du. Herr Olavson, der Chefredakteur meinte, ich soll einen Bericht über irgendetwas in Kraven schreiben. Wenn der Artikel interessant wird, will er ihn sogar drucken! Also wollte ich etwas zur Robbenpopulation recherchieren, aber wie gesagt, die sind alle weg. Merkwürdig!"

„Warum sollten die weg sein? Meine Schwester hat sie noch vor Kurzem gesehen!"

„Komm und sieh selbst." Der Junge nahm sie bei der Hand, und führte sie um einige Schilfbüschel herum. Tatsächlich! In einiger Entfernung sah sie die Sandbank, aber nicht ein einziges Tier war zu entdecken. Dafür bellte jetzt Cora, die sich am Strand langweilte.

„Das ist meine Hündin", erklärte Ilona. „Ich habe sie schon viel zu lange alleine gelassen und sollte zu ihr gehen."

„Ich komme mit, hier ist im Moment eh nichts mehr zu tun." Sie sammelten die Kamera ein und bahnten sich einen Weg zurück zum Strand, wo sie von Cora freudig begrüßt wurden.

„Cora, das ist...", sagte Ilona, hielt inne und grinste.

„Georg, ich heiße Georg, und du?", grinste der Junge zurück.

„Ich nicht. Mein Name ist nicht Georg", erwiderte Ilona keck. „Aber ich höre auf Ilona. Ich verbringe hier mit meiner Schwester den Urlaub."

„Wo ist sie denn?"

„Ach, wir hatten Streit."

„Das wäre doch etwas für meine Story", scherzte Georg, *„Krieg der Amazonen am Kravener Sandstrand, Schwestern üben Vergeltung! Werden sie sich je wieder verzeihen können?"*

„Spinner!" Ilona lachte, dann fiel ihr etwas ein. „Du könntest über den Bootsbau von Olaf und Alexander schreiben, das sind..."

„Ich kenne die beiden, die sind in meiner Klasse", unterbrach er sie, während er das schwere Objektiv in dem großen Rucksack verstaute. Er holte zwei Müsliriegel hervor und warf einen Ilona zu, die ihn geschickt auffing. „Hier, magst du den? Was für ein Boot bauen die denn?" Sie berichtete ihm von den Jungen und er nickte mit seinem Kopf. „Das ist vielleicht gar keine schlechte Idee." Er blickte auf seine Armbanduhr, Mittag war längst vorüber. „Ich muss jetzt nach Neustadt. Darf ich heute Abend vorbeikommen? Ich sehe schon die Schlagzeilen: *Zwei Jungen und ihr Schiff, werden sie mit ihm untergehen?*"

„Gerne, wir sind entweder auf unserer Yacht, der Albatros, oder im Hafen und üben segeln. Du musst wissen, wir machen nämlich gerade unseren Segelschein. Vielleicht sind wir auch vor unseren Zelten in der Düne oder in der Pension Seeblick, ach, du wirst uns schon finden. Als Reporter bist du sicher ein guter Spürhund."

„Ihr macht den Segelschein? Ich sehe schon die Schlagzeile: *Schwerer Unfall im Hafen! Hilflose Schönheiten in Seenot! Können sie noch gerettet werden?*"

„Idiot", schimpfte Ilona, konnte aber ein Lächeln nicht unterdrücken. Ihr gefiel Georg, der inzwischen seinen Rucksack geschultert hatte. „Also, bis dann". Er ging einige Schritte von ihr weg, wirbelte dann plötzlich herum, drückte auf den Auslöser seiner Kamera und nahm so ein Foto von Ilona auf. „So jetzt habe ich doch noch mein Robbenfoto!" „Schau, dass du deinen Bus kriegst", lachte Ilona, „bis heute Abend!", rief sie ihm noch nach. „Komm Cora, wir wollen zurück zur Yacht."

Cora bellte freudig. Endlich ging es weiter. Schon bald waren sie wieder in der Nähe des Hafens, unweit des Seglertraums. Hier geschah es. Ilona sprang über einen Poller, blieb mit einem Fuß daran hängen und stürzte schwer. Hart schlug sie mit den Knien auf den Asphalt. Ein intensiver Schmerz durchzuckte ihre Beine, ihr wurde schwarz vor Augen und sie verlor ihr Bewusstsein.

*

Sarah und Maren waren gleich nach dem Frühstück zur Jolle gegangen. Seitdem übten sie, was sie gestern gelernt hatten. Anfangs waren die Manöver noch zögerlich, aber Olaf hatte Recht. Auf sich selbst gestellt, wurden sie zunehmend sicherer. Dankbar über die Ablenkung war Maren nicht zu bremsen. Immer wieder umrundeten sie die Tonnen der Hafeneinfahrt. Doch ihre Stimmung blieb gedrückt. Sie vermissten die anderen.

„Ich kann nicht mehr", stöhnte Sarah nach gefühlten hundert Wenden. „Wollen wir eine Pause machen, und sehen, was die Jungen so treiben?"

„Gerne", Maren zeigte Sarah ihre rechte Handfläche. Vom ständigen Ziehen an den Schoten, bildete sich bereits eine Blase. „Ich denke, wir hatten für heute genug Praxis."

Die Jungen waren sehr beschäftigt. Mit Zangen zogen sie Nägel aus den alten Decksplanken. Danach brachen sie diese mithilfe ihrer Brechwerkzeuge vorsichtig heraus.

„Wo ist denn Ilona?", fragte Olaf und warf ein Plankenstück auf einen Haufen gleich neben den Mädchen.

„Die lernt", erwiderte Sarah kurz angebunden. Sie wollte nicht vor den Arbeitern ihren Streit ausbreiten. „Und das machen wir jetzt auch, bis später", fügte Maren hinzu, dankbar darüber, dass Sarah den Streit nicht erwähnt hatte. Dafür war später immer noch Zeit. „Wir wollen euch nicht stören."

Olaf runzelte die Stirn. Sowohl Alexander als auch ihm war der Unterton in den Stimmen der Mädchen aufgefallen. Sie sahen sich an, zuckten mit den Schultern und wendeten sich mit dem Gefühl, dass irgendetwas nicht stimmte, wieder ihrer Arbeit zu.

„Ich laufe schnell zum Seglertraum und schaue, ob die bestellte Luftmatratze inzwischen angekommen ist", sagte Maren zu Sarah. „Geh' du nur vor zur Yacht."

*

Maren ging am Hafen vorbei und schlug die Richtung des Ladens ein, als sie einen Hund bellen hörte. Das war doch Cora! Richtig, nicht weit entfernt sah sie die Hündin, aber wo war Ilona? Jetzt sah sie genauer hin. Da lag doch etwas neben dem Tier. Cora hatte inzwischen Maren erkannt, und rannte bellend auf sie zu, aber nur einige Sätze, und dann wieder zurück zu dem Bündel. Jetzt erkannte Maren das T-Shirt. Das war Ilona, die dort lag. Schnell lief sie hinüber und beugte sich erschrocken über das bleiche Mädchen. Was sollte sie nur machen? Sie rief Ilonas Namen, einmal, zweimal, dreimal und schüttelte sie behutsam an den Schultern. Gott sei Dank, sie öffnete ihre Augen. Maren fiel ein Stein vom Herzen. „Was ist geschehen? Wie geht es dir?"

Das Erste was Ilona wahrnahm, war Marens Gesicht. Ausgerechnet die! Langsam kamen sowohl die Erinnerung als auch ihre Gesichtsfarbe zurück. „Ich bin wohl gestolpert, und dann ohnmächtig geworden. Wie dumm von mir."

„Bleib' liegen, du bist ja kalkweiß im Gesicht. Das ist wohl der Schock! Ich schaue mir mal deine Knie an." Das linke Knie hatte nur eine kleine Schramme, aber aus dem Rechten tropfte Blut. „Warte", sie holte ein Taschentuch heraus und drückte es sanft auf die Wunde. „Es ist nicht so schlimm und wird sicher gleich aufhören zu bluten. Was hast du nur gemacht?"

Ilona war Marens Fürsorge richtig peinlich. Das Mädchen, welches sie heute Morgen noch angeblafft hatte, presste jetzt ihr schönes Taschentuch auf ihre Wunde. Beschämt schaute sie zur Seite.

Maren bemerkte den Blick. Das war doch zu blöd. Jetzt oder nie! Sie atmete tief ein. „Können wir reden?", aber sie wartete die Antwort gar nicht erst ab. „Ich weiß, dass du mich nicht magst. Ich weiß allerdings nicht wieso. Habe ich dir irgendetwas getan? Ist es wegen Alexander?" Sie holte erneut tief Luft. „Ich bin gerne mit euch zusammen, aber ich will mich nicht aufdrängen oder das fünfte Rad am Wagen sein. Ein Wort, und ich fahre heute noch nachhause. Aber ich wüsste gerne, warum ich das mache!"

Ilona sah Maren an. Jetzt schämte sie sich noch mehr. Sie hatte Maren völlig falsch eingeschätzt. Sie war weder ein verwöhntes Modepüppchen noch eine eingebildete Ziege, sondern ein feiner Kerl, wie sie da saß und sich um ihre Wunde kümmerte, während sie auf die Antwort wartete. Was sollte sie sagen? „Alexander?", begann sie und rang nach Worten. „Nein! Alexander ist ein netter Kerl, aber sonst nichts." Jetzt sprudelten die Sätze aus ihr heraus. „Ich weiß, ich habe dir Unrecht getan, keine Ahnung warum. Wahrscheinlich habe ich mich einfach nur ausgeschlossen gefühlt. Ich meine, du hast gestern mit Alexander zusammengehockt, und Olaf glotzt die ganze Zeit meine Schwester an. Und als Mutter heute dich statt mich anrief..., ich habe einfach durchgedreht."

„Ich habe gestern fast die ganze Nacht wach gelegen und gegrübelt." Marens Augen wurden feucht. „Ich habe versucht zu verstehen, was los ist. Und dann ist mir meine Mutter eingefallen. Du weißt, sie starb bei diesem Verkehrsunfall. Sie fehlt mir so sehr. Ich verstehe dich nur zu gut." Sie flüsterte jetzt fast. „Du musst denken, ich nehme dir deine Mutter weg, jetzt wo ich bei ihr wohne. Ruth ist wirklich nett und ich mag sie sehr, aber sie ist nicht meine Mutter! Und wird es sicher auch nie sein. Dafür, dass ich bei ihr wohne, kann ich nichts!"

Schweigend saßen sie eine Weile beieinander und Maren tupfte behutsam Blut von Ilonas Knie. Dann sahen sie sich mit tränenüberströmten Augen an - und lachten.

„Was sind wir doch für alberne Hühner", sagte Ilona. Sie setzte sich straff hin. „Freunde?"

„Nein, besser", Maren blinzelte eine Träne fort. „Freundinnen."

„Nein, viel besser", Ilona nahm Marens Hände fest in die ihren. „Schwestern!"

Nächtlicher Ausflug

„Ihr habt euch doch nicht geprügelt?", fragte Sarah entgeistert. Sie half ihrer Schwester über die Reling. „Lass' mal sehen. Tut es sehr weh?"

„Nein und nein", wehrte Ilona ab. „Nein, es ist nicht so schlimm, und nein, wir haben uns nicht geprügelt. Ganz im Gegenteil!"

Maren berichtete Sarah, was geschehen war. Sarah freute sich sehr, und drückte ihre Schwestern gleichzeitig so fest, dass sie aufquiekten. „Ihr seid ja so doof!" Sie schluckte, dann lachte sie. „Das muss gefeiert werden!" Sie dachte kurz nach, wobei sie wie üblich auf ihre Unterlippe biss. „Was haltet ihr von folgender Idee? Ich gehe zu Olafs Mutter, und sage ihr, dass wir heute Abend selber kochen möchten. Dann hole ich ein, was wir noch benötigen. In der Zwischenzeit üben Maren und du segeln. Geht das mit deinem Knie?" Ilona nickte. „Wir rufen die Jungen an, und laden zum Captain's Dinner, das heißt, sie müssen sich schick anziehen. Sonst lassen wir sie nicht an Bord." Die Mädchen giggelten.

„Apropos Jungen", Ilona berichtete von ihrer Begegnung mit Georg. „Er wollte uns später besuchen. Was machen wir mit ihm?"

„Uns oder dich?" Sarah grinste verschmitzt. „Nun, wir schicken ihn zu Olaf und Alexander. Die kennen sich ja offensichtlich. Sie können dann gemeinsam zum Dinner erscheinen. Sein Problem, wo er die schicken Klamotten herbekommt." Sarahs Grinsen wurde breiter. „Dann hat ja heute Abend jede von uns ihren persönlichen Mundschenk!" Sie giggelten erneut. „Auf geht's Mädels, die Jolle wartet." Sie deutete auf das Boot der Jungen, welches ja ebenfalls im Hafen vor sich hindümpelte. „Wir treffen uns in neunzig Minuten wieder hier. Dann wird zwei Stunden lang gebüffelt", sie zeigte auf Alexanders Hausaufgabenstapel, „danach gekocht. Ich bestelle die Jungs für halb acht!"

*

„Blöder Mist!", schimpfte Olaf lauthals. Ständig brachen die Köpfe der verrotteten Nägel ab, und dann war es immer mühsam, diese mit der Zange herauszuziehen. Aber die Arbeit schritt insgesamt gut voran. Sie hatten zunächst unter Anleitung der Werftarbeiter die Planken des Vorschiffs entfernt. So konnten diese das Schott zur freigelegten, vorderen Einzelkabine einbauen, während die Jungen, die jetzt wussten, was sie zu machen hatten, die achterlichen Planken herausbrachen. Nach und nach wurde der Motor zugänglich, den die Arbeiter schließlich mit einem mobilen Hebekran aus dem Schiff wuchteten, und neben den Rumpf auf große Holzblöcke ablegten. In diesem Moment vibrierte Olafs Handy. Er zeigte Alexander die eingehende Nachricht:

Wir haben einen Grund zu feiern! Heute Abend, halb acht, Captain's Dinner auf der Albatros. Achtung Dresscode: schicke Kleidung, ansonsten kein Einlass! Da sind wir streng!!! Übrigens, ihr bekommt nachher Besuch, bringt ihn bitte mit, aber achtet darauf, dass auch er sich ordentlich kleidet! Bis nachher.

P.S.: Die Hausaufgaben sind ganz schön schwierig!

„Die Mädels wissen genau, was sie wollen. Hmmm, gute Klamotten, meinetwegen, wenn's denn sein muss. Aber auf ein gutes Abendessen freue ich mich. Nach der Schufterei hier habe ich mächtig Kohldampf!"

„Ja, die bringen wirklich frischen Wind in unsere Ferien! Aber was meinen sie mit dem Besuch?"

„Keine Ahnung, na wir werden es schon erfahren", seufzte Olaf, „weiter geht's, diese Planken hier links müssen heute noch weg!"

*

Sarah stand summend in der Kombüse, und räumte gut gelaunt ihre Einkäufe in die Schränke, als ein Klopfen sie unterbrach. Sie schaute durch eines der Bullaugen und erblickte einen Jungen auf dem Steg. Das musste dieser Georg sein. Sie stieg auf Deck, um ihm zu sagen, dass Ilona mit der Jolle unterwegs sei, doch dann fiel ihr ein, dass er vielleicht noch gar nicht wusste, dass sie eine Zwillingsschwester hatte. Nun, es kam auf einen Versuch an. „Hi Georg", grinste sie, „schön, dass du da bist."

„Hallo Ilona."

Es klappte, er hatte sie verwechselt. „Du, wir wollen heute Abend etwas feiern, und ich würde mich freuen, wenn du dabei wärest. Aber jetzt habe ich viel zu tun. Geh' doch bitte zu Olaf und Alexander, die wissen Bescheid, und auch, dass du kommst. Du findest sie am Boot vor den Werftschuppen. Einfach da lang." Sie deutete in Richtung der Jungen, „bis nachher ja?" Sie lief unter Deck und sendete eine weitere SMS an Olaf.

Georg ging folgsam zur Werft. Was war das denn für eine Ansage? Er erreichte das Boot der Jungen, fand es jedoch verlassen vor. Was sollte er jetzt machen?

In diesem Moment kam Onkel Kurt, um den Fortschritt am Boot zu begutachten. Nanu, was wollte denn der fremde Junge hier? „Kann ich dir helfen?", fragte er.

„Guten Tag, ich wollte zu Olaf und Alexander."

„Die sind eben nachhause gegangen. Da hinten, die Pension Seeblick in der Buttergasse. Immer der Nase nach, und dann die dritte Straße links rein."

*

Erneut vibrierte Olafs Handy, und wieder zeigte er die eingehende Nachricht seinem Bruder:

Gleich kommt euer Besuch. Bitte verratet ihm nicht, dass Ilona und ich Zwillinge sind. Das soll eine Überraschung werden. Bis nachher, freue mich, Sarah!

Kaum hatten sie die Nachricht gelesen, klingelte es an der Tür. Alexander ging, um sie zu öffnen. „Georg", sagte er verblüfft und musterte seinen Klassenkameraden. „Was willst du denn hier?"

„Ehrlich gesagt, das weiß ich auch nicht so genau. Ilona hat mich zu euch geschickt. Ihr wüsstet Bescheid."

Die Brüder grinsten sich an. Offenbar wusste Georg tatsächlich nicht, dass Sarah, und nicht Ilona ihn hergeschickt hatte. „Komm erst mal rein, und erzähle uns, woher du sie kennst", meinte Olaf, und zog ihn ins Wohnzimmer.

Georg berichtete von seiner Begegnung am Robbenstrand und dem Grund seines Kommens. „Ich mache doch dieses Praktikum beim Tagesblatt, und Ilona hatte die Idee, dass ich über euch und euer Boot schreiben könnte. Ist das wirklich euer Boot? Wie kommt ihr dazu? Und was mache ich hier?"

Jetzt war es an den Brüdern, Georg alles zu erzählen. Als die Sprache auf die Kleiderordnung kam, runzelte er die Stirn. „Ich sehe schon die Schlagzeile: *Reporter wegen Verstoßes gegen die Kleiderordnung inhaftiert!* Aber ernsthaft, was soll ich denn jetzt anziehen? Und überhaupt, ihr tanzt ganz schön nach der Pfeife dieser Mädchen, oder? Hätte nicht gedacht, dass ihr so schnell unter dem Pantoffel steht! In der Schule habt ihr doch sonst immer eine große Klappe."

Betreten sahen sich die Brüder an. Georg hatte nicht Unrecht. „Na ja, die Idee an sich ist doch ganz nett", versuchte sich Olaf zu verteidigen. „Immerhin kochen sie für uns. Das weiß ich von Mutter."

„Papperlapapp", Georg wurde richtig energisch. „Wenn ihr ihnen den kleinen Finger gebt, nehmen sie sich ratzfatz die ganze Hand. Da müssen wir aufpassen!" Er grinste breit. „Wollen wir den Spieß umdrehen?"

Bald darauf summte Sarahs Handy. Sie legte das Messer, mit dem sie gerade einen Pfirsich schnitt, beiseite, und las die Nachricht ihren Schwestern, die ihre Segelstunde zwischenzeitlich beendet hatten, laut vor:

Zu kurz gedacht! Georg hat natürlich keine schicken Klamotten dabei, woher auch? Daher lautet das Thema nun KREATIVER KOSTÜMBALL. Wir kommen eine halbe Stunde später, dann habt ihr etwas mehr Zeit. Und keine Ausnahme beim Dresscode, sonst kommen wir gar nicht erst an Bord. Da sind wir streng!!!

Sarahs Mundwinkel fielen nach unten. „Spinnen die nun komplett? Wo sollen wir denn jetzt ein Kostüm herbekommen?"

Doch Maren strahlte, „deswegen ja auch KREATIVER KOSTÜMBALL, also nichts von der Stange. Die Jungs sind echt cool drauf. Ich finde, das ist eine tolle Idee, warum ist uns das nicht eingefallen? Nun denn, zeigt mal eure Kleiderschränke vor, ich habe da ein paar Ideen!" Sie lächelte schief. „Schließlich bin ich nicht umsonst euer Modepüppchen."

Ilona lachte, „Modepüppchen war gestern, heute bist du unsere Stylistin! Sag, was hast du vor?"

Maren inspizierte die Kleidung der Schwestern und sah sich im Schiff um. Sie war ganz in ihrem Element. Dann grinste sie vielsagend: „Frauen wie wir sind Göttinnen, findet ihr nicht auch?"

*

Pünktlich um acht Uhr betraten die Jungen den Bootssteg. Totenstill dümpelte die Yacht vor ihnen im Wasser. Merkwürdig! Hatten die Mädchen sie veralbert? Oder war die Idee mit dem Kostümball doch nicht so gut gewesen? Plötzlich öffnete sich ein Bullauge, und sie vernahmen Sarahs Stimme.

„Die Göttin des Abends begrüßt die von ihrem harten Tagwerk erschöpften Mannen!"

Die Kajütentür sprang auf, und Ilona trat barfuß auf das Vorschiff. Sie trug einen dunkelblauen Badeanzug. Um ihre Hüfte hatte sie einen marineblauen Schal gebunden, der ihr wie ein kurzer Rock bis zu den Knien reichte. Zwei weitere, dunkelblaue Schals waren um ihren Hals gewickelt, und hingen wie Schärpen an ihr herunter. Ihre Haare waren zu einem Dutt hochgesteckt, der mit schwarzen Bändern zusammen gehalten wurde. Jetzt ertönte Musik aus dem Inneren des Schiffs. Ilona drehte sich, und ließ Haarbänder und Rock fliegen. Dann verkündete sie: „Auch die Göttin der Verköstigung heißt ihre Gäste willkommen!"

Elegant sprang Sarah neben ihre Schwester und drehte sich mit ihr im Takt zur Musik. Olaf musste lachen. Sie hatte die große gelbe Tischdecke zu einer Toga gebunden. Ein weißer Gürtel hielt sie an der Hüfte zusammen. Mit Nadeln waren die Stile von Weintrauben auf dem Stoff festgesteckt, auf ihren Schultern bildeten Servietten einen kecken Kragen. Dazu trug sie Kirschen als Ohrringe. Der Knüller jedoch waren ihre Haare. Auch sie trug einen Dutt, aber ihrer war wesentlich voluminöser als der von Ilona, und in dessen Mitte steckte ein kleiner Apfel. Ihre Hüfte wiegend, streckte sie ihre Arme gen Himmel und rief: „Die Göttin der Nacht möge uns ihre Gunst erweisen!"

Nun trat Maren aus der Kajüte. Sie trug ein schwarzes Trikot, eine schwarze Nylonstrumpfhose und einen schwarzen Rock. Von ihren Schultern hing das Tischtuch mit dem Sternenmuster. Es war kunstvoll mithilfe einiger Stecknadeln zu einer Art Schal drapiert. Anders als bei den barfüßigen Schwestern, steckten ihre

Füße in einem Paar schwarzer Stiefel. Ihre offen getragenen, schwarzen Haare reichten ihr bis an die Hüfte. Schnell drehten sich die Drei im Kreis und stießen spitze Schreie aus. „Die Feier möge beginnen!"

Die Jungen applaudierten und sprangen lachend aufs Boot. Auch sie hatten sich Mühe gegeben und die Kiste mit den Faschingsklamotten auf dem Dachboden durchstöbert. Olaf hatte sich als Frosch zurechtgemacht. Eine grüne Hose, ein farblich passendes Hemd und zwei Teesiebe als Augen auf dem Kopf bildeten sein Kostüm. Alexander war ein Klabautermann, im quietschbunten Outfit und einer roten Perücke. Georg hingegen kam als eleganter Pirat, mit einer goldenen Augenklappe, silbernen Ketten und einer Pistole daher.

Die Schwestern bauten sich vor Georg auf. „Nun", fragte Maren, und stupste ihm beschwörend mit einem Finger auf die Brust. „Welche Göttin darf es sein? Von welcher hast du heute Vormittag dieses unsägliche Robbenfoto aufgenommen?"

Die Mädchen erwarteten, dass Georg nun hilflos vor ihnen stehen würde, doch da irrten sie sich gewaltig. Als angehender Reporter war er sozusagen von Berufs wegen schlagfertig. „Wenn ihr mich verwirren wollt, müsst ihr schon früher aufstehen", sagte er lässig, „und vor allen Dingen hättest du dir die Schokolade des Müsliriegels vom Mund wischen sollen!"

Sarah schaute ihn verwirrt an, was meinte er? Ilona hingegen fuhr mit ihrer Hand zum Mund. Im selben Moment begriff sie, dass sie sich damit verraten hatte. „Schuft!", lachte sie ihn an und stellte ihre Schwestern vor. „Das ist Sarah und die schwarze

Schönheit hier heißt Maren". „Nehmt bitte Platz, das Mahl beginnt sogleich."

Sie klappten den Tisch aus, und die Mädchen trugen die verschiedenen Gänge auf. Sie hatten fleißig gekocht. Als Vorspeise gab es eine Kartoffelsuppe. Diese war recht scharf geraten, was allerdings durch genügend Saft und Limonade wieder wettgemacht wurde. Zur Hauptspeise servierten sie für jeden eine gebratene Scholle, Bohnen mit Speck und Reis. Ein Obstsalat bildete die Nachspeise.

„Eigentlich könnten wir diesen Obstsalat für morgen aufsparen, und uns stattdessen über Sarah hermachen", stellte Olaf fest, und schielte auf ihren Apfel im Haar.

„Untersteh' dich! Weißt du, wie schwierig es war, den festzustecken?" Sie aß gerade eine Kirsche und spuckte deren Kern in seine Richtung, verfehlte ihn jedoch um eine Handbreit. Spontan entwickelte sich ein Kirschkern-Wettspucken, aus dem Olaf als Sieger hervorging, da er als einziger den Rettungsring an der Reling traf.

„Was feiern wir eigentlich?", wollte Georg nun wissen.

Maren, die gleich neben Ilona saß, beugte sich zu ihr vor, und küsste sie auf die Wange. „Ilona und ich haben unser Kriegsbeil begraben. Der Rest bleibt unser Geheimnis!"

„Wie schön", freute sich Alexander, ohne weiter nachzubohren, „Olaf und ich haben uns wirklich Sorgen gemacht, als ihr heute ohne Ilona zu unserem Boot kamt! Ihr ward richtig niedergeschlagen. Es war klar, dass irgendetwas nicht stimmte." Er schaute Ilona an. „Ganz ehrlich, wir hatten noch nie so tolle Ferien wie bisher, und es wäre schade, wenn ein Streit das überschatten würde." Seine Stimme wurde ganz ernst. „Ich glaube wirklich, wir können gute Freunde werden."

„Und ich glaube, dass wir es bereits sind!", lachte Sarah und hob ihr Saftglas. „Auf uns! Auf die Göttinnen und sonstige Kreaturen!"

„Und ich glaube", sagte Ilona, und hakte sich errötend bei Georg unter, der schweigsam neben ihr stand, „dass du auf jeden Fall mit uns anstoßen solltest!" Mit ebenso roten Ohren strahlte er sie an.

Sie saßen eine Weile still beisammen und genossen den geradezu magischen Moment. Chicco wunderte sich über die plötzliche Ruhe und stieß ein lautes Pfeifen aus. Maren unterbrach zuerst die Stille, „Ich bin so vollgegessen! Was haltet ihr von einem Spaziergang? Cora muss auch noch mal raus."

„Au ja!", Olaf rollte sich demonstrativ über den Boden, „auch ich habe mich kugelrund gefuttert."

„Vergessen wir nicht etwas?", fragte Alexander. „Ich meine, so schön das hier ist, wir müssen doch die Hausaufgaben durchgehen. In drei Tagen ist eure Prüfung, oder habt ihr keine Lust mehr?"

„Und wie wir Lust haben, Lust auf eine Wanderung", erwiderte Sarah schnippisch. „Die Hausaufgaben haben wir natürlich gemacht. Es waren schwierige Aufgaben, die du uns da gegeben hast, aber sie waren echt toll. Ich denke doch, wir haben viel gelernt. Danke sehr dafür. Während Ilona und ich geschnippelt und gebraten haben, hat Maren bereits alles korrigiert. Du hast doch gesagt, du könntest ihr nichts mehr beibringen, oder?"

„Vieles war richtig", bestätigte Maren. „Die offenen Fragen klären wir morgen, einverstanden? Heute ist einfach kein Abend, um zu pauken! Können wir bitte auf die Klippe gehen? Ich war da noch nicht."

*

Zwischenzeitlich dämmerte es, daher machten sie sich mit zwei Taschenlampen ausgerüstet auf den Weg. „Ich sehe schon die Schlagzeile", scherzte Georg, „*Invasion der Märchenfiguren! Drei Göttinnen, ein Frosch, ein Kobold, ein Seeräuber, ein Werwolf auf vier Pfoten und ein sprechendes Flugungeheuer gesichtet. Kann Kraven noch gerettet werden?*".

Ilona und Sarah hatten sich natürlich Schuhe angezogen, die allerdings gar nicht so recht zu ihren Kostümen passen wollten. Unterwegs redeten sie wenig. Auf der Klippe jedoch alberten sie ausgelassen herum. Alexander nutzte die Dunkelheit, schlich sich von hinten an Sarah heran und biss doch noch ein großes Stück aus dem Apfel in ihrem Haar. Lachend ließen sie sich ins Gras fallen.

„Seid mal still", sagte Ilona plötzlich, „Was war das?"

„Ich höre nichts."

„Doch da!", jetzt hörten sie es alle. „Das klingt wie das Weinen eines kleinen Kindes!", stellte Ilona mit verwunderter Stimme fest.

„Wir müssen nachschauen, es kam aus der Bucht mit der Robbenbank." Olaf sprang auf und wies mit der Taschenlampe den Weg.

Sie erreichten die Bucht, aber jetzt war nichts mehr zu hören. Mit ihren Taschenlampen suchten sie den Strand ab, konnten aber nichts entdecken.

„Seht einmal, Cora hat etwas gewittert", sagte Sarah und zeigte auf die Hündin, die ihre Nase in die Luft hielt. „Such, Cora, such."

Cora lief geradewegs auf einen großen Felsen zu und um diesen herum. Dann blieb sie stehen und bellte zweimal. Das war das Zeichen, dass sie etwas entdeckt hatte, sie war wirklich gut abgerichtet. Georg war als erster bei ihr und leuchtete um den Felsen. Eine Robbe starrte angstvoll in das Licht. „Ihre Flosse ist ganz blutig, schaut nur!" Maren machte einen Schritt auf das Tier zu, aber Olaf hielt sie zurück. „Nicht, es ist immer noch ein Wildtier und gefährlich. Gerade wenn es verletzt und so verängstigt ist wie jetzt. Wir wollen ein wenig zurückweichen. Seht nur, wie verschüchtert die Robbe uns anschaut!"

Sie entfernten sich einige Schritte. „Was können wir nur machen?", wollte Maren wissen. „Wir müssen doch irgendwie helfen!"

„Die Flosse sieht aus, als ob sie in eine Schiffsschraube geraten wäre, auch ihr Rücken ist verletzt", sagte Georg, der die Robbe am besten gesehen hatte. „Wir sollten die Polizei verständigen."

„Ja, das ist das Vernünftigste", stimmte Olaf zu. „Hat jemand sein Handy dabei? Mein Froschkostüm hat keine Taschen, daher habe ich meines zu Hause gelassen." Auch die Mädchen schüttelten ihre Köpfe. „Ich", rief Alexander, und gab Olaf das Telefon. Er wählte die Notrufnummer und erklärte einem Beamten die Situation. Dann gab er es seinem Bruder zurück. „Sie kommen mit einem Tierarzt vorbei, das dauert etwa zwanzig Minuten", berichtete er den anderen. „Wir sollen solange hierbleiben und das Tier im Auge behalten. Aber wir sollen viel Abstand wahren."

„Hört mal, da ist wieder dieses weinerliche Geräusch, aber diesmal von links", sagte Sarah. Sie schnappte sich die Lampe von Georg und ging rasch auf einen weiteren Felsen zu. „Nein wie schrecklich!", rief sie. „Hier ist eine ganz junge Robbe, und auch sie blutet. Bestimmt liegt da vorne das Muttertier."

Sie hatte Recht. Die Kinder gingen noch einige Schritte weiter zurück, und beobachteten, wie der Heuler auf seine Mutter zurobbte. Er kam jedoch nur sehr langsam voran, und hinterließ eine Blutspur im Sand. Maren war den Tränen nahe, „Wo bleiben denn nur die Polizisten!"

Endlich hörten sie Schritte. Zwei Polizisten, ein hagerer Mann im Mantel und eine Frau kamen aus der Dunkelheit auf sie zu. „Hallo! Ich bin Heinz Trumpel, das hier ist mein Kollege Werner Heugen." Der größere von den beiden Polizisten deutete auf seinen Kollegen. „Habt ihr angerufen?"

„Ich bin die Tierärztin", unterbrach die Frau ungeduldig. „Wo ist die Robbe?" Sie richtete den Strahl einer starken Lampe zuerst auf den Heuler, danach auf das Muttertier. „Wie schrecklich, das ist bereits das zweite Mal diese Woche. Wir müssen die Tiere betäuben und in die Aufzuchtstation schaffen. Dort können wir ihnen hoffentlich helfen." Sie wendete sich an den Mantelträger, der daraufhin zu dem Wagen zurückging, und ein Betäubungsgewehr holte.

Die Kinder beobachteten, wie der hagere Mann zwei gezielte Schüsse auf die Tiere abgab. „So, jetzt müssen wir warten, bis das

Mittel wirkt, das dauert eine Weile", sagte einer der Polizisten und musterte die Kinder jetzt etwas genauer. Trotz der Umstände musste er grinsen. „Wo kommt ihr denn überhaupt her?"

„Von einem Kostümfest", antwortete Ilona kurz und zog ihre beiden Schals enger um den Hals. Die Temperatur war inzwischen deutlich gefallen.

„Ihr Mädels zittert ja wie Espenlaub", stellte der Mann freundlich fest. „Na, kein Wunder, nach dem Schrecken. Außerdem ist es frisch geworden und ihr tragt nur eure dünnen Kostüme."

„Ihr habt euch ganz richtig verhalten", lobte jetzt der andere Polizist. „Ich wünschte, alle Touristen wären so vernünftig wie ihr! Aber ihr könnt nun nicht mehr helfen. Wir warten hier auf den Tiertransporter. In der Zwischenzeit fahre ich euch nachhause, einverstanden? Wo wohnt ihr überhaupt? Allerdings kann ich nicht alle auf einmal mitnehmen."

„Das ist kein Problem", meinte Alexander. „Wir Jungen gehen zu Fuß, es ist ja nicht sehr weit. Wenn sie die Mädchen mit dem Hund nachhause fahren, kommen wir schon zurecht."

„Aber..."

„Kein aber", unterbrach Olaf Sarah. „Ihr lasst euch jetzt zum Boot bringen, bevor ihr euch erkältet. Morgen kommen wir zum Frühstück zu euch." Er pfiff Chicco, der sich auf seine Schulter setzte. „Komm Georg, in unserem Zelt ist noch ein Platz für dich frei!"

Mit hängenden Köpfen stiegen die Mädchen in den Wagen. Was für ein trauriges Ende für einen so tollen Abend das doch war!

Wohnen mit Aussicht

Aufgeregt schwatzend saßen die Kinder am nächsten Morgen um den Tisch der Albatros herum, und besprachen die gestrigen Ereignisse, als ein Polizeiauto in den Hafen einfuhr. Herr Trumpel und Herr Heugen, die beiden Polizisten vom vorherigen Abend stiegen aus.

„Hallo, da seid ihr ja", rief Herr Trumpel. „Wir müssen euch noch einige Fragen stellen. Dürfen wir an Bord kommen?"

„Ja sicher." Sie rückten zusammen und Sarah hielt eine Kanne hoch. „Möchten sie eine Tasse Kakao?"

„Gerne", freuten sich die Männer. „Wir haben gestern die verletzten Tiere in die Aufzuchtstation gebracht. Dem kleinen Heuler geht es inzwischen schon deutlich besser, er war nur relativ leicht verletzt. Sorgen macht uns das Muttertier, da können wir nur abwarten."

„Wissen sie schon, wie sie sich verletzt haben?", wollte Maren wissen.

„Nicht genau, und deswegen wollen wir euch befragen. Ganz offensichtlich sind sie in eine Schiffsschraube geraten. Habt ihr gestern irgendetwas bemerkt?"

Sie schüttelten die Köpfe. Dann fiel Alexander etwas ein. „Die Tierärztin sagte, dass es bereits das zweite Mal wäre."

„Ja, vor fünf Tagen wurde schon einmal eine Robbe mit gleichen Verletzungen aufgefunden, wieso?"

„Nun", Alexander rechnete kurz nach, „das passt. Vor fünf Tagen war ich mit Ilona auf dem Leuchtturm. Erinnerst du dich an das Boot, Ilona?"

Sie nickte eifrig. „Ja, es fuhr um die Klippe herum, kam also offenbar aus dem Naturschutzgebiet. Vielleicht haben diese Leute die Robbe verletzt. Ich meine, die dürfen da doch gar nicht fahren, oder?"

„Natürlich nicht, wisst ihr vielleicht den Namen des Bootes?", wollte Herr Trumpel wissen.

„Nein, dazu war es zu weit entfernt."

„Schade, dann können wir nichts ausrichten. Wenn ihr keine weiteren Informationen für uns habt, machen wir uns wieder auf den Weg", sagte der andere Beamte, und klappte energisch sein Notizbuch zu.

„Wie jetzt?", regte sich Maren auf. „Sie müssen doch irgendetwas unternehmen. Immerhin wurden bereits drei der Tiere verletzt, und eines offenbar sehr schwer!"

Herr Trumpel blickte gequält in die Runde: „Glaubt mir, ich würde nur zu gerne die Schuldigen finden. Aber uns sind da die Hände gebunden. Solange wir keine konkreten Namen oder Hinweise haben, können wir nicht tätig werden. Es ist unmöglich, die ganze Küste ständig zu überwachen, dazu fehlen uns einfach die Leute. Und wir haben im Moment auch ganz andere Sorgen. Es sind geschmuggelte Zigaretten im Umlauf, massenhaft. Und seit zwei Tagen taucht überall Falschgeld auf. Da können wir uns nicht ausschließlich um die Robben kümmern, so leid es mir tut." Die Polizisten verabschiedeten sich und fuhren davon.

„Das soll es jetzt gewesen sein?", schnappte Maren, „Zigaretten sind wichtiger als Robben?" Sie stellte wütend ihre Tasse auf den Tisch. Dabei stieß sie den Wurstteller herunter. Dieser fiel genau vor Cora auf den Boden. Ein schnelles Schnappen, und die Wurstscheiben waren Geschichte. Doch niemand nahm Notiz von ihr.

„Wir wollen einmal überlegen." Olaf legte beruhigend seine Hand auf Marens Arm und wendete sich an Sarah: „Auch mir ist ja etwas aufgefallen. Weißt du noch, als wir am Klippenrand saßen, sah ich diese Lichtblitze auf dem alten Leuchtturm, aber du dachtest, es wäre ein Sonnenreflex oder so."

„Nun, es könnte tatsächlich sein, dass mehr dahinter steckt", räumte Sarah ein.

„Wenn wir alles zusammen betrachten, ergibt sich folgendes Bild", resümierte Georg. Der Reporter in ihm arbeitete fieberhaft. „Ihr habt merkwürdige Lichtblitze beobachtet, Ilona und Alexander ein verdächtiges Motorboot. Am selben Abend wird eine verletzte Robbe aufgefunden. Gestern Vormittag treffen Ilona und ich auf eine leere Robbenbank." Er unterbrach sich und sah Ilona in die Augen. „Kennen wir uns wirklich erst seit gestern? Das kommt mir schon viel länger vor." Mit roten Ohren fuhr er fort: „Vermutlich wurden die Tiere gestört und sind geflüchtet. Am Abend entdecken wir den blutenden Heuler mit seiner ebenfalls verletzten Mutter. Heute erfahren wir von geschmuggelten Zigaretten und Falschgeld. Irgend..."

„`...Irgendetwas geht in der Bucht vor", unterbrach ihn Ilona. „Das kann nicht alles Zufall sein! Aber was können wir unternehmen?"

„Nun, wie wäre es, wenn wir einen Beobachtungsposten einrichten", dachte Georg laut nach. „Die Polizei kann nicht die gesamte Küste beobachten, wir aber wenigstens die eine Bucht!"

„Genau", sagte Olaf, der erriet, was Georg im Sinn hatte. „Wir können mit unseren Zelten auf die Klippe ziehen. Von dort haben wir einen prima Ausguck!"

„Was ist denn hier los?", fragte eine tiefe Stimme. Es war Jan, der sich die Segelkünste der Mädchen anschauen wollte. Niemand hatte ihn kommen gehört.

„Ach, es ist wegen der Robben, die wir gestern Abend gefunden haben."

„Ich habe schon davon gehört, in Kraven spricht sich so etwas schnell `rum." Er wendete sich an die Mädchen. „Wie sieht's aus, habt ihr noch Interesse am Segelschein?"

„Ja, genug geschwatzt", sagte Olaf. „Die Jungs räumen hier rasch auf. Dann gehen wir zum Boot, die Arbeit ruft. Georg, du kannst uns begleiten, dein Interview mit uns führen und die Fotos aufnehmen. Das möchtest du doch immer noch, oder? Die Mädels gehen gleich mit Jan mit."

„Heute Nachmittag hole ich die Luftmatratze ab, die liegt ja noch immer im Laden. Dann kann ich mit euch ins Zelt", rief Maren.

„Das kann ich für dich in der Mittagspause erledigen", bot sich Alexander an. Die anderen grinsten, doch Maren lächelte geschmeichelt. „Lieb von dir, Alex!", flötete sie. „Auf Mädels! Wir treffen uns alle hier um fünf Uhr wieder." Olaf grinste besonders breit. Er wusste, dass sein Bruder diese Abkürzung seines Namens nicht sonderlich mochte, aber bei Maren duldete er es widerspruchslos.

*

Jan ließ die Mädchen zunächst alleine segeln. Er hatte ein Megafon mitgebracht, und rief ihnen vom Kai aus Befehle zu, wie unter Prüfungsbedingungen. Halse, Wende, Aufschießer, dröhnte es durch das Hafenbecken, und während zwei der Mädels in der Jolle die angesagten Manöver durchführten, musste die Dritte auf dem Kai Knoten knüpfen und Fragen beantworten. Jan nahm die Lehrerrolle sehr ernst, hatte aber auch sichtlich großen Spaß daran. Er war mit der Leistung seiner Schülerinnen sehr zufrieden. „Das klappt ja schon ganz gut, jetzt fahrt ein *Mann über Bord-Manöver*", verlangte er durch das Megafon.

„Das können wir noch nicht", sagte Ilona, die gerade ihre Knoten zeigte und stolz einen Palstek hochhielt. „Das wollten die Jungen heute Nachmittag mit uns üben. Das, sowie das Kentern mit der Jolle!"

„Nun gut, dann anlegen", klang es blechern aus dem Megafon.

„Das Aufrichten der Jolle nach einer Kenterung und das *Mann über Bord-Manöver*, kurz MOB, sind beides sehr wichtige Übungen, die wichtigsten überhaupt", erklärte er, als alle drei Mädchen um ihn herumstanden. „Zum Kentern üben bin ich zu alt, das sollen die Jungs euch beibringen, aber ich werde jetzt bis zum Mittag mit jeweils einer von euch Mann über Bord segeln. Nach der Mittagspause geht es dann auf das Motorboot. Ihr werdet sehen, Motorboot fahren ist viel einfacher als segeln."

*

„Was ist es für ein Gefühl, ein eigenes Boot zu besitzen?", fragte Georg, und hielt Olaf ein kleines Diktiergerät vor die Nase. Als moderner Reporter hielt er Bleistift und Notizblock natürlich für unzeitgemäß.

„Was ist es wohl für ein Gefühl, wenn dieser Hammer hier rein zufällig auf dein Diktiergerät fällt?", gab Olaf die Frage zurück. „Lass gut sein, Georg. Du hast genug Fragen gestellt und reichlich Fotos gemacht. Damit kannst du ein ganzes Buch füllen."

Georg seufzte und schaltete das Gerät aus. Olaf hatte schon Recht. Er schaute auf seine Uhr. „Ich habe noch über eine Stunde Zeit, bis der Bus nach Neustadt losfährt. Ich soll nachmittags in der Redaktion vorbeischauen. Herr Olavson will sehen, was ich an Informationen gesammelt habe und mir dann bei dem Artikel helfen. Morgen ist ja mein letzter Tag des Praktikums. Ich hoffe, er druckt meinen Bericht. Solange helfe ich Alexander noch mit den alten Planken. Als Reporter sollte man möglichst am eigenen Körper erfahren, worüber man schreibt. Ich sehe schon die Schlagzeile: *Reporter berichtet unter Einsatz seines Lebens!*"

Georg ist schon ein feiner Kerl, dachte Olaf. Schon merkwürdig, da geht man mit jemandem jahrelang in die gleiche Klasse, und kennt ihn so gut wie gar nicht. Er wendete sich wieder dem Motor ihres Schiffes zu. Mithilfe des Buches über Schiffsdiesel, hatte er diesen bereits weitestgehend zerlegt. Die meisten Einzelteile lagen fein säuberlich auf einer Unterlage aufgereiht. Einige warf er in einen Eimer mit einer seifigen Flüssigkeit, andere auf einen kleinen Haufen.

Onkel Kurt betrachtete Olafs Werk und war beeindruckt. „Du scheinst dich ja mit Motoren richtig gut auszukennen."

„Technische Dinge machen mir eben Spaß", gab er bescheiden zurück. „Und das Buch ist mir eine große Hilfe! Ich denke, ich kann den Motor reparieren. Er ist zwar alt, hat aber nur wenige Betriebsstunden auf dem Buckel. Das erkennt man am Zustand der Zylinder. Ich habe die brauchbaren Teile hier auf die Plane gelegt. Was gesäubert oder entrostet werden muss, liegt zum Entfetten im Eimer." Er deutete auf den kleinen Haufen. „Dort liegen die defekten Teile, überwiegend Dichtungen, eine Feder und drei Schrauben, die so verrottet waren, dass ich sie herausbohren musste. Die sind natürlich jetzt hin. Am schlimmsten sind diese beiden Pleuelstangen dran. Da muss jemand mit einem schweren Hammer oder so draufgeschlagen haben. Schau, die sind ganz verbogen und haben Dellen."

„Nun, es ist zwar ein alter, aber durchaus verbreiteter Motor", sagte Onkel Kurt. Er rief einen der Werftarbeiter zu sich. „Jens, geh' doch nachher einmal mit Olaf in Schuppen zwei. In einem der hinteren Hochregale auf der linken Seite sollten alle Ersatzteile liegen, die er für den Motor benötigt. Aber jetzt ist erst einmal Mittagspause!"

„Wollen wir schauen, was die Mädchen treiben?", schlug Alexander vor.

„Geht ihr nur", erwiderte Georg. „Ich fahre jetzt nach Neustadt. Dann frage ich meine Eltern, ob ich heute wieder bei euch übernachten darf. Bestimmt haben sie nichts dagegen. Bis heute Abend!"

*

Alexander und Olaf staunten nicht schlecht, als sie sahen, wie die Mädchen zwischenzeitlich das *Mann über Bord-Manöver* beherrschten. Zu zweit saßen sie im Boot, und immer wenn Jan *Mann über Bord* durch sein Megafon brüllte, schmiss eines der Mädchen einen Rettungsring ins Wasser. Das andere musste nun eine Kurve segeln, neben dem Ring aufstoppen und diesen wieder an Bord nehmen. Das musste sie jedoch ganz alleine schaffen, denn in einem wirklichen Notfall wäre sie ja auch alleine - der Mitsegler war ja über Bord gefallen.

Sie aßen gemeinsam mit Jan zu Mittag, dann ging Olaf zurück zum Boot. Alexander holte Marens Luftmatratze, bevor er seinem Bruder folgte. Nach der Pause wurde mit den Arbeiten an dem neuen Deck begonnen, die bis morgen Abend beendet sein sollten. Um den Zeitplan einhalten zu können, zog Onkel Kurt noch zwei weitere Werftarbeiter hinzu. Die Jungen freuten sich ungemein. Danach waren nur noch wenige Dinge fertig zu stellen, bevor sie das erste Mal mit ihrem Boot in See stechen konnten.

Für die Mädchen war es nun Zeit für ihre erste Motorbootstunde. Jan zeigte ihnen die Übungen und freute sich, wenn sie diese ordentlich schafften. Maren war in dieser Disziplin die Beste. Jan hatte Recht behalten. Im Vergleich zum Segeln war Motorboot fahren eigentlich ganz einfach. Das *Mann über Bord-Manöver* gelang allen drei Mädchen auf Anhieb. Sie konnten sich ganz auf das Steuern des Bootes konzentrieren, da sie sich nicht, wie bei der Jolle, auch noch um die Segel kümmern mussten. Am späten Nachmittag legten sie mit Jans Barkasse schon ganz selbstverständlich an den Steg an.

„Genug für heute!", brummte er sichtlich beeindruckt. „Es sollte mit dem Klabautermann zugehen, wenn ihr die Prüfung nicht schafft. Aber Maren muss noch mit den Knoten schneller werden. Wir treffen uns morgen wieder, sagen wir um vier, einverstanden? Dann wiederholen wir alles und ihr seid bestens auf die Prüfung vorbereitet." Er lächelte ihnen zum Abschied zu, und stapfte summend in Richtung seines Hauses.

*

Um fünf Uhr trafen sich alle auf der Yacht. Sie zogen ihre Badesachen an, denn jetzt galt es, kentern zu üben. Eine Jolle konnte immer einmal umgeblasen werden, und dann war es wichtig, dass man sie wieder aufrichten konnte. Das wurde zwar in der Regel nur theoretisch geprüft, aber man konnte ja nie wissen.

Olaf stieg ins Boot. „Wer übt zuerst mit mir?" Aber Sarah war bereits hineingesprungen. Der Wind hatte aufgefrischt, ideale Bedingungen zum Kentern. Sie fuhren eine recht scharfe Wende, ließen die Segel falsch stehen und - Platsch - lagen sie im feuchten Nass. Es war gar nicht so einfach, das Boot wieder aufzurichten. Sie mussten sich auf den Bootsrumpf stellen, der seitlich im Wasser trieb, das schwer im Wasser liegende Segel an dafür vorgesehenen Tauen greifen und sich nach hinten lehnen. Dabei richtete sich das Boot langsam auf. Schwierig war es, den Moment abzupassen, in dem sie ihr Gewicht wieder nach vorne verlagern mussten, um nicht hintenüber zu fallen, und von dem Segel, jetzt auf der anderen Seite, unter Wasser gedrückt zu werden. Lachend und Wasser spuckend übten sie, bis Sarah es einigermaßen hinbekam.

Jetzt war es an Alexander, den Lehrer zu geben. „Geh nur", forderte Ilona Maren augenzwinkernd auf, noch bevor Alexander etwas sagen konnte. Alexander staunte, wie gut Maren zwischenzeitlich segelte. „Als hättest du nie etwas anderes gemacht! Achtung!" - Platsch - prustend lagen sie im Wasser und lachten. Aber schon bald darauf segelten sie der nächsten Kenterung entgegen. Jan war ein toller Lehrer, aber mit den Jungs machte es doch erheblich mehr Spaß.

Schließlich war Ilona an der Reihe. Sie übte ebenfalls mit Alexander, da Olaf und Sarah bereits zur Yacht vorgegangen waren, um sich umzuziehen.

*

Nach dem Abendessen berichteten sie Olafs Mutter von ihrem Plan, auf der Klippe zu zelten. Allerdings verrieten sie nicht den Grund, da sie fürchteten, sie zu beunruhigen. Frau Breuer war zunächst gar nicht begeistert, aber nachdem die Kinder versprachen, die Zelte in einigem Abstand vom Klippenrand zu platzieren, gab sie ihre Einwilligung.

Sie brachen die Zelte in den Dünen ab, und schleppten sie gemeinsam auf die Klippe. Während die Jungen diese dort oben wieder aufstellten, gingen die Mädchen den Weg ein zweites Mal, um die Seesäcke mit den Schlafsäcken und Luftmatratzen zu holen.

„Ich kann nicht mehr", jammerte Sarah und ließ sich vor das Zelt auf den Boden fallen. „Das war ein wirklich anstrengender Tag! Erst segeln, dann Motorboot fahren, dann kentern, jetzt als Lastesel die Klippe hochlaufen... ich bleibe einfach hier liegen und schlafe jetzt ein!"

„Nichts da, wir müssen auf jeden Fall noch einmal die schwierigen Fragen durchgehen", sagte Olaf streng. „Ihr dürft sie meinetwegen im Liegen beantworten."

„Gute Idee!" Maren und Ilona streckten sich neben Sarah ins Gras. „Was für eine tolle Aussicht!", schwärmte Ilona erneut. „Los jetzt, wir wollen es hinter uns bringen!"

Kurz darauf erschien Georg mit einem großen Rucksack. Fröhlich winkte er seinen Freunden entgegen.

Ilona sprang auf. „Was hast du denn da mitgebracht?"

„Nun, im Gegensatz zu euch schwachsinnigen Laien, habe *ich* mir überlegt, wie wir die Bucht überwachen können."

„Ich gebe dir gleich schwachsinnige Laien!" Ilona kniff ihn fest in den Arm. „Aber sag, was hast du dir überlegt?"

„Folgende Idee." Er öffnete seinen Rucksack. „Wir stellen meine Kamera auf dieses Stativ. Es ist natürlich eine digitale Kamera. Das bedeutet, dass ich keinen Film einlegen muss - AUTSCH!" Ilona hatte ihn erneut gekniffen. „Die Kamera ist über dieses Kabel hier mit dem schwarzen Kasten verbunden. Das ist ein Restlichtverstärker, an..."

„Mensch, wo hast du den denn her", unterbrach ihn Olaf. „Die Dinger sind doch irrsinnig teuer!"

„Ich habe letztes Jahr die Fotos für die Werbeplakate der Vogelstation in Neustadt gemacht. Die hängen jetzt dort im Schaukasten. Vater kennt den Verwalter. Als Belohnung bekam ich dieses Nachtsichtgerät. Es ist zwar alt und daher etwas klobig, funktioniert jedoch prima. Wie dem auch sei. An dieser Stelle kommt Alexander ins Spiel. Er gibt in der Schule doch immer so mit seinem Laptop an." Er wich geschickt einem Fausthieb aus. „Werde ich heute eigentlich von allen misshandelt? Ich glaube, ich werde Kriegsberichterstatter, das ist weniger gefährlich als das hier! Aber ernsthaft. Ich kann die Kamera sagen wir alle zwanzig Sekunden ein Foto schießen lassen. Der Restlichtverstärker hat einen USB-Ausgang. Alexander, kannst du die Fotos da auslesen, miteinander vergleichen und wenn sie sich stark unterscheiden, weil z.B. ein Schiff da ist, wo vorher keines war, einen Alarm auslösen?"

„Genial!" Alexander war Feuer und Flamme. „Ich hole schnell meinen Laptop. Der liegt in der Pension."

„Ich begleite dich", rief Maren. „Die Theorie beherrsche ich ja hinlänglich."

„Hoffentlich ist der kleine Laptop für zwei Personen nicht zu schwer!", lästerte Sarah, und streckte sich wieder lang ins Gras. „Wie war das noch gleich mit den Beleuchtungsvorschriften?"

Eine gute Stunde später saß Alexander vor dem Zelt und programmierte seinen Laptop, während Georg die Kamera auf sein Stativ montierte und sie auf die Bucht ausrichtete. „Es wird nur ein einfaches Skript", erklärte Alexander und hämmerte wild auf den Tasten des Rechners herum. „Nicht sonderlich schnell, dafür leicht zu erstellen. Geschwindigkeit ist nicht entscheidend."

Kurz darauf testeten sie den Aufbau. Die Kamera war so platziert, dass sie die ganze Robbenbucht und einen Teil des Fahrwassers vor Kraven erfasste. Alexander und Sarah stellten sich links und rechts neben die Kamera, und lockten Chicco so lange zwischen sich hin und her, bis er durch das Bild flog. Im selben Moment ertönte im Laptop ein Warnton, den Chicco gleich täuschend ähnlich nachahmte.

Olaf klopfte Georg auf die Schultern. „Fantastisch! Hoffentlich hält uns Chicco jetzt nicht die ganze Nacht mit diesem Geräusch auf Trab! Aber jetzt ab in die Zelte, es ist fast elf. Morgen haben wir, wieder einmal, alle einen anstrengenden Tag vor uns. Wir müssen ein Deck beplanken und die Mädels müssen pauken, bis ihnen der Schädel qualmt. Was wirst du machen, Georg?"

„Ich muss noch einmal nach Neustadt, die Endfassung meines Artikels über euch abliefern. Es ist ja mein letzter Praktikumstag. Vormittags ist in der Redaktion immer der Teufel los, da würde ich nur stören. Das heißt, ich kann euch bis um elf bei euren Planken helfen, ok?"

„Nein", meinte Alexander. „Das ist nett gemeint, aber wir arbeiten bereits zu sechst auf dem Boot, wir und vier Werftarbeiter. Und Onkel Kurt hilft auch ab und an. Wir würden uns gegenseitig im Weg stehen. Besser du hörst morgen früh noch einmal die Mädchen ab. Es ist ihr letzter Tag vor der Prüfung. Außerdem ist das für dich eine gute Übung. Du wirst ab übermorgen der einzige von uns sein, der keinen Segelschein sein Eigen nennt!"

„Keine Sorge, die Ferien dauern noch lang", grinste Georg. „Ich habe mich bereits nach weiteren Prüfungsterminen erkundigt!"

Kurz darauf lagen die Freunde in ihren Schlafsäcken. Friedlich standen die Zelte im Mondschein, nur der Wind, der hier oben spürbar stärker blies als unten am Strand, rüttelte sanft an den Zeltschnüren. Es war Ilona, die diese Stille ein letztes Mal unterbrach: „Das sind die besten Ferien, die ich je hatte", sagte sie so laut, dass jeder es hören konnte. „Ich bin glücklich, euch alle kennen gelernt zu haben!"

*

Am nächsten Morgen standen sie früh auf. Es hatte keinen Alarm gegeben, also war wohl in dieser Nacht nichts geschehen, zumal auch Cora sie nicht geweckt hatte. Cora schlief stets mit einem offenen Ohr, und hätte die Kinder sicher gewarnt, wenn irgendetwas sie gestört hätte.

„Was machen wir mit der Kamera und dem Laptop?", wollte Georg wissen. „Das ist teures Equipment und könnte während unserer Abwesenheit gestohlen werden."

„Das habe ich mir auch schon überlegt", antwortete Sarah. „Wir können alles tarnen, schau wir haben hier eine alte Decke. Cora wird Wache halten. Sie ist ja abgerichtet, und Border Collies sind bekannt für ihre Intelligenz und Zuverlässigkeit. Wenn wir ihr befehlen aufzupassen, wird sie den ganzen Tag hierbleiben und niemanden in die Nähe der Zelte lassen."

„Und das klappt?" Georg war skeptisch. „Es ist wirklich eine sehr kostbare Kamera, eine neue kann ich mir nicht leisten."

„Du kannst uns vertrauen", unterstützte Ilona ihre Schwester, „wenn Cora aufpasst, wird hier nichts gestohlen!"

Sie stellten für Cora einen Napf mit Wasser und einen weiteren mit Futter bereit. Dann nahm Ilona die Hündin beim Halsband und führte sie neben die Zelte zur Kamera, die nun unter der Decke nicht mehr zu erkennen war. Sie hob ihren Zeigefinger, ein Zeichen für Cora, dass sie jetzt einen Befehl erhielt. „Pass auf, lass niemanden in die Nähe!", sagte sie, klopfte auf die Zelte und wiederholte den Befehl. Die Hündin verstand. Sie setzte sich ins Gras, und machte keinerlei Anstalten, ihnen zu folgen, als sie die Klippe verließen. Georg war beeindruckt. „Seid ihr auch so gut erzogen?", wollte er von den Mädchen wissen, was ihm jedoch statt einer Antwort nur einige Püffe und Knüffe einbrachte.

*

Nach einem ausgiebigen Frühstück in der Pension begaben sich die Jungs zu ihrem Boot. Georg begleitete wie besprochen die Mädchen zur Yacht und hörte sie ab, bis er zum Bus nach Neustadt musste. Die Mädels begleiteten ihn zur Haltestelle, danach schnappten sie sich die Jolle und segelten, bis Jan sie zur zweiten Motorbootstunde abholte. Alle Manöver klappten auf Anhieb recht ordentlich. Sie hatten genug gelernt. Jan nickte zufrieden. „Lasst es gut sein. Noch mehr zu üben würde euch nur verrückt machen. Ihr könnt es, und werdet die Prüfung sicher bestehen", sprach er ihnen Mut zu. „Ich habe noch selten so fixe Leichtmatrosen gesehen, wie euch!"

Gemeinsam suchten sie das Boot der Jungen auf. Diese standen mit Onkel Kurt zusammen und besprach etwas. Sie senkten ihre Stimmen, als die Mädels um die Ecke bogen, doch das fiel diesen gar nicht auf. Dann lächelte Onkel Kurt.

„Kommt an Bord", rief er den Mädchen zu, und half ihnen bei der Leiter. „Was haltet ihr jetzt von dem Boot?", fragte er stolz.

Das neue Deck war fertiggestellt, und funkelte im Sonnenlicht. Es sah fantastisch aus. Zwei Arbeiter schliffen gerade die letzten Planken des Vorschiffs ab. Eine neue Luke ermöglichte den Zugang zur vorderen Einzelkabine. Hain zog gerade ein dickes Dichtungsgummi in den Rand der Aussparung.

„Wunderschön!" Ilona war die Erste, die Worte fand.

Auch Onkel Kurt strahlte. „Ja, nicht wahr. Das ist mal etwas anderes, als immer nur Kähne zu reparieren. Es macht mir großen Spaß, dieses Boot wieder aufzubauen. Ich habe schon darüber nachgedacht, es einfach zu behalten!"

Die Jungen schauten ihn ganz entsetzt an, doch dann entdeckten sie ein verschmitztes Grinsen in seinem Gesicht. „Ich veralbere euch natürlich. Ich würde euch das Schiff allerdings nicht geben, wenn ich nicht wüsste, dass es sich bei euch in guten Händen befindet. Und wie es scheint, sind es mittlerweile zehn gute Hände!"

„Zwölf", grinste Alexander, da Georg gerade um die Ecke bog.

„Meine Güte, das Schiff hätte gar nicht kleiner sein dürfen! Werden das noch mehr?"

„Nein!", riefen alle sechs Kinder gleichzeitig. Onkel Kurt lächelte, „nun, in diesem Punkt scheinen sich ja alle einig zu sein. Begleitet ihr uns in Schuppen drei?", fragte er die Mädchen. „Dort sind alle denkbaren Utensilien von abgewrackten Schiffen gelagert. Shoppen, das ist doch etwas für die Damen, oder? Wir müssen Einrichtungsgegenstände für das Boot zusammensuchen." Er zwinkerte Olaf und Alexander heimlich zu.

Mit einem großen Handkarren zogen sie durch den besagten Schuppen. Im hinteren Bereich stapelten sich allerlei Dinge des täglichen Bedarfs in den Regalen. Teller, Tassen, Töpfe, eben alles, was eine Kombüse benötigt und noch vieles mehr. Die Jungen ließen den Mädchen freie Hand. Maren suchte ein blaues und ein gelbes Geschirrset heraus, die prima kombiniert werden konnten. Sarah stellte einige Töpfe und Pfannen dazu. Besteck lag in einer großen Kiste, und sie mussten ziemlich lange darin wühlen, bis sie je vierundzwanzig zusammengehörende Messer, Gabel und Löffel gefunden hatten. Weitere Küchenutensilien wie einen Dosenöffner, zwei Siebe, scharfe Messer, Schöpfkellen und Ähnliches fanden ebenfalls den Weg in den Karren. Georg stellte noch einige Gläser dazu. „Stimmt etwas nicht?", fragte er erstaunt, als er Marens düsteres Gesicht bemerkte.

„Ach, das kannst du nicht wissen. Meine Mutter starb bei einem Autounfall. Ein betrunkener LKW-Fahrer hat ihn verursacht. Immer wenn ich jetzt Dinge wie z.B. diese Weingläser sehe", sie deutete auf einige der Gläser im Karren, „werde ich daran erinnert."

Alexander stellte die Gläser in das Regal zurück, und wählte stattdessen bunte Saftbecher. „Hiermit erkläre ich unser Schiff zur alkoholfreien Zone." Er schaute seinen Bruder an, der zustimmend nickte, dann Maren, der die Freude ins Gesicht geschrieben stand.

Potzblitz, dachte Onkel Kurt. Er war sichtlich beeindruckt. Was für eine einzigartige Gruppe Kinder da vor ihm stand. Sie kannten sich erst wenige Tage, und doch bildeten sie bereits eine innige Gemeinschaft, in der sich offenbar jeder um jeden kümmerte. Er freute sich umso mehr, seinen Neffen, und somit dieser außergewöhnlichen Gemeinschaft, das Schiff geben zu können.

Ilona riss ihn aus seinen Gedanken. „Können wir bitte auch diese Messingleuchter und Windlichter bekommen?", fragte sie. „Die passen sehr schön zu den kleinen Vorhängen, die Maren gerade aus dem Regal zieht."

Sie schoben den vollgepackten Karren zunächst in den kleinen Schuppen neben dem Boot. Entladen würden sie ihn morgen. Dann gingen sie zu Cora. Die treue Hündin saß immer noch wachsam vor dem Zelt. Sie bellte einmal zur Begrüßung, verließ aber nicht ihren Platz. Erst als Sarah den Zeigefinger erhob und „Gut gemacht!", sagte, sprang sie freudig an den Kindern empor.

„Ein toller Hund", lobte Georg, und streichelte ihr den Kopf. „Ihr könnt stolz auf Cora sein."

„Natürlich ist Cora toll, schon weil sie eine sie ist!", lachte Ilona.

Sie überprüften den Laptop. Ihr Warnsystem arbeitete zuverlässig und hatte mehrere Alarme aufgezeichnet, aber es waren stets große Containerschiffe in der Fahrrinne, die zu diesen Alarmen geführt hatten, für ihre Ermittlung also völlig uninteressant.

Da sie Cora nicht schon wieder alleine lassen wollten, und Ilona Alexander bat, mit ihr noch eine Navigationsaufgabe zu lösen, gingen die anderen alleine zur Pension. Sie brachten später den beiden Büffeltieren etwas zu Essen mit, dann saßen sie noch eine Weile bei einem Kartenspiel beisammen. Etwas enttäuscht berichtete Georg, dass sein Artikel jetzt doch nicht gedruckt wurde.

„Das ist aber schade, die ganze Arbeit für die Katz'", bedauerte ihn Maren.

„Nein nicht wirklich. Herr Olavson fand den Artikel sehr gut recherchiert. Gemeinsam mit ihm habe ich ihn noch einmal komplett neu geschrieben. Ich habe dabei viel gelernt. Aber er meinte am Ende, das Thema würde wohl niemanden so richtig interessieren."

„So ein Pech, dann werden unsere Herren Olaf und Alexander nun doch nicht berühmt, schade eigentlich!", stichelte Sarah. Sie gähnte unverhohlen. „Ich bin hundemüde, ich leg' mich hin."

Ilona und Maren taten es ihr gleich. Die Jungen spielten noch eine Partie Skat, doch bereits nach einer Runde fielen auch ihnen die Augen zu. Erschöpft krochen auch sie in ihre Schlafsäcke.

Prüfungen

Rrrrrrriiiiing.....

Alexander drehte sich mürrisch in seinem Schlafsack herum. „Halt' den Schnabel, Chicco!"

Rrrrrrriiiiing.....

„Blöder Vogel, du sollst...", er unterbrach sich. Das war nicht Chicco, das war sein Laptop! Er stupste Georg und Olaf hart in die Seiten: „Der Alarm, schnell!"

Die beiden waren sofort hellwach und stürzten aufgeregt in ihren Schlafsachen aus dem Zelt. „Dort!", Olaf zeigte in Richtung des alten Leuchtturms, der in der Dunkelheit nur schemenhaft zu erkennen war. Zwei Lichtblitze wurden von dessen Spitze ausgesendet. Atemlos beobachteten die Jungen, was geschehen würde. Zunächst nichts! Dann jedoch folgten weitere Lichtblitze. Und wieder geschah eine Weile nichts. Nun wurde das Zeichen offenbar von einem Schiff jenseits der Fahrrinne beantwortet. „Das ist Morsecode", raunte Alexander, der diesen Code gut beherrschte, „das sind Zahlen. Mist die Erste habe ich verpasst, jetzt eine 0, schreibt jemand mit? ... 5 ... eine 3 ... 2", diktierte er leise, und Olaf tippte diese und die folgenden Ziffern einfach in sein Handy. Dann brachen die Lichtsignale ab.

Plötzlich durchdrang das entfernte Geräusch eines Motors die Stille der Nacht. Georg rannte in das Zelt, kramte das starke Teleobjektiv aus seinem Rucksack hervor, und schraubte es in aller Eile an seine Kamera. Langsam schwenkend suchte er die Bucht Stück für Stück ab. Der Restlichtverstärker arbeitete prima. Ein grünliches, wenn auch grobkörniges Bild, ließ Einzelheiten erkennen, die mit dem bloßen Auge nicht zu erkennen gewesen wären. „Da fährt ein kleines Motorboot, links vom alten Leuchtturm. Im Naturschutzgebiet!", flüsterte er mit erboster Stimme und betätigte mehrfach den Auslöser der Kamera. Schnell entfernte es sich in Richtung des Fahrwassers, dann herrschte erneut Totenstille. Die Jungen warteten noch einige Minuten, doch es geschah nichts weiter.

„Was machen wir nun?", wisperte Georg, der das Teleobjektiv zwischenzeitlich eingepackt, und die Kamera wieder auf die Bucht ausgerichtet hatte. „Wecken wir die Mädchen?"

„Nein", entschied Olaf. „Wir wollen sie schlafen lassen. Wir erzählen ihnen morgen früh alles. Heute können wir sowie nichts mehr ausrichten."

Georg nickte zustimmend. „Du hast Recht, lassen wir ihnen ihren Schönheitsschlaf." Leise kletterten sie in ihre Schlafsäcke zurück. Georgs Überwachungssystem funktionierte hervorragend, und würde sie sicher erneut warnen, falls noch etwas geschehen sollte.

*

„Ihr hättet uns wecken müssen", maulte Ilona. Sie war richtig verärgert, als sie während des Frühstücks den Bericht der Jungen hörte.

Auch Sarah war eingeschnappt. „Ilona hat Recht. Ich dachte, wir machen das gemeinsam!"

„Machen wir doch auch", verteidigte sich Olaf. „Aber als der Alarm ausgelöst wurde, waren wir viel zu beschäftigt, und nachdem das Boot weg war, gab es wirklich nichts mehr zu sehen oder zu hören."

„Genau, außerdem haben wir ja auch noch gar nichts unternommen", pflichtete Georg bei. „Hätten wir euch geweckt, wäre das einzige Ergebnis gewesen, dass ihr nun völlig übermüdet zur Prüfung müsstet."

„Lasst das mal unsere Sorge sein, wir benötigen keine Kindermädchen!", brauste Ilona auf.

„Bitte, ihr habt ja Recht", versuchte Olaf sie zu beschwichtigen, „wir haben es nicht böse gemeint, und dass wir euch nicht für kleine und unselbstständige Mädchen halten, solltet ihr zwischenzeitlich bemerkt haben. Beim nächsten Mal werden wir weniger rücksichtsvoll sein."

„Versprochen?", fragte Sarah mit versöhnlicher Stimme.

„Versprochen!", mischte sich Georg ein. „Wie wäre es, wenn ihr jetzt gut gelaunt und mit dem Wissen alles zu wissen zur Prüfung geht, diese geradezu vorbildlich absolviert und dann stolz erhobenen Hauptes und mit dem Segelschein winkend zurückkommt. Dann besprechen wir gemeinsam, was wir unternehmen wollen, natürlich erst, nachdem wir uns reumütig und unterwürfig in aller

Form für diesen nächtlichen Fauxpas bei euch entschuldigt haben?"

„Quatschkopf!", schimpfte Sarah, aber sie musste nun lachen. „Also gut, dieses eine Mal verzeihen wir euch. Auf Mädels, wir müssen uns beeilen, der Bus fährt in zwanzig Minuten."

„Kommt ihr nicht mit?", fragte Maren, die davon ausgegangen war, dass die Jungen sie begleiten würden.

„Stimmt, darüber haben wir nie gesprochen. Aber nein, Zuschauer sind bei den Prüfungen nicht erlaubt. Wir bringen euch jedoch zur Bushaltestelle."

*

Knapp zwanzig Personen jedes Alters fanden sich zur Prüfung ein. Einzeln rief man sie in ein Büro, wo ihre Personalien aufgenommen und die Prüflinge auf zwei Gruppen verteilt wurden. Die Zwillinge wurden getrennt, die Prüfer wollten sie nicht in der gleichen Gruppe haben. Maren kam zu Sarah in die erste Gruppe. Die Prüfung bestand aus vier Teilen, wobei darauf geachtet wurde, dass sich die Gruppen nicht austauschen konnten.

*

Gruppe eins wurde in das Prüfungszimmer gerufen. Hier hatten sie nun neunzig Minuten Zeit, um insgesamt fünfzehn Fragebögen zu beantworten. Maren gab nach etwa einer Stunde ihre Bögen als Erste ab, durfte jedoch den Prüfungsraum nicht verlassen. Sarah kritzelte bis zur letzten Minute, hatte jedoch ein gutes Gefühl, als die Bögen eingesammelt wurden. Die Jungs hatten sie wirklich gut vorbereitet.

*

Zwischenzeitlich mussten die Teilnehmer der zweiten Gruppe ihre seglerischen Fähigkeiten unter Beweis stellen. Wie von Jan gewohnt, riefen die Prüfer Kommandos durch ein Megafon, allerdings nicht vom Ufer, sondern von einem motorisierten Beiboot aus. Ilona hatte Pech. Sie wurde einem angeberischen und dicken Jungen zugeteilt. Dieser war so träge, dass viele der Segelmanöver nur holprig vonstattengingen. Ilona ärgerte sich sehr über ihn. Obwohl sie klare Kommandos gab, tarierte er die Segel schlecht aus, sodass diese unschön im Wind flatterten. Zwei Wenden mussten abgebrochen werden, da er zu langsam die Schoten löste. Sie wurden aufgefordert, am Bootssteg festzumachen, um mit den nächsten Prüflingen zu tauschen. Beim Anlegen rammte der Idiot den Bootssteg, und Ilona wäre um ein Haar ins Wasser gefallen. Sie sah, wie die Prüfer kopfschüttelnd Einträge in ihre Prüfungsberichte machten.

*

Nach einer fünfzehnminütigen Pause galt es für Gruppe eins, die Navigationsaufgabe in der Seekarte zu lösen, die darin bestand, in einen Gezeitenhafen einzulaufen. Dazu mussten sie, ausgehend von einer vorgegebenen Position, den Kurs bestimmen. Natürlich konnte der Hafen nur bei Flut, also Hochwasser, befahren werden, sodass sie ebenfalls die Gezeiten berechnen mussten. Zudem waren die Signale eines Leuchtturmes mit Ober- und Unterfeuer zu berücksichtigen. Diesmal hatten sie sechzig Minuten Zeit, und wieder gab Maren als Erste ihre Antworten ab.

*

Gruppe zwei hatte derweil die Motorprüfung abzulegen. Wieder musste Ilona mit dem gleichen Jungen ins Boot. Beim *Mann über*

Bord Manöver warf er den Rettungsring so weit über die Reling, dass sie Schwierigkeiten hatte, diesen wieder an Bord zu nehmen. Offenbar wollte er mit seiner Kraft prahlen. Sie musste einen besonders großen Bogen fahren, was extra viel Zeit in Anspruch nahm. Der Junge selber benötigte zwei Anläufe, um seinen Ring zu bergen. Wieder machten sich die Prüfer kopfschüttelnd Notizen. Ilona war wütend. Wegen diesem Blödmann hatte sie ganz offensichtlich ihre praktische Prüfung vergeigt!

Es folgte eine halbstündige Mittagspause, in der die beiden Gruppen strikt voneinander getrennt gehalten wurden. Sarah bekam Ilona nur kurz von Weitem zu Gesicht. Sofort sah sie ihr an, dass ihre Prüfung schlecht verlaufen war.

Jetzt musste Gruppe zwei zur theoretischen Prüfung. Beide Teile bereiteten Ilona kein Problem. Na, wenigstens den theoretischen Teil werde ich bestanden haben, dachte sie, als die Antworten eingesammelt wurden. Im großen Foyer warteten die Probanden nun auf die Ergebnisse. Zuvor musste jedoch die andere Gruppe ihre praktische Prüfung beenden. Grinsend kam der dicke Junge auf sie zu. Dieser hatte seine Bögen großspurig fünf Minuten vor Prüfungsende abgegeben, und war daher vor ihr hier gewesen.

„Na, da hatte wohl jemand Schwierigkeiten mit der Theorie gehabt", quatschte er sie an, und griff ihren Arm. Das war zu viel. KLATSCH - sie gab ihm eine schallende Ohrfeige. „Hau bloß ab, du blöder Halbaffe. Wegen dir habe ich meine praktische Prüfung nicht geschafft!" Die Umstehenden grinsten, und zwei andere Mädchen applaudierten ihr anerkennend.

*

Gruppe eins begann die Praxis mit dem Motorteil. Sarah und Maren wurden zusammen geprüft, da sie bei der Zuteilung nebeneinander standen. Sämtliche Manöver gelangen auf Anhieb, Jan war ihnen ein guter Lehrer gewesen. Maren war jedoch so aufgeregt, dass sie einen falschen Knoten knüpfte. Ein Prüfer wies sie stirnrunzelnd darauf hin, und sie beeilte sich, ihren Fehler zu korrigieren.

Es folgte die Segelprüfung. Diesmal musste Maren mit einem großen Jungen auf die Jolle. Bis auf eine unsauber gefahrene Halse gelangen ihnen die Übungen ganz ordentlich.

Sarah absolvierte diesen Teil der Prüfung mit einer älteren Dame. Zunächst lief alles glatt. Dann jedoch hatten sie Pech. Während einer Wende gab es eine heftige Windböe. Geistesgegenwärtig verstellte die Dame noch die Segel, aber es war bereits zu spät. Die Jolle kenterte mit einem klatschenden Geräusch. Prustend tauchten beide unter dem Segel hervor. Ohne lange zu zögern kletterte Sarah auf den Rumpf und griff den Baum, so wie sie es mit Olaf geübt hatte. Der Dame gab sie klare Anweisungen, das Segel zu unterstützen. Sie lehnte sich zurück, spürte, wie das Boot sich aufrichtete, und sprang im richtigen Moment in es hinein. Mit flatternden Segeln lag es aufgeschossen im Wind und sie half der Dame beim Einsteigen. „Legen sie jetzt an und sichern sie das Boot", dröhnte es durch das Megafon. „Die Prüfung ist beendet, alle Prüflinge begeben sich bitte in das Foyer."

Triefend betrat Sarah mit Maren den Raum. Sie bekam gerade noch mit, wie Ilona dem dicken Jungen eine heftige Ohrfeige gab, und hörte sie rufen: „Hau bloß ab, du blöder Halbaffe. Wegen dir habe ich meine praktische Prüfung nicht geschafft!"

Sarah ging zu ihrer Schwester. „Ooooh, noch so eine Amazone", rief der Typ jetzt an seinen Kumpel gewandt, um die Ohrfeige großspurig zu überspielen. Ihm war die offensichtliche Tatsache, dass sie Zwillinge waren nicht entgangen. „Ist wohl ins Wasser gefallen. Wenigstens hat sie jetzt nasse Klamotten, im Wet-Look gefallen mir die Weiber, das ist eh..." Er konnte seinen Satz nicht beenden. KLATSCH - hatte er sich eine weitere Ohrfeige, diesmal von Sarah eingefangen. Die beiden applaudierenden Mädels klatschten einfach noch ein wenig weiter. Ilona und Sarah umarmten sich, und Sarah ging sich umziehen.

*

Kurz darauf pinnte einer der Prüfer die Ergebnisse der theoretischen Prüfung an das schwarze Brett. In winzigen Buchstaben stand neben den Namen entweder die Punktzahl bei bestandener Prüfung, ein m für mündliche Nachprüfung oder ein nb für nicht bestanden. Der dicke Junge drängte sich als Erster zum Aushang. Laut fluchend beschimpfte er die Prüfer. Offenbar war er durchgefallen. Gespannt traten die Mädchen vor den Zettel und suchten aufgeregt ihre Namen:

...		
Meisen, Ilona:	Theorie 54/60P	Navigation 25/30P
Meisen, Sarah:	Theorie 53/60P	Navigation 27/30P
...		
Höfner, Maren:	Theorie m	Navigation m

Die Zwillinge freuten sich, das waren sehr gute Ergebnisse. Nur der große Junge hatte eine höhere Punktzahl erreicht. Maren drückte die Zwillinge. „Gratuliere, aber ich bin wirklich erstaunt, dass ich in die mündliche Nachprüfung muss. Ich dachte, ich hätte so ziemlich alles richtig. Da war ich wohl zu voreilig!"

„Ja merkwürdig, du wusstest doch zu Hause alles!", wunderte sich Ilona. „Na, Kopf hoch, du wirst es schon schaffen!"

In diesem Moment traten die Prüfer hinzu. Einzeln wurden sie aufgerufen, und ihnen wurde ihr Gesamtergebnis, jeweils mit einer Begründung, mitgeteilt. Die Prüfer waren sehr streng.

Die ersten drei Prüflinge, unter ihnen die ältere Dame, hatten bestanden.

„Dieter Meier!", der dicke Junge erhob sich. „Durchgefallen in allen Punkten. Sie sind eine Gefahr für sich und ihre Mitsegler. Bitte überdenken sie ihre Einstellung, bevor sie sich erneut zu einer Prüfung anmelden. Das kann frühestens in drei Monaten erfolgen. Machogehabe und verantwortungsvolles segeln lassen sich nicht miteinander vereinbaren!" Den letzten Satz hörte er allerdings schon nicht mehr, da er das Foyer türknallend verlassen hatte.

„Ilona Meisen, sie sind eine sehr umsichtige Seglerin. Ihre klaren Anweisungen und überlegten Handlungen haben dazu beigetragen, dass durch die Fehler ihres Mitseglers kein weiterer Schaden entstanden ist. Wir gratulieren zur bestandenen Prüfung."

„Sarah Meisen. Bis zu ihrer Kenterung waren alle Manöver vorbildlich. An der Kenterung selber tragen sie keine Schuld. Die Windböe wäre auch für erfahrene Segler problematisch geworden. Die Jolle haben sie sehr gekonnt wieder aufgerichtet. Auch ihnen einen herzlichen Glückwunsch zur bestandenen Prüfung."

Es folgten einige weitere Namen, nur ein Ehepaar war, wenn auch knapp, durchgefallen. „Maren Höfner. Ihre Manöver waren teils etwas zögerlich, aber stets korrekt ausgeführt. Ein falscher Knoten kann im Prüfungsstress schon einmal vorkommen. Sie haben ihn gut korrigiert. Insbesondere steuern sie das Motorboot sehr gefühlvoll. Gratulation!"

Die Mädchen umarmten sich. „So weit so gut", freute sich Ilona. „Maren, du gehst jetzt in diese mündliche Prüfung, und zeigst denen, was du alles weißt. Das wäre doch gelacht!"

Insgesamt drei Prüflinge mussten in die Nachprüfung. Zuerst wurde Claudia Hansen, dann Frank Krautner in den Raum gerufen. Beide verließen ihn grinsend nach einigen Minuten wieder. Sie hatten offenbar bestanden. Maren war die Letzte. Eine Prüferin kam sie abholen. „Maren Höfner?", sie schaute die drei Mädchen streng an. „Sind das ihre Freundinnen?"

„Auch, aber in erster Linie meine Schwestern."

„Nun, wenn sie nichts dagegen einzuwenden haben, dürfen sie mit hinein", sagte sie mit jetzt freundlicher Stimme.

Zu dritt betraten sie das Prüfungszimmer. Die Zwillinge bekamen einen Platz in der hintersten Bank zugewiesen. Maren musste vortreten.

„Maren Höfner?", einer der Prüfer stand auf und ging langsam auf sie zu.

„Ja!", Maren schluckte nervös.

„Sie haben in beiden Prüfungen volle Punktzahl erreicht! Sechzig von sechzig, beziehungsweise dreißig von dreißig Punkten. Und das, obwohl sie die Fragebögen deutlich vor der Zeit abgegeben haben. Bei einem solchen Ergebnis bestehen wir auf eine mündliche Zusatzprüfung, da der Verdacht einer Täuschung vorliegt. Bitte erläutern sie die Vorschriften der *Kollisions-Verhütungs-Regeln*."

Maren beantwortete die Frage ausführlich. Als Nächstes sollte sie die verschiedenen Wolkenformen und deren Entstehung beschreiben. Mitten in ihrer Erklärung unterbrach der Prüfer sie und reichte ihr die Hand. „Frau Höfner, ich gratuliere ihnen zu einer der besten Prüfungen, denen ich je beiwohnen durfte!"

Ausgelassen liefen die Mädchen eine Viertelstunde später durch Neustadt. Der nächste Bus zurück nach Kraven fuhr in dreißig Minuten, aber sie würden diesen nicht nehmen. Sollten die Jungen ruhig noch ein wenig auf die Folter gespannt werden. Zunächst wollten sie mit einem riesengroßen Eis feiern und danach noch etwas besorgen!

*

Unter Coras wachsamen Augen arbeiteten die Jungen am Boot. Sie wollten die treue Hündin nicht schon wieder den ganzen Tag alleine lassen, und die Mädchen konnten sie ja nicht mit zur Prüfung nehmen. Also hatten die Brüder Kamera, Laptop und Cora einfach mit hierher gebracht. Alexander und Georg bauten zunächst die alte Tür des Kajütenaufbaus aus. Der ursprüngliche

Plan sah vor, sie durch eine Neue zu ersetzen, doch war sie in einem wesentlich besseren Zustand als zunächst angenommen. Daher wurde sie nur gespachtelt, neu gestrichen und bekam stabile Beschläge.

Georg schwang summend den Pinsel, das Radio hatten sie natürlich eingeschaltet, während Alexander die Sachen aus dem Handkarren in die Schränke räumte. Die Messingleuchter, Vorhänge und Dinge, die nicht für die Kombüse gedacht waren, verstaute er kurzerhand in eine der noch leeren Backskisten. Ihr gestriges ‚Shopping' in Schuppen drei war kein Zufall gewesen, sondern das Ergebnis der geflüsterten Unterhaltung mit Onkel Kurt. Sie wollten die Mädchen überraschen, entweder mit einer Trostfeier oder einer Party, abhängig vom Ergebnis ihrer heutigen Prüfung. Natürlich war dies auch eine willkommene Gelegenheit, ihr Schiff endlich einzuweihen, und das erste Mal auf ihm zu kochen. Dazu musste es nicht im Wasser liegen.

Olaf baute unterdessen den Schiffsdiesel wieder zusammen. Sorgfältig kontrollierte er dabei den Sitz sämtlicher Einzelteile. Die Schrauben zog er mithilfe eines Drehmomentschlüssels nach Vorschrift fest. Er testete die Leichtgängigkeit der Ventile und überprüfte alle Dichtungen und Schläuche. Gemeinsam hievten die drei Jungen den schweren Motor auf einen etwas höheren Holzbock. Olaf befüllte ihn mit Öl, und verband provisorisch einen Kanister Treibstoff mit der Dieselpumpe. Die Zu- und Ablaufschläuche für das Kühlwasser ließ er einfach in einen großen Wasserbottich hängen. Dann holten sie Onkel Kurt, der den Motor fachmännisch begutachtete. Olaf hatte wirklich ganze Arbeit geleistet.

„Nun denn!", sagte er. „Versuchen wir, ihn zu starten. Die Ehre gebührt dir!"

Olaf zog behutsam an dem Startseil, eine gräuliche Wolke entwich dem Auspuff. Mehrere weitere Versuche brachten das gleiche Ergebnis. „Kräftiger", empfahl Onkel Kurt, der Kraftstoff muss sich zunächst im Motor verteilen. Olaf zog so fest er konnte. Der Motor sprang an, hustete einmal, stieß eine schwarze Wolke aus und brummte dann gleichmäßig auf seinem Holzbock vor sich hin.

„Großartig gemacht!", Onkel Kurt klopfte Olaf anerkennend auf die Schulter. „Das hätten die meisten meiner Angestellten nicht hinbekommen. Nun haben sie auch nicht unbedingt Ahnung von Motoren. Um ein Schiff abzuwracken, benötige ich eher gute Schweißer als Techniker, aber andererseits hast du es ja auch nicht gelernt. Eine wirklich beachtenswerte Leistung. Außerdem bist du jetzt in der Lage, unterwegs euren Motor zu reparieren, da du ihn nun von Grund auf kennst. Wirklich toll gemacht! Nächste Woche schicke ich Jens mit dem mobilen Kran vorbei, und ihr könnt ihn wieder einbauen." Er ging zurück in sein Büro.

„Es wird Zeit, die Party vorzubereiten! Die Mädchen treffen wohl mit dem nächsten Bus ein", bemerkte Alexander. „Werft mir mal die restlichen Vorhänge aus dem Karren hoch. Na, die kann Maren selber aufhängen."

Sie hatten von zu Hause einige Girlanden, Ballons und Kerzen mitgebracht, die sie nun im Salon verteilten. Olaf schaute auf seine Armbanduhr. „Ich mache mir langsam Sorgen. Eigentlich hätten sie längst anrufen sollen. Nicht, dass sie doch durchgefallen sind, und sich jetzt schämen, uns anzurufen. Ich gehe zum Bus und hole sie ab. Er kommt gleich. Ihr macht hier weiter, ja?"

Der Bus fuhr vor, aber nur ein älterer Herr stieg aus. Stirnrunzelnd ging er zu seinen Freunden zurück, als sein Handy summte. Eine Nachricht ging ein:

Kommen später, lg Maren

Kein Hinweis auf die Prüfung, nichts. „Sie sind durchgefallen, ganz klar", stellte Georg fest. „Also bereiten wir alles für eine Trostfeier vor." Er machte sich daran, die Girlande mit den Worten HERZLICHEN GLÜCKWUNSCH wieder abzuhängen. „Also die dunklen Girlanden und die schwarzen Ballons!"

*

Eine Stunde später sprangen die Mädchen aus dem letzten Bus des heutigen Tages. Sie liefen gleich zur Yacht, fanden diese aber verschlossen vor. Ein großer Zettel heftete an der Tür: *Falsches Boot!*

„Nanu, was hat das denn zu bedeuten?", wunderte sich Maren.

„Nun, wir sollen wohl zum Boot der Jungen kommen, was soll es sonst heißen?"

Also gingen sie zu den Schuppen. Cora kam ihnen auf halbem Weg entgegen, und sprang freudig an ihnen empor. Sie hatte die Mädchen natürlich längst gehört. Auch Chicco begrüßte sie. „Moin moin", schallte es aus dem Mast, in dem er turnte. Ein roter Pfeil aus Pappe wies auf eine Leiter, die an der Bordwand lehnte. „Auf geht's, die Show beginnt", flüsterte Ilona. Mit betont langen Gesichtern kletterten sie die Leiter hoch und betraten den Salon.

Die Mädchen staunten nicht schlecht. Schwarze Luftballons schmückten den Innenraum, in dem der Tisch für sechs Personen gedeckt war. Auf der Gasflamme köchelte eine Suppe vor sich hin. Alexander hielt ein Tablett in den Händen, darauf sechs Gläser mit einem Fruchtcocktail. Georg sah in die Gesichter der Mädchen, die immer noch betreten dreinschauten, und holte tief Luft: „Da ihr offensichtlich nicht bestanden habt - was keine Schande ist, immerhin hattet ihr nur sehr wenig Zeit für die Vorbereitung - ändern wir spontan das Motto unserer kleinen Party. Trost statt Prost lautet die Devise, was uns aber nicht davon abhalten sollte, den Salon fröhlich einzuweihen. Die Eigner Breuer heißen ihre Gäste herzlich willkommen zum ersten gesellschaftlichen Event ihres Schiffes!"

„Ich hatte mich schon gefragt, warum wir gestern das ganze Geschirr und so hergeschleppt haben", sagte Maren, und setzte sich seufzend neben Alexander. „WOW, das ist wirklich ein schicker Salon. Ich mag die hellen Hölzer und das weiße Sofa ist sehr elegant."

„Woher wisst ihr eigentlich, dass wir durchgefallen sind?", wollte Sarah wissen, und nahm mit zerknirschter Mine neben Olaf Platz.

„Na ja, ihr traft nicht mit dem sechs Uhr Bus ein, und dann diese kurz angebundene SMS." Georg reichte Ilona das letzte Glas und ließ sich neben ihr auf das Sofa fallen. „Da war klar, dass ihr nicht bestanden habt und das erstmal verdauen müsst." Er stupste mit dem Finger gegen seine Nase. „Spürsinn eines Reporters. Und ihr seid alle drei durchgefallen?"

„Mit Pauken und Trompeten", murmelte Ilona in einem so mitleidigen Tonfall, dass sich die Mädchen nicht mehr beherrschen konnten. Laut prusteten sie los. Sarah schaffte es gerade noch, ihr Glas auf dem Tisch abzustellen, bevor sie den Inhalt vor Lachen verschüttete. Ilona klopfte gegen Georgs Riechorgan, „von wegen Reporternase!" Gleichzeitig griffen die Mädchen in ihre Handtaschen und winkten mit ihren neuen Segelscheinen. „Es ist super gelaufen, wir haben die höchsten Punktzahlen von allen, und Maren war die Beste!"

„Und das haben wir nur euch zu verdanken! Sarah, du fängst an."

Sarah griff erneut in ihre Handtasche, und zog ein kleines Päckchen hervor. Sie errötete, küsste Olaf auf die Wange und übergab es ihm mit einem freudigen Lächeln. Olaf öffnete die hübsche Schleife, ein kleines Taschenmesser kam zum Vorschein. „Lies die Gravur", verlangte Sarah.

„*53/27 - Danke Olaf, Sarah.*" Er schaute verdutzt. „Sind das deine Maße?", fragte er frech und musterte sie genau. „Das kann aber nicht stimmen, und außerdem fehlt eine Zahl!"

„Das sind natürlich die Prüfungsergebnisse", sprang ihm Alexander bei. „Ich erinnere mich an unsere Prüfungen. Höchstens sechzig Punkte bei der Theorie und dreißig für die Navigation. Ich bin beeindruckt, ein hervorragendes Resultat!"

„Richtig", freute sich Sarah. „Schau, das Messer hat eine kleine Zange, weil du doch immer so viel bastelst."

Jetzt war die Reihe an Ilona. Sie küsste Georg auf die Wange und übergab ihm ihr Päckchen. *„54/25 - Danke Georg, Ilona"*, las er vor. „Ebenfalls ein tolles Ergebnis", lobte er. „Aber ich habe doch gar nicht viel geholfen!"

„Du hast uns abgehört, wann immer du Zeit hattest. Schau, dein Taschenmesser hat als Extrafunktion eine winzige Taschenlampe. Dann kannst du im Dunkeln deine Kamera leichter einstellen."

Maren schoss natürlich den Vogel ab. Sie hielt ihre langen Haare wie einen Vorhang vor Alexanders Gesicht, sodass niemand ihren Kuss sehen konnte, und übergab giggelnd ihr Geschenk. Mit rotem Kopf verlas Alexander die Inschrift: *„60/30 - Danke Alex, Maren."*

Den Jungen blieben die Münder offen stehen. „Du veralberst uns!", stammelten sie fassungslos.

„Aber nicht doch. Sieh, dein Messer verfügt über zwei kleine Schraubendreher, ideal für Arbeiten an einem Laptop."

„Na, dann sollten wir jetzt umdekorieren, und die schwarzen Ballons und Girlanden gegen die bunten austauschen!", stellte Olaf fest.

„Nein, lass nur", sagte Maren. „Die dunkle Deko passt großartig zum hellen Interieur des Bootes, wirklich, sehr schick! Aber sagt, können wir vor dem Essen noch schnell zu Jan? Wir wollen uns auch bei ihm bedanken!"

*

Kurz darauf saßen sie Tee trinkend und Kekse knabbernd vor Jans Haus. *Danke für die Hilfe, Ilona + Sarah + Maren* war in den Kopf der Pfeife graviert, die sie ihm geschenkt hatten, und die er nun genüsslich rauchte. Er war stolz auf die Mädchen.

Sie erzählten ihm von den Lichtblitzen, die sie des Nachts gesehen hatten, doch er schüttelte den Kopf. „Das kann nicht sein. Niemand kann auf den alten Leuchtturm. Es gab zwar früher einmal einen Versorgungstunnel für Strom und Wasser, aber dieser wurde verschüttet und der Eingang zugemauert. Ihr könnt heute noch die Mauer sehen. Sie befindet sich am rechten Ende der Robbenbucht, vor den Felsen, die ins Meer führen und an deren Ende der Turm steht. Ich habe sie erst vor einigen Tagen gesehen. Sie ist ganz zugewachsen. Und mit dem Boot kann auch niemand zum Turm, da er von spitzen Felsen umgeben ist. Kein Boot kann dort anlegen, und die Brücke ist völlig zerfallen. Die Blitze kamen natürlich von den Schiffen. Die Fahrrinne wird auch nachts stark befahren. Die vielen Lichter können verwirrend sein. Nein, da hat euch eure Fantasie einen Streich gespielt."

*

Eine Stunde später speisten sie auf dem Schiff der Jungen. Die schmackhafte Muschelsuppe stammte von Olafs Mutter. Dazu hatten die Jungen Nudeln mit Krabben und einen Vanillepudding gekocht, den sie mit eingemachten Pfirsichen servierten. Es war eine ausgelassene Runde, und es wurde viel gelacht. Die Mädchen berichteten von ihren Prüfungen. Sehr beeindruckt zeigten sich die Jungen von den Ohrfeigen.

„Wie gut, dass ihr uns heute Morgen nur ausgeschimpft und nicht verdroschen habt!", grinste Alexander.

„Was ist letzte Nacht eigentlich geschehen?", wechselte Sarah das Thema. „Was genau habt ihr beobachtet?"

Während Georg und Olaf abwechselnd erzählten, holte Alexander seinen Laptop hervor. „Hier sind die Fotos von dem Boot. Ich habe sie bereits bearbeitet, den Grünstich abgeschwächt sowie insgesamt die Schärfe verbessert und natürlich eine adäquate Ausschnittsvergrößerung vorgenommen. Zuletzt konnte ich mithilfe der Rauschreduzierung und eines Gaußchen Weichz…"

„Jaja, wir wissen, wie genial du bist", unterbrach ihn Maren und zog ungeduldig den Rechner zu sich herüber.

Die Kinder betrachteten die Bilder eingehend. Georg hatte ein gutes Dutzend Aufnahmen geschossen, alle grünlich durch den Restlichtverstärker. Ilona war beeindruckt. „Wie viel man erkennen kann! Was für ein tolles Teleobjektiv du hast. Aber leider ist das Boot nur sehr schemenhaft auszumachen, da es sich nicht gut von der Umgebung abhebt. Halt, zeig' uns bitte noch einmal das vorherige Foto. Schaut, hier ist es eigentlich ganz gut zu sehen. Kannst du das Boot noch weiter vergrößern?"

Gespannt verfolgten sie, wie Alexander ein Grafikprogramm startete, und das Foto erneut bearbeitete. Er entfernte den Grünstich vollends, vergrößerte auf das Schiff, erhöhte den Kontrast und schärfte nach, soweit das Programm dies zuließ.

„Da!" Sarah scharrte aufgeregt mit den Füßen und zeigte auf den Monitor. „Jetzt kann man fast den Namen lesen. Ich glaube, der erste Buchstabe ist ein ‚W' oder ein ‚V'!"

„Ja, und der Zweite ist ein ‚o' oder ein ‚a'", las Georg. „Mehr ist leider nicht zu erkennen. Olaf, zeig uns doch mal die Ziffern des Morsecodes."

„Sie brüteten eine Weile über die Zahlenfolge, aber sie konnten sich keinen Reim darauf machen."

„Vielleicht ist es eine Telefonnummer", schlug Alexander vor.

„Das können wir leicht überprüfen", meinte Olaf. „Wir kennen die erste Ziffer nicht, also müssen wir die Zahlen 0-9 wählen und die bekannten Zahlen hinten anhängen. Das macht zehn Anrufe."

Er nahm sein Handy und wählte die erste Nummer. Bei neun Versuchen ertönte die Durchsage: *Diese Nummer ist uns nicht bekannt.* Nur bei der sechs als führende Ziffer klingelte ein Anschluss. Gespannt lauschten die Kinder. Ein Mann antwortete auf Französisch. Sarah nahm den Hörer, sie hatte in Französisch stets gute Noten bekommen. „Pardon", flötete sie und erkundigte sich höflich, wo der Anrufer wohnte. Sie wurde mit einem Schwall Schimpfworte überschüttet und legte auf. „Das war wohl nichts", seufzte sie. „Der wohnt in Paris und hat sich darüber aufgeregt, dass wir seine Kinder geweckt haben."

„Ich habe eine Idee", schlug Alexander jetzt vor. „Schaut euch nochmal das Foto an. Es zeigt ein offenes Beiboot oder so etwas. Jedenfalls kann man damit nicht auf See übernachten. Also muss es in einen Hafen. So ein Boot hat aber nur eine geringe Reichweite. Es kommen meiner Meinung nach nur vier Häfen in Frage."

„Richtig", spann Olaf den Faden weiter. „Zunächst einmal wäre da unser Hafen, aber der fällt aus, wir hätten es längst gesehen. Auch der Neustädter Hafen kommt in Betracht. Ist euch heute da etwas aufgefallen?"

Die Mädchen schüttelten ihre Köpfe. „Wir haben nicht auf andere Boote geachtet, wir waren viel zu beschäftigt", sagte Maren, „Aber es könnte natürlich dort gelegen haben."

„Es gibt noch zwei weiter Häfen, einen bei Ipstein und der Nothafen westlich von hier."

Ilona war begeistert. „Das heißt, wir werden dort überall nachschauen, ja?"

„Ich sehe schon die Schlagzeile: *Unerschrockene Helden auf Verbrecherjagd!*", rief Georg. „Nun, ich fahre nach Neustadt. Ich muss noch einen Brief in der Redaktion abgeben, das ist dann ein Weg. Wer begleitet mich?"

„Na, wer wohl!" Ilona piekste ihn in die Seite.

„Wollen wir mit dem Fahrrad nach Ipstein radeln? Es gibt keine vernünftige Busverbindung dorthin. Meine Mutter leiht dir gewiss ihr Rad", meinte Alexander zu Maren, die freudig nickte.

„Dann werde ich wohl zum Nothafen segeln müssen", stellte Olaf fest. „Er ist nur mit einem Boot zu erreichen. Und wie es aussieht, habe ich wohl Sarah am Hals!", seufzte er mit gespielt mitleidiger Mine. Eine Serviette flog durch den Raum. „Ich hoffe nur, ihr vergesst nicht eure Aufgabe! Das ist jetzt eine richtige Ermittlung und kein Sonntagsausflug!"

Es war spät geworden. Niemand hatte mehr Lust im Dunkeln die Klippen hinaufzusteigen. Die Jungen begleiteten die Mädchen zur Albatros, dann begaben sie sich zur Pension, wo Georg auf einem Sofa in Olafs Zimmer übernachtete. Trotz der Spannung schliefen alle bald ein. Morgen stand ihnen ein aufregender Tag bevor!

Romantische Ermittlungen

„Rathausplatz. Endstation!" Der Schaffner betätigte einen Schalter und mit einem leisen Zischen öffnete sich die Bustür. Georg und Ilona sprangen heraus, froh, wieder an der frischen Luft zu sein. Allerdings brachte das keinerlei Abkühlung. Die Sonne brannte unbarmherzig auf ihre Schultern.

„Was für eine Hitze", stöhnte Georg, „und das schon am frühen Morgen. Schau, gleich dort drüben befinden sich die Gebäude des Tageblatts."

Sie hatten den ersten Bus nach Neustadt genommen, da Georg seinen Brief so früh wie möglich abgeben sollte. Sie warfen ihn in den Tagesbriefkasten der Redaktion. Da sie noch nicht gefrühstückt hatten, setzten sie sich in ein schattiges Café am Rathausplatz. Jeder bestellte sich einen Kakao und eine Kleinigkeit zu essen. Georg fotografierte Ilona, wie diese herzhaft in ihr Croissant biss.

„Spinner", lachte sie geschmeichelt, „wie viele Fotos willst du eigentlich noch von mir aufnehmen? Deine Speicherkarte ist doch sicher bald voll!"

„Na, wenn du erst einmal alt und faltig bist, wirst du dich über jedes Foto aus deiner Jugend freuen, auch wenn du dich dann kaum noch daran erinnern kannst." Geschickt fing er den in seine Richtung geworfenen Bierdeckel auf, warf ihn zurück zu Ilona und fotografierte, wie sie ihrerseits den Deckel schnappte. Lachend legte sie ihn zurück auf den Tisch.

Kurze Zeit später schlenderten sie durch den Hafen. „Wir müssen unauffällig wirken", meinte Ilona, und hakte sich lächelnd bei Georg unter. In der anderen Hand trug sie das bearbeitete Foto des gesuchten Bootes. Alexander hatte für jedes Team einen Ausdruck angefertigt.

Die ersten beiden Hafenbecken waren frei zugänglich. Ilona zeigte Georg, wo Sarah während der Prüfung gekentert war, aber das Boot fanden sie nicht. Das dritte Hafenbecken war der kommerziellen Schifffahrt vorbehalten. Mehrere Fischerboote, Arbeitsschiffe und ein Boot der Wasserschutzpolizei lagen an der Kaimauer. Da hier der Zutritt verboten war, hatte Georg vorsorglich seine Kamera mitgebracht. Vom äußeren Ende des mittleren Hafenbeckens aus hatte man einen guten Einblick in diesen unzugänglichen Bereich. Posierend wie ein Model ging Ilona den Kai auf und ab. Georg seinerseits tat so, als ob er sie fotografieren würde, und konnte so unauffällig durch sein starkes Teleobjektiv den Hafen absuchen. Er fand jedoch nichts.

„Und jetzt?", fragte er enttäuscht.

„Nun, das Boot könnte ausgelaufen sein. Wollen wir dem Hafenmeister das Bild zeigen? Vielleicht erkennt er es."

Sie legten sich eine Geschichte zurecht und betraten das Hafenbüro. Ein dicklicher Mann saß träge hinter seinem Schreibtisch und blickte sie mürrisch an. „Was wollt ihr denn hier?", fragte er unwirsch, offenbar fühlte er sich belästigt.

„Wir machen eine Schnitzeljagd", flunkerte Ilona. „Unsere Aufgabe ist es, ein ganz bestimmtes Boot zu finden, ich habe hier ein Bild." Sie reichte dem Mann das Foto, der es unwillig entgegennahm. „Natürlich wurde es unscharf gemacht und der Name verstümmelt, sonst wäre es zu einfach. Können sie uns bitte helfen? Haben sie dieses Boot vielleicht gesehen?"

Der Mann schaute kurz auf das Foto und schüttelte den Kopf. „Nein, ich glaube nicht. Und jetzt macht, dass ihr fortkommt. Ich habe zu tun!"

„Was hat der schon zu tun? Ich glaube, wir haben sein morgendliches Nickerchen gestört", schimpfte Georg und setzte sich auf eine schattige, durch eine Hecke verborgene Bank. „Ich sollte einen Artikel über die Arbeitsmoral gewisser Leute verfassen! Nun, viel haben wir nicht erreicht."

„Das Boot könnte ausgelaufen sein und später wieder anlegen", meinte Ilona. „Wir haben massenhaft Zeit. Wie wäre es, wenn wir ins klimatisierte Kino gehen und danach noch einmal herkommen, um den Hafen erneut abzusuchen. Vielleicht kommt das Boot ja zwischenzeitlich zurück. Ich war ewig nicht im Kino."

Georg war einverstanden. „Eine gute Idee! Es gibt da einen ganz neuen Film, ‚Zeitsprung der Y-Männer'. Ein spannender Actionknaller!"

„Nein, ich möchte in ‚Toskana für Anfänger', etwas Romantisches. Ich spendiere uns eine große Dose Popcorn, und du darfst mein Händchen halten." Mit bis zum Hals pochendem Herzen setzte sie sich auf seinen Schoß, und brachte ihre Lippen ganz dicht an seine. „Ich glaube kaum, dass du dann ein Auge für den Film übrig hast!", flüsterte sie. Mit geschlossenen Augen erwiderte Georg ihren ersten Kuss.

*

„Klar zur Wende?", fragte Olaf.

„Schot ist klar!"

„Rhe!" Olaf legte Ruder, und der Bug der Jolle ging durch den Wind. Chicco erhob sich krächzend in die Luft, flog eine Runde um den Mast herum und setzte sich wieder auf das Vorschiff. Wie eine Gallionsfigur streckte er den Schnabel in den Wind.

Seit etwa einer Stunde segelten sie parallel zur Küste dem Nothafen entgegen. Obwohl Olaf die Strecke wie seine Westentasche kannte, führte er als verantwortungsbewusster Segler eine Seekarte mit. Über diese gebeugt, schätzte Sarah nun die Entfernung ab.

„Noch etwa zwei Stunden bei diesem Tempo", stellte sie achselzuckend fest. „Na ja, der Rückweg wird schneller gehen. Erstens haben wir dann achterlichen Wind sodass wir nicht ständig kreuzen müssen, und außerdem frischt der gewöhnlich nachmittags etwas auf."

„Du hast dich wirklich zu einer guten Seglerin gemausert", lobte Olaf. „Kaum zu glauben, dass du erst gestern die Prüfung abgelegt hast."

„Es macht mir halt wahnsinnig viel Spaß. Auch wenn die Jolle hier recht unbequem ist. Ständig stoße ich mich irgendwo."

„Rutsch' einfach näher an mich ‚ran'", meinte Olaf und errötete. „Dann kannst du deine Beine weiter ausstrecken."

„Du willst mich ja nur im Arm halten", kicherte Sarah, beeilte sich aber, seinem Vorschlag nachzukommen. „Stimmt", schnurrte sie. „Viel besser! Fehlt nur Musik."

„Kein Problem!" Olaf griff in seinen wasserdichten Brustbeutel, kramte sein Handy hervor und wählte einige Alben aus. Dann steckte er es zurück. Im Falle einer Kenterung konnte es da nicht nass werden. Gedämpft, aber gut hörbar, klang die Musik über das Wasser. Sarah mochte seine Musikauswahl. Sie kuschelte sich enger an ihn heran, und er legte zögerlich seinen Arm um ihre Schultern. Doch schon fünf Minuten später rief er erneut: „Klar zur Wende?" Auf einmal empfand er die Manöver ausgesprochen lästig.

Wie von Sarah vorhergesagt, erreichten sie etwa zwei Stunden später ihr Ziel. Olaf deutete auf einen Felsvorsprung. „Dahinter befindet sich der Nothafen, eine natürliche Bucht mit geringer Wassertiefe." Er schaltete die Musik aus.

Sie holten die Segel ein, und glitten mit dem restlichen Schwung langsam um die Felsennase herum. Zwei rote Festmacherbojen dümpelten träge im Wasser, aber außer ihnen war niemand hier.

Enttäuscht machten sie an der vorderen Boje fest.

„Ich hoffe, die anderen haben mehr Glück als wir", sagte Olaf.

„Ich finde, wir haben eine Menge Glück", erwiderte Sarah. „Gut, wir haben das gesuchte Boot nicht gefunden, zu schade, dafür aber einen romantischen Segeltörn und jetzt eine hübsche Badebucht ganz für uns alleine!" Sie zog sich ihr T-Shirt über den Kopf, sprang im Badeanzug ins Wasser und schwamm Richtung

Strand. „Bringst du die Badetücher und die Verpflegung mit? Ich habe alles im Seesack in der Backskiste verstaut."

Olaf warf den Seesack einfach über Bord. Mit einem Schrei sprang er hinterher und folgte Sarah mit dem, durch die eingeschlossene Luft an der Oberfläche dümpelnden Proviantsack im Schlepptau. Am Strand öffneten sie ihn, entnahmen im eine Decke, die Badetücher und was sie zu essen und zu trinken dabei hatten. Sie naschten nur ein wenig von dem Obst, für die Brote war es schlichtweg zu heiß. Sarah fütterte Chicco mit einigen Nüssen. Dann spielten sie ‚Ich packe meinen Koffer...', eine Art verbales Memory. Olaf machte den ersten Fehler.

„Du hast verloren", lachte Sarah, „zur Strafe musst du mich nun küssen." Sie lehnte sich zurück in den warmen Sand und spitzte ihren Mund!

*

„So ein Mist!", schimpfte Alexander. Er schob das Fahrrad seiner Mutter aus der Garage in den kleinen Hof. „Plattfuß. Mutter hat das Rad mindestens ein Jahr lang nicht benutzt! Tut mir leid Cora, du musst dich noch ein wenig gedulden." Er tätschelte die Hündin, die erwartungsvoll um seine Beine strich. „Kannst du es reparieren?", wollte Maren wissen. Sie hatte ihr Haar heute zu einem langen Pferdeschwanz gebunden.

„Sicher, aber bei der Hitze ist das wirklich kein Vergnügen", stöhnte Alexander. „Wir müssen das Hinterrad komplett ausbauen. Na ja, bei dieser Gelegenheit schmiere ich gleich die Kette. Die ist so trocken wie ein Schwamm in der Wüste."

„Ich helfe dir." Gemeinsam stellten sie das Rad auf den Lenker, und Alexander baute den hinteren Reifen aus. Den Mantel löste er mithilfe eines stumpfen Schraubendrehers von der Felge. „Das muss nun drei Minuten trocknen", sagte er, nachdem er das Loch gefunden und den Flicken aufgeklebt hatte. „Dann bauen wir es wieder ein und können losradeln. Reichst du mir bitte das Kettenöl?"

Er fettete die Kette und justierte auch gleich die Bremse. „So, jetzt können wir das Hinterrad wieder einbauen." Maren hielt das Rad in der Flucht, während Alexander die Schrauben festzog. „Autsch, was machst du?"

„Ich mache gar nichts. Du hast deinen Kopf geschüttelt, dabei hat sich eine Haarsträhne in der Kette verfangen. Halt still, ich ziehe sie heraus."

„Wie ungeschickt von mir. Aua, warte bitte", sie zog einige Haarnadeln aus ihrem Haar. „Jetzt spannt es nicht mehr so. Sei bitte vorsichtig!"

„Natürlich!". Ganz langsam schraubte Alexander das Hinterrad wieder ab, und löste die Kette vom Zahnritzel. „So du kannst wieder aufstehen, du bist frei."

„Danke, so lange Haare sind eigentlich sehr lästig."

„Aber auch sehr schön!" Alexander hielt immer noch eine Haarsträhne von ihr in seiner Hand. Wie gut sich das anfühlte. Einem Impuls folgend strich er ihr einige Haare aus dem Gesicht und legte die andere Hand auf ihre Hüfte. Sie erstarrte, aber nur für einen kurzen Moment. Dann löste sich ihre Spannung, sie öffnete ihren Mund und empfing seinen Kuss.

„Entschuldige", mit hochrotem Kopf löste er sich nach gefühlten zehn Minuten wieder von ihr.

„Da gibt es doch nichts zu entschuldigen! Das war doch sehr schön!" Auch Marens Ohren glühten. „Aber ich dachte, ich hätte bis Ipstein oder so Schonfrist. Falsch gedacht!", kicherte sie. „Doch, es gibt wohl etwas zu entschuldigen", stellte sie fest und sah an sich herunter. „Beim nächsten Mal wäschst du dir vorher die Hände!" Mit gespielt böser Mine deutete sie auf ihre weiße Bluse. Schwarze Abdrücke seiner Hände zeichneten sich darauf ab. „Und in meinem Haar klebt Fahrradöl. Ich flitze schnell auf die Yacht und ziehe mich um. Ich bin gleich zurück." Sie drehte sich noch einmal um und strahlte ihn glücklich an. „Ich hoffe sehr, du hast dann saubere Finger - für einen zweiten Versuch!"

Eine Stunde später radelten sie auf der Küstenstraße Richtung Ipstein. Cora lief zufrieden neben ihnen her und bellte die Möwen an. Sie liebte diese Ausflüge. An einem Wegweiser stoppte Maren und stieg ab. Ipstein, 17 Kilometer verkündete einer der Richtungspfeile.

„Was ist los?", fragte Alexander und sprang ebenfalls von seinem Rad.

„Eigentlich nichts, es ist nur so, seit vorhin benötige ich zwei Küsse auf fünf Kilometer!"

Sie erreichten Ipstein. Es war eine verschlafene Ortschaft, die außer einem Tante Emma Laden, einer Bäckerei sowie einem Marktplatz nebst winziger Kirche nur noch den kleinen Hafen zu bieten hatte. Sie fuhren gleich zum Kai. Das Hafenbecken bot Platz für vielleicht zehn nicht allzu große Boote. Ein altes Fischerboot schaukelte gemächlich im Wasser und dahinter - Maren stieß Alexander vor Aufregung hart in die Seite.

„Mensch Alex, schau das Boot!", flüsterte sie aufgeregt. „Es heißt Wotan 2!"

„Ich weiß nicht", Alexander kramte seinen Ausdruck des Fotos hervor. „Der Name kommt hin, aber der Aufbau nicht." Er zeigte mit dem Finger auf das Bild.

„Du hast Recht", stimmte ihm Maren zu. Das Boot auf dem Foto besaß eindeutig einen kleinen Steuerstand, das Boot hier im Hafen jedoch nur eine Ruderpinne. „Na, wo wir schon einmal hier sind, fragen wir einfach den Mann dort drüben, einverstanden? Schaden kann es ja nicht."

„Entschuldigen sie bitte, kennen sie den Besitzer dieses kleinen Bootes dort?", erkundigte sich Maren. Sie hob ihren Zeigefinger, um Cora, die interessiert an einem Holzstapel schnüffelte, zur Räson zu rufen. „Cora, sitz!" Sofort kam sie zu ihnen gelaufen und nahm brav neben Maren Platz. „Der ist aber gut erzogen", brummte der bärtige Mann freundlich. „Die Wotan? Keine Ahnung, wem die gehört. Vor drei Tagen legte ein Mann mit ihr hier an. Irgend so ein Stadtschnösel. Er bezahlte die Liegegebühr für eine ganze Woche im Voraus. Seitdem habe ich den Kerl nicht mehr gesehen, und der Kahn liegt hier am Kai fest. Der war letzte Nacht ganz sicher nicht draußen. Ich muss das wissen, denn ich bin hier für unseren Hafen verantwortlich. Nein, ein ähnliches Boot gibt es nicht."

Enttäuscht machten sie sich auf den Heimweg. Etwa auf halber Strecke entdeckten sie eine einladende Wiese. Hier breiteten sie ihr Picknick aus, welches Alexander in einer Satteltasche mit sich führte. Maren ließ sich auf die Decke plumpsen. „Ich bin ganz niedergeschlagen", verkündete sie lächelnd. „Sind deine Hände sauber? Gut, dann tröste mich!"

*

Georg und Ilona waren als Erste zurück an ihrem Zeltplatz auf der Klippe. Während Georg wieder die Überwachungsanlage installierte, kochte Ilona eine große Kanne Tee. Sie presste mehrere Zitronen hinein und schmeckte mit Zucker ab. Die anderen sollten auch bald eintreffen, und würden sich über diesen Eistee freuen, auch wenn er nicht besonders kalt sein würde. Erst wenn alle versammelt waren, wollten sie von ihrer neuen Bande berichten. Sie war gespannt, wie die Anderen, insbesondere ihre Schwester, die Neuigkeit aufnehmen würde. Summend rührte sie im Tee, und betrachtete Georg, der zuerst eine vorbeifliegende Möwe und dann sie fotografierte. Es fühlte sich alles so richtig an.

Cora kam den Berg hinaufgerannt, und begrüßte Ilona stürmisch. Also würden Alexander und Maren auch gleich erscheinen. Kurz bevor die beiden die Zelte erreichten, hatte Maren ihre Hand aus Alexanders genommen. „Was ist los?", fragte er überrascht.

„Wir wollen es den Anderen erst heute Abend erzählen, einverstanden?", sagte sie. Ich bin gespannt, wie sie reagieren.

„Hallo", Ilona winkte ihnen freudig entgegen. „Es gibt Zitronenkuchen und warmen Eistee. Konntet ihr etwas in Erfahrung bringen?"

„Wartet mit eurer Berichterstattung", unterbrach sie Georg. „Olaf und Sarah segeln gerade unterhalb der Klippe vorbei. Sie werden also auch bald hier sein. Dann müssen wir nicht alles mehrfach erzählen." Alexander trat neben ihn an den Klippenrand und winkte den beiden zu. Chicco erkannte ihn mit seinen scharfen Augen, und flog einfach die Klippe hoch. Mit dem Klingelton von Marens Handy, seinem neuen Lieblingsgeräusch, setzte er sich auf seine Schulter.

„Ich hoffe, das gewöhnt er sich bald wieder ab", beklagte sich Maren unter allgemeinem Gelächter, und steckte ihr Handy wieder beiseite. „Ich denke jedes Mal, ich werde angerufen. Nun, bis Sarah und Olaf hier aufkreuzen, naschen wir schon 'mal von dem Kuchen."

„Was für eine Hitze!", stöhnte Olaf und ließ sich eine knappe Stunde später neben seine Freunde ins Gras fallen. „Sarah kommt gleich. Sie ist schnell zur Yacht gelaufen, sie wollte sich umziehen."

Kurz darauf erschien Sarah. Die Schwestern sahen sich kurz an, dann lachten beide laut auf. Wie so oft, verstanden sie sich, ohne ein Wort zu wechseln. „Du also auch!" Sie lachten noch lauter.

„Äääh, was ist los?", wollte Alexander wissen.

„Na, Georg und Ilona sind ganz offensichtlich jetzt ein Paar", klärte Sarah ihn auf.

„Und woran erkennst du das?"

„Keine Ahnung", erwiderte Ilona an Sarahs Stelle, „wir sind eben ein Herz und eine Seele. Und ja, gegen elf Uhr haben wir uns das erste Mal geküsst." Sie nahm Georgs Hand in die ihrige.

„Bei uns hat es bis nach Mittag gedauert", erzählte Sarah lächelnd, „vielleicht so gegen zwei. Wir hatten keine Uhren dabei."

„Ihr Spätzünder", grinste Maren. „Alex ist bereits um kurz nach acht über mich hergefallen!" Sie erzählte lachend von ihrer verdreckten Bluse.

„Wir sind schon ein toller Club." Georgs Stimme wurde auf einmal sehr ernst. „Aber ihr wisst schon, dass wir mit dem Feuer spielen, oder? Im Moment ist alles ganz toll, und wir sehen die Welt durch die rosarote Brille." Er wendete sich an Olaf und Alexander. „Ihr erinnert euch doch an Claudia und Philip, oder?" Er sah die Mädchen an. „Die gehen auf unsere Schule. Über ein Jahr lang waren die beiden unzertrennlich, dann haben sie sich verkracht. Seitdem giften sie sich entweder an, oder sie reden gar nicht miteinander. Ich hoffe sehr, dass uns so etwas nicht bevorsteht. Es wäre schade um unsere Gemeinschaft."

„Nun unke mal nicht so ,rum", sagte Ilona und kuschelte sich fest in seine Arme. „Ich finde, allein die Tatsache, dass wir solche Gespräche führen, ist ein wirklich gutes Zeichen."

„Das finde ich auch", pflichtete Maren ihr bei. „Wir sollten zuerst einmal abwarten, wie sich alles entwickelt, und uns nicht Gedanken über ungelegte Eier machen. Im Moment habe ich ein wirklich gutes Gefühl, sowohl was uns", sie küsste Alexander flüchtig, „als auch unsere Gruppe angeht." Sie strahlte in die Runde. „Aber jetzt möchte ich endlich wissen, was ihr herausgefunden habt!"

„Also wissen wir nicht mehr als heute Morgen", stellte Alexander enttäuscht fest, nachdem alle ihre Erlebnisse berichtet hatten.

„Das würde ich so nicht sagen", erwiderte Olaf. „Ihr sagt, das Boot in Ipstein hieß Wotan 2?"

„Natürlich!", dachte Sarah laut. „Irgendwo wird es folglich eine Wotan 1 geben..."

„...und wo es zwei Beiboote gibt, da ist auch das Mutterschiff nicht fern", spann Olaf den Faden weiter. „Aber wie sollen wir das aufspüren?"

„Nun, da kann ich vielleicht helfen", mischte sich Alexander ein. „Sämtliche Hafenmeister melden alle ankommenden und auslaufenden Schiffe in einem zentralen Register. Also müssen wir nur in dieses Register schauen. Und wie der Zufall es will, hat Jan in seiner Eigenschaft als Leuchtturmwärter Zugriff auf diese Daten."

„Dann auf zu Jan!", rief Georg und sprang auf. „Bestimmt wird er uns helfen."

„Das ist vielleicht gar nicht notwendig", meinte Alexander. „Das Zugangspasswort muss jede Woche erneuert werden. Nun weiß ich, dass Jan immer den Namen seiner Schwester nimmt, und einfach die Nummer der aktuellen Kalenderwoche anhängt. Das verriet er mir, als ich ihm half, die Leuchtturmprotokolle einzugeben. Die werden in der gleichen Datenbank gespeichert." Er holte seinen Laptop aus dem Zelt und rief die Seite des Neustädter Hafenamts auf. Flink huschten seine Finger über die Tastatur. „So, hier ist die Liste", verkündete er stolz.

Sie rückten eng vor dem kleinen Monitor zusammen. „Maren, nimm deine Haare aus dem Bild", beschwerte sich Sarah. „Ojeh, das sind aber viele Einträge, gibt es eine Suchfunktion? Wir können nach ‚Wotan' filtern, oder?"

Alexander gab einige Befehle ein, und ein weiteres Fenster öffnete sich. „Ich habe hier drei Treffer. Bei zweien handelt es sich um kleine Yachten, die fallen raus. Keine Yacht dieser Größenordnung hat zwei Beiboote. Aber hier", er schob Marens Haare beiseite und deutete auf den dritten Namen, „eine Motoryacht, von fünfunddreißig Meter Länge. Das muss es sein. Die Yacht wurde von einem Hafenmeister etwa sechzig Kilometer von hier entfernt gemeldet. Das Boot hat diesen Hafen vor fünfzehn Tagen verlassen. Seitdem gibt es keinen weiteren Eintrag."

„Das heißt", überlegte Maren laut, „es fährt irgendwo in dieser Gegend herum. Ich habe eine Idee! Olaf zeige mir bitte die Zahlen, die ihr in der Nacht mitgeschrieben habt. Wie ist der Morsecode für eine Null?"

„Fünf Striche", antwortete Alexander prompt.

„Und für eine Eins?"

„Ein Punkt und vier Striche."

„Die erste Ziffer fehlt, richtig? Nehmen wir einmal an, dass die Zahlenreihe mit einer Eins beginnt. Nehmen wir weiter an, dass ihr in der Hektik den Anfang der Blinkzeichen nicht richtig mitbekommen habt. Immerhin musstet ihr ja erst einmal verstehen, dass es sich um Morsezeichen handelt. Wenn wir also davon ausgehen, dass die führende Ziffer eine Eins und die erste erkannte Ziffer, also die zweite in der Ziffernfolge keine Null, sondern ebenfalls eine Eins ist, sie sind sich ja im Morsecode ähnlich... Voilà, wir haben eine Positionsangabe, und die ist gar nicht so weit von hier entfernt!"

Den anderen blieb der Mund vor Staunen offen stehen. Olaf fasste sich als Erstes. „Genial, du hast die volle Punktzahl in der Prüfung nicht umsonst bekommen!" Er drückte Maren so fest, dass sie quiekte.

„Finger weg, das ist meine Freundin", beschwerte sich Alexander mit gespielt vorwurfsvoller Stimme. Er küsste sie sanft. „Und die ist ganz schön helle", flüsterte er ihr leise ins Ohr.

„Geh, das kitzelt", kicherte sie. „Sag, müsst ihr morgen an eurem Boot arbeiten?"

„Nein. Als Nächstes wird der Motor eingebaut, dafür benötigen wir den mobilen Kran. Der ist jedoch derzeit woanders im Einsatz. Dann hat sich gezeigt, dass die Verbindungen vom Mast zum Rumpf verstärkt werden müssen. All dies können wir nicht alleine machen. Die Werftarbeiter haben jedoch keine Zeit. Sie müssen diesen großen Schlepper reparieren. Daher hat uns Onkel Kurt die nächsten fünf Tage frei gegeben."

„Sehr gut! Ich finde wirklich, wir sollten morgen alle zusammen einen Ausflug mit der Albatros unternehmen. Gerd hat versprochen, dass wir das dürfen, wenn wir erst unsere Segelscheine haben!"

Widerliche Ermittlungen

Am nächsten Morgen überraschten sie Olafs und Alexanders Mutter, indem sie bereits um 6:30 Uhr den Frühstücksraum der Pension betraten.

„Was sucht ihr denn schon so früh hier?", wollte sie wissen. „Ich habe noch gar nicht die Tische eingedeckt."

„Wir wollen so früh wie möglich mit der Albatros ablegen", erklärte Ilona. „Vater hat es uns ja nun erlaubt. Hurra, unser erster Segeltörn!" Die Freunde hatten vereinbart, nichts von ihrem Plan zu erzählen. Sie wollten Frau Breuer nicht beunruhigen, und außerdem war ja auch völlig unklar, ob sie überhaupt irgendetwas entdecken würden. „Wir brauchen gar nicht viel, nur ein schnelles Frühstück", fuhr Ilona fort. „Warten sie, wir helfen ihnen beim eindecken des Tisches, Frau Breuer."

„Gebt nur acht, dass euch nichts geschieht. Na ja, meine Söhne sind ja ganz erfahrene Wasserratten!" Sie herzte die beiden, die dies nur widerwillig duldeten und sich schnell aus ihren Armen wanden. „Stellt ihr euch bei den Mädchen auch so an?" Sie lächelte vielsagend. „Glaubt ja nicht, ich bemerke nicht, was bei euch vorgeht! Wisst ihr eigentlich, was für ein Glück ihr mit diesen Mädels habt?"

„Mutter, jetzt ist es aber gut", murrten Olaf und Alexander wie aus einem Munde und mit roten Köpfen, während die Mädchen über ihre ganzen Gesichter grinsten.

„Ach Papperlapapp!" Sie wendete sich jetzt den Mädchen zu: „Und wenn ihr mich noch einmal mit ‚Frau Breuer' anredet, bekommen wir richtig Ärger", schimpfte sie gutmütig. „Ich heiße Silvia. Ich komme mir immer ganz alt vor, wenn ihr ‚Frau Breuer' sagt", lächelte sie. „Gut, die Teller findet ihr in dem Schrank dort vorne. Übrigens werden Vater und ich morgen nicht da sein. In Hohenburg findet ein Kongress für Touristik statt. Wir müssen bereits heute Abend losfahren, und kommen erst übermorgen wieder zurück. Wir werden also die kommenden zwei Nächte im Hotel verbringen. Daher haben wir auch derzeit keine Gäste. Kommt ihr einen Tag ohne uns zurecht?"

„Aber sicher, wir kümmern uns gerne um ihre Jungs. Je eifriger wir sie aufpäppeln, desto mehr können sie für uns tun", stichelte Sarah.

„Recht so. Lasst euch nur nichts gefallen!", lachte Frau Breuer. „Wenn ihr etwas benötigt, könnt ihr natürlich jederzeit ins Haus. Ich hole jetzt die Frühstückseier. Ach man müsste noch einmal jung sein!" Sie verschwand summend in der Küche.

„Ihr habt eine tolle Mutter", sagte Sarah und drückte Olaf. „Aber in einem hat sie Recht, wenn ich dich umarme, wehrst du dich nicht gar so arg!"

*

Ein wenig später glitt die Albatros durch die Hafeneinfahrt. Alexander stand am Ruder und gab eindeutige Anweisungen. „Klar am Großfall?", fragte er.

„Großfall ist klar!"

Er drehte den Bug der Albatros in den Wind. „Hisst das Groß."

Kraftvoll bediente Olaf die Winsch, während Ilona das Fall entgegennahm und sauber aufschoss. Das Großsegel entfaltete sich langsam im Wind.

„Klar bei Vorfall?", wollte er nun wissen.

„Vorfall ist klar!"

„Hisst die Fog."

Sarah drehte aus Leibeskräften an der Kurbel. Das Vorsegel rutschte langsam das Vorstag hoch und blähte sich ebenfalls auf. Georg wickelte das Seil zusammen, so wie er es eben bei Ilona gesehen hatte. Alexander legte einen Kurs von 035° an und stellte den Motor aus.

„Diesen Kurs segeln wir nun für fünfunddreißig Minuten", erklärte Maren, die die Route für den heutigen Törn ausgearbeitet hatte. „Dann fahren wir eine Wende. Komm Georg, ich erkläre dir, wie man eine Seekarte liest."

„Das war ein schönes Manöver", stellte Olaf fest. Eine feine Crew war hier zugange. Er griff Sarahs Hand. „Macht ihr mal weiter. Wir legen uns eine Weile auf das Vorschiff in die Sonne! Zu viele Köche verderben den Brei." Sie setzten sich neben Coras Box, in der sich lustigerweise auch Chicco aufhielt. Der Papagei wollte seine neue Freundin offenbar nicht alleine lassen, aber vielleicht gefiel es Chicco auch nur, dass es in der Box windgeschützt war.

Die Kinder waren übereingekommen, dass Alexander das Kommando für die Hinfahrt haben sollte. Auf der Rückfahrt würde

Olaf übernehmen. Es war Vorschrift, dass ein verantwortlicher Skipper gewählt werden musste, wenn sich mehrere Personen mit gleicher Befähigung an Bord befanden. Und die Albatros trug gleich fünf davon über das Meer. Die Mädchen trauten sich das Kommando noch nicht zu. Immerhin hatten sie erst vor zwei Tagen ihre Segelscheinprüfung bestanden.

Der Wind flaute etwas ab. Georg nahm mit Ilonas Hilfe eine Kontrollpeilung mit dem Handkompass vor, und gab die Ergebnisse an Maren weiter, die in der Navigationsecke vor dem Salon saß. „Noch weitere sieben Minuten diesen Kurs halten", rief sie nach oben. „Dann gehst du bitte auf 310°. Diesem Kurs folgen wir dann etwa fünfzig Minuten. Eine letzte Wende bringt uns dann zu unserem Ziel!"

„Du bist ein wirklich guter Navigator", lobte Alexander.

„Ein Buch macht kluch", reimte Maren und warf ihm einen Kussmund zu. „Und außerdem heißt es Navigatorin!"

„Runter da vorne, ihr zwei Turteltauben", verlangte Alexander kurz darauf von Olaf und Sarah. „Alles zur Wende vorbereiten." Aber kaum war die Wende gefahren, lagen die beiden wieder kichernd auf dem Vorschiff.

Die Kinder genossen ihre erste gemeinsame Seereise. Alexander hatte die Segel fachmännisch getrimmt, sodass sie trotz des schwachen Windes eine gute Fahrt durchs Wasser machten, ohne dass die Segel flatterten. Ruhig durchschnitt der scharfe Bug der Albatros das Wasser. Olaf und Sarah unterhielten sich leise, die anderen saßen verträumt in der warmen Sonne. Ein Ruf aus dem Salon durchbrach die romantische Stille.

„Könnt ihr schon etwas erkennen?", wollte Maren wissen. Sie nahm ihre Rolle als Navigatorin sehr ernst, und hatte die Navigationsecke nicht verlassen. Mit Zirkel und Lineal hantierte sie auf der Seekarte, zeichnete Positionsmarkierungen ein und führte gewissenhaft Logbuch. „Noch drei Seemeilen, dann sind wir an der angepeilten Position."

Sarah ließ sich das starke Fernglas aus der Kajüte hinausreichen und blickte in die angegebene Richtung. Sie konnte aber nichts entdecken, und reichte es Olaf. „Hier, du bist etwas größer als ich, schau du mal."

Nun suchte Olaf den Horizont ab. Plötzlich stutzte er und gab Sarah das Glas zurück. „Schau mal, auf 350°." Das Fernglas verfügte über einen eingebauten Kompass, sodass Sarah genau peilen konnte. „Siehst du den weißen Fleck? Er ist vor dem Ufer kaum auszumachen."

Eine Viertelstunde später konnten sie das Motorboot bereits mit bloßem Auge erkennen. Es lag an der vermuteten Position, in der Bucht einer kleinen Insel, vor Anker. Aufgeregt berieten sie, wie sie vorgehen wollten.

„Warum ankern wir nicht einfach in der gleichen Bucht?", schlug Ilona vor. „Sie ist allemal groß genug, und niemand wird Verdacht schöpfen, wenn wir dort Mittagspause machen und vielleicht schwimmen gehen. Dann können wir die Yacht unauffällig beobachten."

„Können wir dort ankern, Maren?", rief Alexander nach unten. „Immerhin haben wir einen erheblich größeren Tiefgang als ein Motorboot."

Maren studierte die Seekarte. „Ja", gab sie schließlich Bescheid. „Wir müssen uns unter Motor langsam der Insel nähern. Wenn die Wassertiefe von zehn Meter auf neun Meter abfällt, stoppen wir und setzen Anker. Danach wird es dann schnell flacher."

Zwanzig Minuten später rauschte ihr Anker in die Tiefe, und die Albatros schwojte unweit des anderen Schiffes im Wasser.

*

„Was sucht ihr denn hier?", brüllte ein vielleicht fünfundzwanzigjähriger, schwarzhaariger Mann unfreundlich zu ihnen herüber. „Macht, dass ihr fortkommt!"

„Wieso, das hier ist doch kein Privatgelände", rief Olaf zurück. Sarah drückte ihm aufmunternd die Hand. „Wir dürfen hier genauso ankern wie sie!", fuhr er fort, „aber keine Sorge, wir machen nur eine Mittagspause und gehen vielleicht mal schwimmen. Dann sind wir wieder weg."

Alexander hatte jetzt, das erste Mal, seit sie den Hafen verlassen hatten, die Hände frei. „Schau, sie sind immer noch sauber", grinste er und umschlang Maren. „Wir haben uns hergefahren, ihr könnt nun den Tisch decken." Halb zog er sie, halb folgte sie ihm auf das Vorschiff.

„Die Knutscherei nimmt allmählich überhand", stellte Georg oberlehrerhaft fest und küsste Ilona gefühlte fünf Minuten lang. „Reichst du das Geschirr raus? Wo sind die Getränke?"

Die Sonne knallte unbarmherzig auf das Boot. Olaf und Sarah spannten ein Sonnensegel über den Tisch. Im Kreis setzten sie sich um diesen herum und beobachteten unauffällig die Motoryacht. „Die kostet mindestens fünf Millionen", stellte Alexander sachkundig fest. „Seht ihr diese beiden Träger im hinteren Teil des Schiffes? Das ist eine typische Hebevorrichtung für ein Beiboot. Ich wette, auf der anderen Seite gibt es noch so eine, aber das können wir von hier aus nicht erkennen."

„Na prima, aber das hilft uns nicht wirklich weiter. Wir wissen nun, dass hier die gesuchte Yacht liegt, mehr aber auch nicht. Dass sie etwas mit den Schmugglern oder Robben zu tun hat, können wir nur vermuten."

„Nun, dann müssen wir eben etwas mehr in Erfahrung bringen. Wir könnten versuchen, uns auf dem Motorboot ein wenig umzusehen", meinte Ilona.

„Warum sollten sie uns auf das Boot lassen? Du hast gehört, wie abweisend uns dieser Typ angeblafft hat."

„Nun, sicher nicht uns sechs. Aber hast du gesehen, wie der Typ Maren angegafft hat?" Ilona sah Maren fragend an. „Wie wäre es, wenn wir drei Mädels eine Runde schwimmen gehen?"

„Das kommt überhaupt nicht in Frage!" Olaf schüttelte energisch seinen Kopf. „Warum nicht?", nickte Maren. „Alleine würde ich mich das niemals trauen, aber zu dritt finde ich es ok! Da kann uns eigentlich nichts geschehen."

„Olaf hat Recht, das ist viel zu gefährlich!", pflichtete Alexander seinem Bruder bei.

„Ach, stellt euch nicht so an." Jetzt wurde Sarah energisch. „Wir sind zwar eure Freundinnen, aber das bedeutet nicht, dass ihr hier alles entscheidet. Gewöhnt euch das gar nicht erst an. Es ist nett, dass ihr euch um uns sorgt", sie drückte Olaf, „aber Maren hat Recht. Sie werden uns schon nicht abschlachten. Und wenn wir etwas in Erfahrung bringen wollen, müssen wir auch ein wenig riskieren. Auf Mädels, in die Bikinis, und dann rüber zur Yacht. Männer sind ja so berechenbar!"

Kurz darauf plantschten sie lachend im Wasser. Dabei achteten sie darauf, immer näher zur Motoryacht zu treiben.

„Hallo, ihr Badenixen", ertönte eine Stimme. Der Mann von eben stand an der Reling, war diesmal jedoch wesentlich weniger abweisend als zuvor. Ein zweiter, etwa gleichaltriger Rotschopf stellte sich dazu und schnippte eine Zigarette gleich neben Sarah ins Wasser. Beinahe wäre sie ihr ins Haar gefallen.

„Ich hoffe, wir stören nicht", rief Ilona. „Wir wollten euer Boot nur einmal aus der Nähe betrachten. Das ist ja eine Superyacht!"

„Kommt doch an Bord, wenn ihr wollt."

„Nein, das geht doch nicht", zierte sich Maren. Sie wollte es ihnen nicht zu einfach machen.

„Eure Macker erlauben dat wohl nich", lachte der Rotschopf und steckte sich eine weitere Zigarette an.

„Das sind doch nicht unsere Macker. Das ist mein Bruder mit zwei Freunden, totale Langweiler. Interessieren sich nur für ihre Computer." Maren war beeindruckt, wie Sarah improvisieren konnte.

„Na, dann kommt." Der Schwarzhaarige drückte großspurig auf einen Knopf, und eine Badeleiter glitt elektrisch angetrieben ins Wasser. „Alles nur vom Feinsten", prahlte er.

Die Mädchen erklommen die Badeleiter. Jetzt war ihnen doch mulmig zumute. Warum habe ich nur nicht auf Olaf gehört, dachte Sarah. Wer wusste schon, wie viele Typen hier noch hausten. In diesem Punkt hatten sie jedoch Glück. Es befanden sich nur diese beiden Kerle an Bord. Dicht gefolgt von Maren und Ilona, sprang sie mutig auf das Deck.

„Na guck an, zwei Zwillinge. Hab' ich gleich erkannt", lachte der Rotschopf. Dabei zeigte er vom Nikotin dunkelgelb gefärbte Zähne.

Wie helle, dachte Maren angewidert, ist ja bloß offensichtlich und Zwillinge sind eigentlich immer zu zweit. Aber sie lächelte ihm zu. „Bist wohl ein ganz fixer", kokettierte sie.

„Aber sicher dat, wollt ihr was trinken? Wir ham prima Whisky und Rum unten, oder lieber 'n Bier?"

„Nein danke, wir werden immer ganz seekrank, wenn wir Alkohol trinken", erwiderte Sarah ausweichend. Sie fühlte fast körperlich, wie diese Typen sie anstarrten, und kam sich auf einmal ganz nackt vor. Ein Blick zu Ilona und Maren verriet ihr, dass es den beiden genauso ging. Sie mussten schleunigst wieder runter von diesem Boot.

„Na, dann eben nit", lachte der Schwarzhaarige schäbig, und entblößte dabei einige dunkle Zahnstümpfe. „Woll'n ja nich', dass ihr Süßen in die Kajüten kotzt, ne!" Er lachte dreckig über seinen eigenen Witz.

Geistesgegenwärtig nutzte Sarah die Gelegenheit: „Dürfen wir die Kajüten denn mal besichtigen?"

„Na klar, kommt mit." Der Rotschopf packte grob ihren Arm und zog sie unsanft hinter sich her. Maren und Ilona beeilten sich, bei ihr zu bleiben.

„Hier is' der Steuerstand, Radar, elektrische Seekarten, Satellitenfunk un' so, alles wat teuer ist. Aber da habt ihr natürlich keine Ahnung davon, ihr seid ja bloß Mädchen."

Maren stellte sich dumm: „Nee, echt nicht, ist langweiliger Kram. Aber ihr habt ja auch richtige Seekarten. Die finde ich total schön." Sie nahm eine in ihre Hände, hielt sie aber absichtlich falsch herum. „Hä, die sieht aber komisch aus."

„Dummerchen, du hälst se auf'm Kopp." Maren grinste hilflos und drehte die Karte herum. „Was sind das für bunte Flecken?", fragte sie den Rotschopf und lachte ihn dümmlich an. Dieser schnippte seine Zigarette achtlos auf den Teppich und beugte sich neben sie über die Karte. Er roch fies nach Alkohol und Nikotin, und Maren musste sich sehr zusammenreißen, um nicht einfach wegzulaufen. „Na, ich kann et ja mal erklären, aber du wirst et eh nich kapieren." Sie ignorierte seine Worte, nickte aber die ganze Zeit mit ihrem Kopf, als ob sie ihm zuhörte. Dabei studierte sie aufmerksam die handgeschriebenen Notizen auf dem Kartenrand.

Ilona setzte sich unterdessen in den Sitz vor dem Steuerrad. „WOW, ist das ein tolles Leder", stellte sie fest. „Und so gemütlich! Was bedeuten diese Anzeigen hier?", lenkte sie den Schwarzhaarigen ab.

„Ihr wollt et aber genau wissen wat?" Er setzte sich ganz dicht neben sie auf die Armlehne. Angewidert hielt sie den Atem an. Er stank ekelhaft nach Schweiß. Aber auch sie riss sich zusammen. Während sie seine großkotzigen Erklärungen ertrug, deutete sie heimlich auf ein Logbuch, welches Sarah nun unbemerkt durchblätterte.

„Es ist echt schade, aber wir müssen nun wirklich gehen", sagte Sarah, nachdem sie mit dem Buch fertig war. „Sonst petzt mein Bruder, dass wir hier waren und unser Vater schlägt uns grün und blau."

„Ich hätte euch aber gerne noch die Kojen gezeigt", grinste der Rotschopf anzüglich.

Doch die Mädchen stürzten bereits an Deck. Dort sahen sie die Jungen in Badehose auf dem Vorschiff der Albatros stehen. Offenbar wollten sie gerade zu ihnen hinüberschwimmen, um nach dem Rechten zu sehen. „Danke für die Führung", rief Sarah noch, wartete aber eine Antwort nicht ab. „Bei drei springen wir ins Wasser, Mädels, eins, zwei, drei..."

So schnell wie möglich schwammen sie zur Albatros zurück. Die Jungen halfen ihnen beim Einsteigen. „Bitte, bringt uns ganz schnell von hier fort", bat Maren. „Das war ja so ekelhaft! Wir ziehen uns rasch um."

Als die Mädchen in frischer Kleidung aus der Kajüte stiegen, hatten die Jungen die Insel bereits weit hinter sich gelassen. Unter Motor tuckerten sie zügig Kraven entgegen. Olaf stand am Steuer. Sarah warf sich in seine Arme, was die Albatros mit einem leichten Schlingern quittierte. „Danke für deine Sorge", flüsterte sie ihm ins Ohr, „danke, dass ihr zu uns rüber schwimmen wolltet." Sie sah ihre Freundinnen in den Armen ihrer jeweiligen Verehrer liegen und lächelte. Was für ein Unterschied zu den Widerlingen auf der Motoryacht.

„Jetzt erzählt endlich, was geschehen ist", drängte Olaf, und die Mädchen schwatzten drauflos. Die Jungen waren beeindruckt.

„Ihr ward wirklich tapfer, das habt ihr prima gemacht", lobte Alexander und drückte Maren ganz fest. „Was war denn auf der Karte zu sehen?"

„Nun, es war schon eine Seekarte von Kraven und Umgebung", berichtete Maren, „aber eindeutig keine herkömmliche. Mir fiel der ungewöhnlich große Maßstab auf, und sie war sehr alt. Daher habe ich sie mir genauer angeschaut. Mir ist fast schlecht geworden, weil der Rotschopf so stank. Drei Kringel waren eingetragen, einer um den alten Leuchtturm, einer um unsere Klippe und ein weiterer auf See. Außerdem war da eine gestrichelte Linie von der Robbenbucht zum alten Leuchtturm eingezeichnet. Dann waren da noch zwei Datumsangaben, und die entsprachen den Tagen, an denen die Robben verletzt aufgefunden wurden."

„An der Wand über dem Steuerrad hing ein Kalender", mischte sich Ilona ein. „Auch dort waren diese beiden Tage markiert. Und ein Weiterer, der von morgen. Dazu eine Uhrzeit, 23:00 Uhr. Wenn ich daran denke, wie der Typ gestunken hat, wird mir jetzt noch übel. Wie kann sich ein Mensch nur so gehen lassen?"

„Das Logbuch war nur schlampig geführt und enthielt nicht viele Einträge", fügte Sarah hinzu. „Drei Worte standen allerdings öfters drin: *Muxa*, *Hampton* und *Franzen*. Daneben jeweils eine Zahl. Keine Ahnung, was die bedeuten. Aber das Datum von morgen stand ebenfalls ganz fett auf der letzten beschriebenen Seite, dazu die gleiche Uhrzeit, 23:00 Uhr."

„Das sind amerikanische Zigarettenmarken", warf Georg ein. „Ich habe den Bericht über die geschmuggelten Zigaretten gelesen. Genau diese Marken wurden erwähnt. Eines ist ganz klar, die Typen haben mit den Schmugglern zu schaffen oder sind es wahrscheinlich selber. Ich wette, an den genannten Tagen wurden die Zigaretten in der Robbenbucht an Land gebracht, und die Robben sind ihnen dabei in die Quere gekommen. Daher die Verletzungen durch die Schiffsschrauben. Und morgen Abend um elf erfolgt eine weitere Lieferung!"

„Alles passt zusammen. Vom alten Leuchtturm aus geben sie wahrscheinlich Blinkzeichen, um ihre Aktivitäten zu koordinieren. Ich denke, wir sollten das Ganze der Polizei in Kraven melden", meinte Alexander, und die anderen nickten zustimmend. „Jetzt wird es allmählich eine Nummer zu groß für uns. Soll sich nun die Polizei darum kümmern. Wir, also eigentlich unsere tapferen Geliebten, haben sich genug in Gefahr begeben."

Sie setzten Segel. Sarah übernahm das Steuer, Olaf das Kommando und die Navigation. Ilona kümmerte sich um das leibliche Wohl der Besatzung.

Diesmal saßen Maren und Alexander auf dem Vorschiff, und tuschelten leise miteinander. Dankbar nahm Sarah einen Keks entgegen, den Ilona ihr aus der Kombüse heraus anreichte. „Schoten dichter", verlangte sie von Georg, der darauf die Segel entsprechend verstellte. Das Schiff segelte nun etwas schneller. „Ich will so bald wie möglich ankommen."

„Möchtet ihr auch einen Keks?", rief Ilona nach vorne, doch Maren schüttelte den Kopf. Dabei wehten ihre langen Haare anmutig im Wind. „Das sieht einfach klasse aus, oder?", flüsterte Sarah Ilona zu. „Wie lange dauert es eigentlich so lange Haare zu bekommen?", fragte sie Maren mit lauter Stimme.

„Na, ausgehend von euren schulterlangen Haaren so etwa vier Jahre. Je nach Haarwuchs und Spliss. Den muss man ja immer rausschneiden."

Die Schwestern sahen sich an und waren sich wortlos einig. „Olaf, Georg, ich hoffe, ihr mögt lange Haare. Besser, ihr gewöhnt euch schon einmal an den Gedanken!", verkündete Ilona lauthals, und Maren kicherte.

*

Zwei Stunden später liefen sie in den Hafen ein. Sarah stand am Ruder und bediente den Motor. Sie stoppte ihn etwas zu früh, sodass Olaf, der mit einer Festmacherleine als Springer bereitstand, einen großen Satz machen musste, um auf den Anlegesteg zu hüpfen. Schließlich lag die Albatros ordnungsgemäß vertäut am Steg, und sie gingen gemeinsam zur kleinen Polizeiwache im Dorf, um ihre Anzeige zu erstatten.

Herr Heugen, der Polizist, den sie bereits vom Robbenstrand und vom Frühstück her kannten, hatte Dienst. Mürrisch hörte er sich den Bericht der Kinder an. Auf einem Zettel hatten sie die Koordinaten der Motoryacht und in Stichworten alles Wesentliche notiert, und diesen zusammen mit dem unscharfen Foto des Beibootes vorgelegt. Der Beamte schob alles in eine Schublade. „Gut", brummte er. „Geht jetzt nachhause, und hört auf, eure Nasen in anderer Leute Angelegenheiten zu stecken."

„Und was unternehmen sie nun?"

„Das geht euch nichts an. Wir wissen schon, was zu machen ist. Seht zu, dass ihr fortkommt, und wehe ihr spioniert wieder rum. Raus jetzt!"

Entrüstet gingen sie zu ihren Zelten. Sie hatten sich etwas mehr erhofft, vielleicht ein Lob, sicher aber nicht, dass man sie zurechtwies. Aber was sollten sie machen?

„Kopf hoch", munterte Alexander sie auf. „Wir haben unseren Teil getan, jetzt liegt es in deren Hand. Aber niemand hindert uns daran, morgen Abend, so gegen 23:00 Uhr über das Meer zu schauen."

Wo ist Maren?

Leise kletterte Maren aus ihrem Schlafsack. Sie wollte die anderen nicht aufwecken, ein Vorhaben, das in einem selbst so geräumigen Zelt wie dem ihrigen zum Scheitern verurteilt ist.

„Was ist los?", brummte Sarah.

„Nichts, ich bin nur schon hellwach. Ich hole mit Cora die Brötchen. Schlaf weiter."

„Ist gut, bringst du bitte auch Croissants mit?", murmelte Sarah, drehte sich um und schlief gleich wieder ein.

Maren pfiff nach Cora, und machte sich auf den Weg. Sie mochte die frühen Morgenstunden sehr. Heute wehte ein kühler Wind, der sich laut gestriger Wettervorhersage bis heute Abend zu einem Sturm verstärken würde. Daher wollten sie nach dem Frühstück ihre Zelte abbauen und diese zur Yacht bringen. Cora sprang schwanzwedelnd um Marens Füße herum, und freute sich über den Spaziergang genauso sehr wie Maren. Die Bäckerei wurde gerade geöffnet, als Maren sie erreichte.

„Du bist aber eine echte Frühaufsteherin", grüßte der freundliche Bäcker. „Möchtest du nicht als Bäckerlehrling anfangen?", scherzte er.

„Nein", lachte Maren. „Da würde ich nur dick, da ich alle Kuchen selber essen oder wenigstens verkosten würde. Ich war halt wach, und dann ist es im Schlafsack nicht mehr so richtig gemütlich. Bevor ich mich endlos hin- und herwälze, unternehme ich lieber einen Morgenspaziergang. Und irgendjemand muss ja die Brötchen besorgen!"

„Recht so", lächelte der Mann ihr zu, und legte noch für jeden einen hausgebackenen Keks zu Marens Bestellung. Maren nahm die große Tüte mit Backwaren entgegen und beglich die Rechnung. Mittlerweile hatte sie ein Gespür dafür entwickelt, was sechs hungrige Mäuler so benötigen. Ein Rosinenweckchen nahm sie extra. Sie wollte es während des etwa zwanzigminütigen Aufstiegs naschen.

Sie bog auf den Klippenpfad und umrundete einen großen Busch. Erschrocken blieb sie abrupt stehen. Vor ihr stand der Rotschopf, in seiner Hand hielt er eine Pistole.

„Guck an, dat Flittchen", lachte er bösartig. „Halt' deinen Köter fest, sonst knall' ich den ab!"

Maren nahm Cora am Halsband. Gegen eine Pistole konnte auch die Hündin nichts ausrichten. „Was wollen sie, lassen sie mich in Ruhe", sagte sie tapfer, aber ihre Stimme war nur ein ängstliches Flüstern.

„Schnauze halten!" Ein blonder Mann trat hinter dem Gebüsch vor und stellte sich neben den anderen. Maren hatte ihn noch nie zuvor gesehen. „Schick' den Köter mit dieser Nachricht hier zu deinen Freunden. Und keine Faxen!"

„Was für eine Nachricht?", Maren zitterte jetzt am ganzen Körper.

„Ich sagte *Schnauze halten.* Los jetzt."

Maren überlegte fieberhaft, was sie machen sollte, aber vor Angst fiel ihr einfach nichts ein. Mit bebenden Fingern befestigte sie den zerknitterten Zettel an Coras Halsband. Sie hob den Zeigefinger. „Such Sarah!", befahl sie mit versagender Stimme. Sie wollte den Befehl wiederholen, aber Cora hatte sie bereits verstanden und sprang den Pfad hinauf.

„Jetzt schnell weg, bevor die Blagen hier sind." Mit einer blitzschnellen Bewegung presste der Rotschopf einen stechend riechenden Lappen vor Marens Mund und Nase. Sie spürte, wie sie die Besinnung verlor und wehrte sich verzweifelt, doch gegen die Kraft des Mannes konnte sie nicht ankommen. Das Letzte, was sie wahrnahm, war Nikotingestank und die Worte: „Zu schade, dass der Boss sie unverletzt will, aber ein Spaß wird ja wohl drin sein."

*

„Was ist mit Cora los?" Gähnend steckte Olaf den Kopf aus dem Zelt. „Hör auf zu bellen, du weckst ja alle auf."

Aber Cora hörte nicht auf. Weiter bellend kratzte sie an dem Zelt der Mädchen. S*uch Sarah*, lautete der Befehl, und Sarah war in eben diesem Zelt. Endlich öffnete sich der Reißverschluss. Ilona steckte den Kopf heraus. „Still Cora, was hast du denn nur?" Sie wollte Cora streicheln, doch diese sprang zu Sarah auf die Luftmatratze. *Such Sarah*!

„Dummes Tier", Sarah tätschelte den Kopf der Hündin. Dann sah sie den Zettel, nahm ihn ab und las ihn. Tränen schossen ihr in die Augen. „Kommt her, es ist etwas Schreckliches geschehen!", rief sie und konnte ein Schluchzen nicht unterdrücken,

„KOMMT!" Von dem erschrockenen Tonfall in ihrer Stimme alarmiert, stürzten die Jungen zu ihr ins Zelt. Mit zitternden Händen gab sie Olaf den Zettel:

Wir haben eure Freundin. Legt eure Handys in das Zelt der Mädchen. Ohne Sperre! Ruft niemanden mehr an. Wir sehen das an den Anruflisten. Geht sofort zur Albatros und bleibt dort bis morgen früh. Wenn ihr die Anweisungen genau befolgt, wird eurer Freundin nichts geschehen und wir lassen sie morgen laufen. Es liegt nur an euch. Ihr werdet genauestens beobachtet. Solltet ihr irgendetwas unternehmen, wird das eure Freundin büßen!

Auch Olafs Hände zitterten, als er den Brief sinken ließ. Ratlos sah er in Alexanders bleiches Gesicht. „Was sollen wir nur machen?"

Regungslos saßen sie beisammen. Georg fasste sich als Erster. „Wir machen natürlich genau, was verlangt wird, und gehen zunächst einmal zur Yacht", sagte er, um eine feste Stimme bemüht. „Im Moment sind wir nicht in der Lage, irgendetwas Vernünftiges zu entscheiden." Er legte tröstend seine Arme um die Schultern der Mädchen. „Zieht euch schnell etwas über. Auf der Yacht überlegen wir dann weiter."

Sie warfen ihre Handys auf einen Haufen und machten sich auf den Weg zur Albatros. Unterwegs suchte Alexander verstohlen die Umgebung ab, konnte aber niemanden entdecken, der sie beobachtete.

„Schaut, dort liegt Marens Einkaufstasche mit den Brötchen", rief Sarah entsetzt und hob sie auf. Eine Träne rann ihr über die Wange. „Die sind noch immer ganz warm!"

Sie fanden die Yacht aufgebrochen vor. Olaf hatte bereits damit gerechnet. Natürlich hatten die Verbrecher dafür gesorgt, dass sie keinen Funkspruch absetzen konnten. Und richtig, die Funkantennen waren abgeknickt und lagen nun vermutlich mitsamt dem Funkgerät auf dem Grund des Hafenbeckens. Aus der Wand über dem Navigationstisch baumelten nur noch einige abgerissene Drähte. Die Kerle hatten das teure Teil einfach aus der Wand herausgebrochen. Der Sachschaden war erheblich, aber das interessierte im Moment niemanden. Alle Schränke waren durchwühlt, und sämtliche elektrischen Geräte, selbst ihre Taschenlampen, fehlten.

Am schlimmsten war jedoch der Anblick des Tisches. Ilona schrie entsetzt auf, als sie Marens Zopf auf ihm erkannte. Ein Zettel lag daneben:

Noch so ein Blödsinn wie auf der Wotan, und wir schneiden ihr noch ganz was anderes ab!

Alexander musste sich sehr zusammenreißen. Wütend nahm er den Zopf und schleuderte ihn ins Wasser. Er konnte den Anblick einfach nicht ertragen.

Um sich ein wenig abzulenken, räumten sie das Schiff notdürftig auf. Dann setzten sie sich um den Salontisch herum. Eine Kekspackung machte die Runde.

„Wir müssen in der Tat davon ausgehen, dass wir unter Beobachtung stehen", stellte Olaf fest. „Die Schufte wussten, dass Maren die Brötchen holte, und sie kennen den Namen der Yacht. Auch wissen sie, dass wir sie auf der Wotan aufgespürt haben. Beide Zettel wurden mit einem Computer ausgedruckt und nicht handschriftlich geschrieben. Das bedeutet, sie haben alles zuvor geplant. Ganz offensichtlich sind das eiskalte, berechnende Dreckskerle."

„Wir können also nur abwarten, und hoffen, dass sie Maren morgen wirklich unversehrt frei lassen?", fragte Ilona mit feuchten Augen. Sie kuschelte sich ganz eng an Georg. „Arme Maren, bestimmt steht sie gerade Todesängste aus! Und ausgerechnet heute sind eure Eltern nicht da." „Aber wir müssen doch irgendetwas unternehmen!"

Stumm blickten sie einander an. Wie vorhergesagt, hatte der Wind zugenommen und erste Regentropfen klatschten gegen die Bullaugen. Die Mädchen hatten sich ihre dicken Pullover übergezogen. Es war kalt geworden. „Ich hoffe, dass Maren wenigstens nicht frieren muss, sie trug heute Morgen nur den dünnen Pulli, den sie sich von mir ausgeliehen hatte."

„Das ist es!", Georg schlug mit der Faust auf den Tisch.

„Was ist was?"

„Na, wir sind uns einig, dass wir beobachtet werden, richtig? Also zeigen wir den Schuften doch, was sie sehen wollen."

„Ich verstehe nicht." Ilona sah ihn mit großen, geröteten Augen an.

„Nun, wozu haben wir hier zwei Zwillingspärchen?"

Jetzt fiel bei Ilona der Groschen. „Genial", sie umschlang Georg mit beiden Armen und drückte ihn so fest sie konnte. „Eigentlich müsste ich dich küssen, aber da ist mir im Moment gar nicht nach."

„Lasst ihr uns endlich an eurer Idee teilhaben", fragte Olaf ungeduldig. „Ich verstehe nur Bahnhof."

„Na, das ist doch ganz klar! Die Beobachter erwarten hier fünf Personen. Zwei Zwillingspärchen und Georg. Aber sie können uns sicher nicht unterscheiden. Das können wir doch ausnutzen. Sie müssen lediglich *glauben*, dass hier fünf Personen sind", erklärte Ilona.

„Kluges Mädchen", fuhr Georg fort. „Zwei von uns, also entweder Olaf oder Alexander und Sarah oder Ilona, schleichen sich von Bord. Der andere Zwilling lässt sich von Zeit zu Zeit in verschiedenen Klamotten an Deck sehen. Dann werden die glauben, dass wir alle hier an Bord sind."

„Genial", wiederholte Alexander, „aber wir müssen uns genau überlegen, was wir machen wollen. Rufen wir zum Beispiel die Polizei?"

„Auf keinen Fall", sagte Olaf. „Maren müsste es büßen. Ihr habt den Zettel gelesen. Nein, wir dürfen keine Aufmerksamkeit erregen. Ich mache mir schon die ganze Zeit darüber Gedanken, wo sie Maren hingebracht haben könnten. Es muss ja in der Nähe sein, sonst könnten sie uns nicht beobachten, und es gibt hier nicht allzu viele Möglichkeiten, jemanden zu verstecken. Ich bin überzeugt, sie befindet im alten Leuchtturm. Erinnert ihr euch an die gestrichelte Linie von der Maren erzählte? Die vom Strand zum Leuchtturm führte? Was wäre, wenn diese Schmuggler den alten Versorgungstunnel benutzen? Ich finde, wir sollten das untersuchen und schauen, ob wir Maren befreien können!"

Alle nickten zustimmend. „Ja, ich glaube auch, wir müssen unauffällig vorgehen", stimmte Sarah zu. „Oh, ich mache mir solche Sorgen. Wir wollen sofort anfangen."

„Gut, beginnen wir mit dem Mummenschanz", sagte Georg, froh etwas unternehmen zu können. „Der Wind hat zugenommen. Wir sollten alle fünf rausgehen und die Festmacherleinen kontrollieren. Das ist glaubwürdig. Ihr Zwillinge müsst euch sehr unterschiedlich kleiden, Alexander, du nimmst deinen roten Pulli, Olaf, du den grünen. Dann muss später der Zurückgebliebene mal im roten und mal im grünen Pulli raus, und die werden glauben, wir sind alle da."

„Ich kann meine weiße Strickjacke anziehen", bot Ilona an.

„Und ich meinen dicken blauen Hoodie", rief Sarah und sprang auf. „Rock aus, Ilona, und Jeans an. Dann tragen wir alle die gleichen Hosen, und müssen nur die Oberbekleidung austauschen. Wir gehen jetzt mehrfach raus und lassen uns blicken. Zwischendurch überlegen wir uns die Details unseres Plans."

*

„Da tut sich was", sagte der Rotschopf, während er die Handys der Kinder musterte. „Mist, alles nur einfache Modelle. Hab' gedacht, ich kann ‚n gutes Handy abstauben." Er hatte sich mit dem Blonden etwa auf halber Höhe des Klippenwegs eine geschützte Ecke gesucht. Von hier aus hatten sie die Yacht der Kinder gerade noch im Blick.

Der Blonde schaute durch ein Fernglas. „Sie machen das Boot fest, na ja, bei dem Scheißwetter vernünftig. Warum haben wir nicht einfach alle Kinder geschnappt und in den Turm geschafft. Dann müssten wir jetzt nicht hier im Regen stehen und Wache schieben."

„Der Boss weiß schon, was er tut", antwortete der Rotschopf. „Aber sollen wir nich' einfach abhau'n? Die Nervensägen sind nu' so eingeschüchtert, dass die bestimmt keinen Unfug mehr machen. Die Idee mit den Haaren war klasse. Hat echt Spaß gemacht, die kleine Schlampe zu stutzen."

„Ohne mich, wenn der Boss das rauskriegt, geht's uns an den Kragen!"

„Hast Recht, dat isses nich' wert." Der Rotschopf wickelte sich fester in seine Regenjacke. „Aber noch bis Mitternacht hier rumhängen! Was'n Scheiß! Na ja, wenigstens zahlt der Boss gut."

„Ja, diese Nacht kommt die letzte Lieferung, die größte. Klar, dass der Boss da kein Risiko eingehen will. Morgen setzen wir uns dann ab, mit richtig viel Kohle in der Tasche." Der Blonde blickte durch das Fernglas. „Fünf Nervensägen", zählte er durch, „die Idioten machen es uns einfach. Ein roter, eine blauer, eine grüner und ein weißer Pulli und eine Regenjacke. Leicht zu unterscheiden!"

*

„Wie schleichen wir uns von Bord?", fragte Sarah in die Runde.

„Dazu müssen wir wissen, wo ein Beobachter stehen könnte", überlegte Olaf. „Meines Erachtens kommen dazu nur drei Stellen in Frage. Erstens, der Hafen hier."

„Können wir streichen, da würden wir die Kerle sehen."

„Richtig, zweitens der Strand und drittens der Klippenweg. Von beiden Orten kann jedoch die rechte Seite unseres Bootes nicht eingesehen werden."

„Da wäre noch der alte Leuchtturm", gab Alexander zu bedenken. „Er ist so weit vorgebaut, dass man mit einem guten Fernglas ohne Weiteres von der Glaskuppel aus in den Hafen schauen kann."

„Richtig, aber auch von dort schaut man auf die linke Seite des Bootes."

„Also müssen wir über die *Steuerbordseite* ins Wasser, unter dem Steg durchtauchen, aus der Hafeneinfahrt heraus und rechts die Küste entlangschwimmen, bis zu unserem Boot vor die Schuppen. Da können wir dann unbeobachtet an Land. Das Wasser ist dort nicht tief und die Kaimauer hat Leitersprossen. In der Werkzeughütte hängen unsere Arbeitsklamotten, wir können uns also etwas Trockenes anziehen. Ilona, Olaf, ihr seid an der Reihe."

Die beiden begaben sich an Deck und taten, als ob sie die Segel überprüften. „Was für ein Mistwetter", schimpfte Ilona, als sie den Niedergang herunterkam. „Wir müssen uns beeilen. Wenn der Wind noch stark zunimmt, wird es mit dem Schwimmen schwierig. Wer geht eigentlich?"

„Ich", sagte Alexander entschlossen.

„Aber..."

„Kein aber! Hätten sie Sarah geschnappt, würdest du auch gehen wollen, oder?"

„Einverstanden", Olaf klopfte seinem Bruder aufmunternd auf die Schultern. „Wer von den Mädchen geht mit?"

„Ich", rief Ilona sofort. „Wir müssen eine ziemliche Strecke schwimmen, und das bei dem unruhigen Wasser! Ich bin eindeutig die bessere Schwimmerin von uns beiden. Ok, Schwesterherz?"

Sarah nickte zustimmend. „Wir haben doch die Taucherflossen in der Backskiste. Wollt ihr die mitnehmen? Ich denke, bei dem Wellengang sind die ganz hilfreich."

„Eine gute Idee", stimmte Alexander zu. „Ich fürchte nur, dass die mir nicht passen werden. Ich habe wesentlich größere Füße als ihr beiden. Aber Ilona sollte sie nehmen."

„Das wäre also geklärt. Ich wünschte, ihr könntet Cora mitnehmen, aber das ist leider unmöglich."

„Ich wünschte, Cora wäre bei Maren, sie wäre ihr ein guter Trost."

„Chicco könnte uns möglicherweise auch helfen", grübelte Olaf laut vor sich hin. „Aber bevor ich meine Idee erkläre, gehen Sarah und Ilona noch einmal hoch. Holt Cora und Chicco rein. Bei dem lausigen Wetter werden sie froh sein, aus ihrer Box zu dürfen."

Kurz darauf sprang Cora in die Kajüte, dicht gefolgt von Chicco. „Hört zu", begann Olaf. „Wir sollten versuchen, eine Kommunikation aufzubauen. Im Schuppen liegt mein altes Handy. Es hängt ständig an einem Ladegerät, weil der Akku nicht mehr besonders gut ist. Ich wollte es schon entsorgen, aber Mutter bestand darauf, es in den Schuppen zu legen. Damit wir immer erreichbar sind. Das ist jetzt unser Glück. Alexander, du könntest zuerst zur Pension gehen und Mutters Zweithandy holen. Sie hat ja eines für die Pension und ihr Privates, welches sie praktisch nie benutzt. Es liegt stets im Küchenschrank."

„Aber wie willst du das Handy unbemerkt hier an Bord bekommen?", wollte Sarah wissen.

„Hier kommt Chicco ins Spiel. Wir sind uns über den ungefähren Standort unserer Beobachter einig. Egal, wo sie genau stehen, sie können die Eisdiele nicht sehen, richtig? Wenn Alexander also von der Eisdiele aus Chicco zu sich winkt, bekommen die Entführer das nicht mit. Er könnte eines der Handys an Chiccos Bein binden und ihn zurück zur *Albatros* schicken. Wir haben ja schon öfters *Brieftaube* mit ihm gespielt, wenn auch nur mit kleinen Zetteln. Ein weiterer Vogel zwischen all den Möwen hier fällt wohl nicht auf. Was meinst du, Alexander?"

„Der Wind bläst mittlerweile recht stark, ich weiß nicht, ob er da noch fliegen kann, zumal mit dem zusätzlichen Gewicht. Aber einen Versuch ist es auf jeden Fall wert."

„Gut, das wäre geklärt. Jetzt gehen wir noch einmal alle an Deck, und lassen uns blicken", sagte Olaf. „Wir nehmen die *Persenning* ab und befestigen sie neu. Das verdeckt Sarah, die dann unbemerkt die Flossen für Ilona aus der Backskiste holen und neben die Badeleiter legen kann. Sie weiß am besten, wo genau die verstaut sind. Danach ziehen sich Ilona und Alexander um. Anschließend essen wir alle noch eine Kleinigkeit, und dann heißt es für euch: Ab ins Wasser!"

Kurz darauf klemmten die Flossen hinter den Sprossen der Badeleiter. Alexander übergab seinen roten Pulli an Olaf, Ilona ihre Strickjacke an Sarah. Dann schlüpften sie in ihre Badesachen.

Sarah und Olaf gingen auf das Vorschiff und küssten sich dort. Sie wollten die Beobachter ablenken. Geduckt, und somit von der Bordwand verdeckt, krochen Alexander und Ilona zur Badeleiter. Rasch glitten sie diese hinunter.

Platsch ... Platsch ...

„Sie sind im Wasser", raunte Sarah. „Hoffentlich schaffen sie es, und hoffentlich geschieht ihnen nicht auch etwas."

Olaf nahm sie fest in den Arm. „Die beiden wissen schon, was sie machen. Ilona ist sehr energisch und Alexander kann wirklich umsichtig und entschlossen handeln. Glaub' mir, wenn Alexander rot sieht, wird es für die Schmuggler eng. Und hier geht es immerhin um seine Maren!" Er strich ihr eine Strähne aus dem Gesicht. „Du, ich glaube, deine Haare sind wirklich schon einen halben Millimeter länger als gestern!", munterte er sie auf.

„Spinner", aber sie musste lächeln und war dankbar für seinen Scherz. „Komm, wir wollen ihnen nun den Rücken freihalten, und außerdem mag ich es nicht, wenn uns diese Kerle beim Knutschen zuschauen!"

Zu Wasser, Land und Luft

Prustend erschien Ilona an der Wasseroberfläche. Sie benötigte einen Moment, um sich zu orientieren. Neben ihr tauchte Alexander auf. „Alles klar?"

Ilona nickte: „Ja. Das Wasser ist ganz schön kalt geworden! Wo sind denn die Flossen?"

„Mist, der Wind hat sie fortgeblasen. Ich sehe dahinten eine im Wasser treiben. Meinst du, du schaffst es auch ohne diese Dinger?"

„Sicher, aber wir wollen uns beeilen, bevor das hier in einen Sturm ausartet."

„Gut, auf drei tauchen wir unter dem Steg durch. Aber achte darauf, dass du recht tief tauchst. Die Unterseite des Steges ist voller scharfer Muscheln und Ablagerungen. Nicht, dass du dir den Rücken aufkratzt." Er grinst sie trotz ihrer schwierigen Lage an. „Dann bekomme ich am Ende noch Ärger mit Georg! Fertig? Eins, zwei, drei!"

Sie holten tief Luft und tauchten ab. Das salzige Wasser brannte in Ilonas Augen, aber sie hielt diese tapfer geöffnet und blieb dicht hinter Alexander. Die Sicht war miserabel und die Strömung unter dem Steg überraschend stark. Sie mussten kräftig dagegen anschwimmen. Prustend tauchten sie auf der anderen Seite wieder auf.

„So weit, so gut", brüllte Alexander, um den Wind zu übertönen. Er zeigte auf die Kaimauer. „Damit wir nicht von den Wellen gegen den Beton geschleudert werden, schwimmen wir jetzt mit einigem Abstand zur Kaimauer um die Hafeneinfahrt herum. Dann noch ein wenig parallel zur Küste bis zum Boot. Dort klettern wir dann an Land. Unsere Köpfe sind zwischen diesen Wellen sicher nicht zu erkennen, da müssen wir uns keine Sorgen machen." Er schaute auf seine wasserdichte Armbanduhr, sie lagen gut in der Zeit. „Auf geht's!"

Innerhalb des Hafenbeckens kamen sie zügig voran. Die Hafeneinfahrt jedoch war eine Herausforderung. Durch die künstliche Verengung entstand hier ein Sog, gegen den sie mit aller Kraft ankämpfen mussten. Zudem bauten sich die Wellen hier besonders hoch auf. Vor Anstrengung nach Atem ringend, schluckten sie viel Wasser, aber sie schafften es, die Einfahrt zu umrunden. Jetzt war die Strömung für sie günstiger, und trug sie in Richtung der Lagerschuppen. Das letzte Stück mussten sie sich wieder durch brodelndes Wasser arbeiten, doch schließlich erreichten sie die Stelle vor dem Boot der Jungen.

Hier war das Meer nicht mehr tief und sie wateten die letzten Meter durch knietiefes Wasser. Ilona erreichte die Sprossen in der Kaimauer zuerst, dicht gefolgt von Alexander, der plötzlich laut aufschrie. „Aua! Ich bin in irgendetwas getreten."

„Kannst du klettern?", fragte Ilona besorgt.

„Ja, es geht schon", erwiderte Alexander. Er hangelte sich die Leiter empor, aber die letzten Meter zum Arbeitsschuppen stütze er sich auf seine Freundin. Ilona schloss die Tür hinter ihnen, und sperrte damit den einsetzenden Nieselregen aus.

„So ein Mist!", schimpfte Ilona und untersuchte die Wunde an Alexanders linkem Fuß nun genauer. „Du bist in eine Glasscherbe getreten." Vorsichtig entfernte sie den blutigen Splitter. „Du hast Glück im Unglück, es ist nur ein relativ kleiner Kratzer. Ein Pflaster sollte genügen." Sie warf ihm ein Handtuch zu und nahm sich selber ein zweites. „Erstmal abtrocknen, dann verarzte ich dich, ok?", sagte sie fröstelnd.

Die Jungen hatten stets ihre Arbeitskleidung sowie ihre Badesachen und ein paar Dinge zum Wechseln im Schuppen. Außerdem lagen hier mehrere ausrangierte Regenmäntel, was ihnen bei diesem miesen Wetter sehr gelegen kam. Gleich daneben steckte Olafs altes Handy in der Ladeschale.

Ilona schnappte sich eine Badehose und ein T-Shirt von Olaf, dazu dessen Blaumann. „Na ja, schick ist anders", lächelte sie schief. „Augen zu, ich muss meinen nassen Badeanzug ausziehen!"

Sie frottierten sich ab und schlüpften in die trockene Kleidung. „So, nun sieht die Welt gleich wesentlich freundlicher aus." Ilona griff zum Verbandskasten, säuberte Alexanders Wunde und klebte ein großes Pflaster darauf. „Sie ist doch länger als ich zuerst dachte, aber Gott sei Dank nicht sehr tief! Warum können die Leute ihren Müll nicht vernünftig entsorgen, sondern werfen ihn einfach ins Meer? Das macht mich richtig wütend! Wirst du gehen können?" „Ja, ich denke schon", sagte Alexander zuversichtlich und trat vorsichtig auf. „Es ist wirklich nicht so schlimm. Dann wollen wir uns mal auf die Socken machen."

Kurz darauf gingen sie durch den kleinen Vorgarten der Pension. Alexander lief zum Küchenschrank. Gott sei Dank, das gesuchte Handy lag gleich bei den Tellern. Mutter hatte es also tatsächlich nicht mitgenommen. Leider war der Akku fast leer, aber das konnte er nun nicht ändern. Für einige Anrufe musste es einfach genügen.

Schnell liefen sie zur Eisdiele. Sarah hockte in einer der Achterkajüten, und beobachtete durch ein Bullauge den Hafen. Jetzt sah sie die beiden endlich um die Ecke biegen. „Sie haben es geschafft", rief sie nach vorne in den Salon, und klatschte vor Freude in die Hände. „Du meine Güte, was trägt Ilona da nur für Klamotten!"

Jetzt kam alles auf Chicco an. Olaf öffnete die Kajütentür, und schob den Vogel hinaus. „Flieg zu Alexander, *Brieftaube*!" Brieftaube war das Schlüsselwort, welches sie immer bei ihren Spielen benutzten. Alexander winkte ihn von der Eisdiele aus zu sich, achtete jedoch darauf, nicht zu weit vorzutreten, um nicht von den Entführern auf ihrem Beobachtungsposten gesehen zu werden.

Chicco wusste sehr wohl, was von ihm verlangt wurde, hatte jedoch keine Lust, in den kalten Wind hinauszufliegen. Den Klingelton von Marens Handy ausstoßend, tippelte er wieder in die Kajüte zurück. Doch Olaf gab nicht auf. Der vierte Versuch gelang. Mit einem schrillen Protestschrei erhob Chicco sich in die Lüfte und flog auf Alexander zu. Der Wind warf ihn arg hin und her, und um ein Haar hätte er Alexanders ausgestreckten Arm verfehlt.

„Gut gemacht", lobte Ilona und streichelte den Kopf des tapferen Tieres, während Alexander das Handy an dessen Kralle befestigte. Dann liebkoste auch er Chicco. „Flieg zurück zu Olaf, *Brieftaube*", sagte er, und wiederholte den Befehl zwei Mal. Dann nahm er Chicco in beide Hände und warf ihn sanft empor. Der Wind erfasste den Vogel sofort und er torkelte, durch das ungewohnte Gewicht an seinem Bein zusätzlich beschwert, zunächst unkontrolliert durch die Luft. Ilona stieß einen besorgten Ruf aus. Doch Chicco fing sich und flog nun zielsicher in Richtung der *Albatros*. Er flog sehr tief, nur knapp oberhalb der Wasseroberfläche, da hier der Wind, abgeschirmt durch die Kaimauer, deutlich schwächer blies, und einmal berührte das Handy das Wasser. Nach einer steilen Aufwärtskurve und mit einem dumpfen *Klong* landete Chicco schließlich vor der Kajüte und tippelte, das Handy hinter sich herziehend, ins Trockene. Empört schüttelte er sein nasses Gefieder und kniff in Georgs Finger, als dieser das Handy von seinem Bein löste.

„Braver Chicco!" Sarah tätschelte den Vogel zärtlich, und gab ihm eine dicke Nuss. Mit seiner Belohnung im Schnabel flog er zu Cora, setzte sich zwischen ihre Vorderläufe und zerbiss geräuschvoll die harte Schale.

In diesem Moment klingelte das Handy. „Das hat ja prima geklappt, alles klar bei euch?", fragte Olaf, und drückte auf die Freisprechtaste, sodass alle mithören konnten. Ilonas Stimme tönte aus dem Lautsprecher. „Ja, es war anstrengend, aber wir haben es gut geschafft. Super, jetzt können wir telefonieren!

Allerdings ist der Akku unseres Handys, also das von eurer Mutter, fast leer. Sie hat ihn wohl eine Weile nicht geladen. Daher schalten wir es zwischendurch aus, um Strom zu sparen. Wir haben Chicco das andere, vollere Handy gegeben, weil es nur halb so viel wiegt. Jetzt gehen wir zur Robbenbucht. Bis später!"

Erleichtert legte Olaf das Handy auf den Tisch und strahlte die anderen beiden an. „Unser Plan funktioniert prima! Ich hoffe nur, sie finden jetzt Maren. Wir drei begeben uns nun an Deck, und spielen *Ilona und Alexander*!"

*

Fröstelnd schlug Maren ihre Augen auf. Sie benötigte einen Moment, um zu sich zu kommen. Dann fielen ihr die beiden Kerle ein. Ängstlich schaute sie sich um, aber sie war alleine. Ihr Kopf schmerzte arg, diese Widerlinge mussten sie irgendwie betäubt haben.

Sie erhob sich mit zittrigen Beinen, und ging durch den kleinen Raum. Wo hatte man sie nur eingesperrt? Ein schmales Fenster über ihr beleuchtete den Raum notdürftig. Sie erblickte einige Kisten. Vor einer Art Schreibtisch mit vielen Knöpfen stand ein verrosteter Stuhl. Sie inspizierte die altertümlichen Schalter und plötzlich wusste sie, wo sie sich befand. Das hier musste der Kontrollraum des alten Leuchtturmes sein. Unmissverständlich prangte das Schild mit der Aufschrift *Lampenkontrolle* neben einem der größeren Hebel.

Sie schaute sich weiter um, ging zu der einzigen Tür des Raumes und rüttelte daran. Natürlich war diese fest verschlossen. Verzweifelt hämmerte sie mit den Fäusten dagegen und rief laut nach jemandem, aber niemand erschien. Völlig ermattet ließ sie sich zu Boden gleiten. Das Betäubungsmittel schien immer noch zu wirken und sie fror jämmerlich.

Ihre Augen suchten den Raum nach irgendetwas, was sie gegen die Kälte schützen konnte, ab. Einige der Kisten waren mit einer Plane abgedeckt. Sie schleppte sich dorthin und zog die Plane herunter. Wie alles in diesem Raum war diese alt und staubig, aber ansonsten leidlich sauber. Todmüde sank Maren zu Boden und wickelte sich fest in die Plane ein. Vor Angst und Einsamkeit leise schluchzend fiel sie in einen unruhigen Schlaf.

*

Alexander und Ilona gingen um das Dorf herum und nahmen den *offiziellen* Weg zur Klippe. Ihren gewohnten Aufstieg konnten sie natürlich nicht benutzen, da sie dort die Beobachter vermuteten, und sie somit Gefahr liefen, diesen in die Arme zu laufen. Sie erreichten eine Weggabelung. Rechts ging es zur Klippe hinauf, links führte ein Trampelpfad hinunter in die Robbenbucht. Alexander wendete sich nach links, doch Ilona hielt ihn zurück.

„Wie wäre es, wenn wir vorsichtig die Klippen hinaufschleichen? Es ist ja nicht sehr weit. Aus dieser Richtung hier erwarten sie uns nicht, und vielleicht sehen wir, wo sich die Mistkerle aufhalten. Dann könnten wir unseren Freunden sagen, von wo aus sie beobachtet werden."

„Gute Idee", stimmte Alexander zu. „Aber wir gehen nicht auf die Klippe, sondern nur bis kurz davor, einverstanden? Ich will nicht riskieren, dass wir entdeckt werden, und auf der Klippe befinden wir uns sozusagen auf dem Präsentierteller."

Aufmerksam um sich schauend, stiegen sie den schmalen Weg hinauf. Plötzlich ließ sich Alexander in das vom Nieselregen mittlerweile nasse Gras fallen und zog Ilona neben sich. „Du hattest Recht!", sagte er und zeigte auf einen Busch, der in einiger Entfernung, etwas unterhalb von ihnen stand. Dahinter beobachtete der Rotschopf durch ein Fernglas den Hafen. Ein blonder Mann trat neben ihn, und sie unterhielten sich einen Moment lang. Dann drehte der Blonde sich um. Ilona erstarrte. Er hatte ihre Richtung eingeschlagen und kam nun genau auf sie zu.

„Schnell, hierher", flüsterte Alexander unnötigerweise, da der Wind alles übertönte. Er zog Ilona hinter einen Stein. Dieser war allerdings nicht groß genug, um sie vollständig zu verdecken. Sie kauerten sich so dicht wie möglich zusammen und zogen die grauen Regenjacken fest um ihre Körper. Hoffentlich entdeckte der Blonde sie nicht, aber sie hatten keine andere Möglichkeit, sich zu verstecken.

Der Wind pfiff so laut, dass sie die Schritte des Mannes nicht hörten. Plötzlich sah ihn Alexander aus dem Augenwinkel an ihnen vorübergehen. Den Kragen gegen den Wind hochgestellt und den Blick auf den Boden gerichtet, hatte er sie tatsächlich nicht bemerkt. Sie warteten, bis er einen Vorsprung hatte, dann flüsterte Alexander: „Los, hinterher, was macht der Rothaarige?"

Ilona lugte vorsichtig hinter dem Stein hervor. Ihr Herz raste vor Aufregung. „In Ordnung, ich sehe ihn nicht. Hockt vermutlich hinter dem Busch."

*

„Es wird Zeit, dass sich die Zwillinge wieder mal gemeinsam sehen lassen", meinte Georg.

„Wie das? Es fehlt doch jeweils einer!"

„Nun ich ziehe Alexanders Pulli über und stelle mich so in den Kajüteneingang, dass nur mein Rücken sichtbar wird. Du gehst ganz hinaus und schaust nach den Fendern. Tu so, als ob du mir etwas zurufst. Ich reiche dir daraufhin den Ersatzfender raus, den du dann an die Reling bindest. Mein Gott, bei dem Wind ist das gar nicht mal eine schlechte Maßnahme. Ich fürchte, der hat jetzt fast Sturmstärke erreicht."

„Ich wünschte, wir könnten mehr machen, als diesen blöden Mummenschanz hier", seufzte Sarah, und reichte Georg den roten Pulli. „Wo Alexander und Ilona jetzt wohl sind?"

*

Ilona und Alexander folgten vorsichtig dem Blonden. Dabei nutzten sie die reichlich vorhandenen Büsche und Steine als natürliche Deckung. Der Mann führte sie geradewegs in die Robbenbucht. Hier wurde das Gelände offener, sodass sie ihm mehr Vorsprung einräumen mussten, um nicht entdeckt zu werden. Er erreichte den Strand und bog um einen Felsen. Hinter einem Felsvorsprung verborgen beobachteten sie den Strand. Nichts geschah. Sie warteten mehrere Minuten, doch der Mann kam nicht zurück, obwohl der Weg, wie Alexander wusste, dort in einer Sackgasse endete.

„Was machen wir jetzt?", fragte Ilona leise.

„Ich schleiche mich um den nächsten Felsen herum. Du bleibst hier. Sollte ich dem Kerl dabei über den Weg laufen, unternimmst du nichts, egal, was geschieht! Du wartest einfach, bis die Luft rein ist, und läufst dann zur Polizei, verstanden?"

„Aber..."

„Kein aber. Sie dürfen uns keinesfalls beide schnappen!"

„Na gut", maulte Ilona unwillig. Aber Alexander hatte schon Recht. Es war niemandem damit geholfen, wenn sie beide erwischt wurden. „Aber du musst nicht schleichen. Der Wind übertönt alles."

Sie hatte Recht. Das Unwetter war zwischenzeitlich zu einem Sturm angewachsen, und peitschte hohe Wellen gegen die Felsen. Zwar regnete es zwischenzeitlich kaum noch, doch machte das hier keinen Unterschied, da der Wind die Gischt über den Strand blies.

Ilona hielt die Luft an, als Alexander jetzt zum nächsten Felsen huschte. Sie bemerkte, dass er das linke Bein ein wenig nachzog. Offenbar hatte er immer noch Schmerzen. Vorsichtig spähte er um die Ecke. Dann ging er um den Felsen herum, tauchte jedoch kurz darauf wieder auf und winkte Ilona zu sich.

„Niemand da, er ist fort."

„Wie geht es deinem Fuß?", fragte sie ihn besorgt. „Du humpelst jetzt doch ganz schön!"

„Er schmerzt tatsächlich ein wenig, aber nicht sehr stark. Wahrscheinlich liegt es an diesen unbequemen Arbeitsschuhen. Viel wichtiger ist, wo der Typ hingegangen ist!"

„Also muss hier irgendwo der Eingang zu diesem Versorgungstunnel sein", stellte Ilona fest. „Wir wollen ihn suchen!"

Wie von Jan beschrieben, fanden sie den zugemauerten Eingang am Anfang der Felsen, die auf das Meer führten. „Merkwürdig", sagte Alexander, „diese Ziegelsteine sind mir nie aufgefallen. Aber das Moos verdeckt sie auch gut. Hier ist sicher niemand rein oder raus. Schau, die Steine sind unbeschädigt und sitzen ganz fest."

„Folglich muss es einen zweiten Zugang geben", folgerte Ilona „wäre doch gelacht, wenn wir den nicht finden würden!" Sie suchten den Strand in unterschiedliche Richtungen ab, konnten aber nichts entdecken, was auf einen Zugang hindeutete. Frustriert zog Ilona Alexander in eine windgeschützte Ecke. „Lass' uns einmal logisch überlegen", sagte sie. „Klar ist, dass es diesen Versorgungstunnel wirklich gibt. Warum sollte der Kerl sonst hierhergekommen sein? Zumal bei diesem Wetter! Klar ist auch, dass es einen Eingang geben muss, wohin ist er sonst verschwunden?" Sie überlegte kurz. „Es ist doch anzunehmen", fuhr sie fort, „dass ein Tunnel relativ gerade verläuft, oder? Nehmen wir den zugemauerten Eingang als das eine Ende an, und den alten Turm als das andere. Dann verliefe der Tunnel ziemlich genau unterhalb der Felsen, die von hier aus ins Meer ragen."

„Also könnte es einen weiteren Zugang von diesen Felsen aus geben?", spann Alexander den Faden weiter. „Keine schlechte Idee, so muss es sein! Wir wollen diese Felsen genauer untersuchen."

„Diesmal gehe ich vor, und du wartest hier. Ich kann besser auf diesen glitschigen Felsen `rumturnen, als du mit deinem Hinkefuß. Und wie du schon sagtest, sie müssen uns im Zweifelsfall nicht beide kriegen!"

„Gut", pflichtete Alexander ihr bei, und drückte ihren Arm. „Du, ihr seid echt tolle Mädels, alle drei! Ganz anders als die meisten Tussen bei uns in der Klasse. Die würden so etwas wie das hier niemals hinkriegen, schon aus Angst, ihre Fingernägel könnten abbrechen." Er lächelte sie aufmunternd an. „Mutter kann getrost davon ausgehen, dass wir wissen, was wir an euch haben! Auf geht's, aber sei bitte vorsichtig!"

„Nur anders als die *meisten* Tussen? Also gibt es doch die Eine oder Andere? Ich glaube, ich muss mal mit Maren reden", lächelte sie geschmeichelt zurück.

Sie erhob sich und ging auf die Felsenreihe zu. Ständig musste sie sich gegen den Wind anstemmen. Eine besonders starke Böe hätte sie um ein Haar ins Wasser geblasen. Aber die Arbeitsschuhe hatten einen entscheidenden Vorteil. Obwohl sehr unbequem und zwei Nummern zu groß, boten die groben Sohlen einen ausgezeichneten Halt auf dem glitschigen Untergrund. Bedächtig kletterte sie über den ersten Felsen. Damit verlor sie den Sichtkontakt zu Alexander. Sie schaute sich um, konnte jedoch nichts Auffälliges entdecken. Nun betrachtete sie die Felsen vor sich. Wenn es hier tatsächlich einen Zugang geben sollte, musste er auf einem der nächsten beiden Felsen zu finden sein. Danach fielen diese steil ab und verschwanden unter der Wasseroberfläche.

Sie ging geradeaus auf den nächsten Felsen zu, doch der war von dieser Seite aus nicht zu besteigen. Ein breiter Spalt versperrte ihr den Weg, zu breit, um auf diesen rutschigen Steinen einen Sprung zu wagen. Also wendete sie sich nach links. Hier bildeten unterschiedlich große Brocken eine Art natürliche Treppe. Sie folgte diesem Weg und stieg auf den nächsten Felsen. Sie hätte vor Freude fast laut aufgeschrien. Vor ihr auf dem Boden lag eine schwere Metallplatte. Sie hatte den Eingang gefunden! Frische Schleifspuren verrieten, dass sie erst unlängst geöffnet worden war. Probeweise versuchte sie, die Platte anzuheben. Sie war schwer, aber zu zweit würden sie es sicher schaffen. So schnell wie möglich lief sie zu Alexander zurück.

„Großartig gemacht", freute sich Alexander, als sie ihm von ihrem Fund berichtet hatte. „Ich rufe jetzt die anderen an, und dann gehen wir gemeinsam in diesen Tunnel, einverstanden?"

„Bist du sicher, dass du mit deinem Fuß über die Felsen klettern kannst? Es war echt nicht so einfach. Nicht dass du ausrutschst und noch ins Wasser fällst!"

„Auf jeden Fall!", Alexander wählte bereits die Nummer. Er schaltete auf Lautsprecher und sie steckten ihre Köpfe dicht zusammen. „Sarah? Bist du das?"

Auch Sarah aktivierte die Freisprechfunktion ihres Handys. „Wo seid ihr?"

„Wir haben den Eingang zu dem Versorgungstunnel gefunden. Wie wir vermuteten, wird Maren bestimmt im alten Turm gefangen gehalten. Ihr werdet übrigens vom Klippenweg aus beobachtet." Er berichtete in aller Kürze, wie sie dem Blonden gefolgt sind, bis dieser verschwand. „Das hat uns zu dem Eingang geführt. Er befindet sich unterhalb einer schweren Eisenplatte auf den Felsen, die zum alten Turm führen. Wir gehen jetzt hinein."

„Was habt ihr zuletzt gesagt? Wir können euch kaum verstehen. Der Wind pfeift entsetzlich."

„Wir gehen jetzt in den Tunnel und suchen nach Maren."

„Ja, ok. Viel Glück. Pass bloß auf dich auf, Ilona", rief Georg besorgt.

„Schön, dass du dir auch um mich Sorgen machst", lästerte Alexander.

„Wartet", mischte sich jetzt Olaf ein. „Um halb elf setzt die Dämmerung ein. Wir warten hier bis elf. Sollten wir bis dahin nichts von euch hören, gehen wir zur Polizei, einverstanden?"

„Ja, einverstanden. Bis später."

Ilona schaltete das Handy aus und verstaute es in der Brusttasche ihres Blaumanns. „Also dann, befreien wir Maren!"

Unter der Erde

„Bereit?" Alexander stand gebückt neben Ilona. Beide hatten ihre Fingerspitzen so weit wie möglich unter die Metallplatte geschoben. „Auf drei! Eins, zwei, drei!" Gemeinsam hievten sie das schwere Stück zur Seite. Überraschend leicht rutschte die Platte über das mit Algen überwachsene Gestein. Eine gemauerte Öffnung wurde sichtbar. Rostige Leitersprossen führten in die Tiefe.

Aufgeregt kletterte Alexander hinunter, dicht gefolgt von Ilona. Am Boden angelangt, sahen sie sich um. Das Licht der Öffnung ließ einen grob in den Felsen gehauenen Tunnel erkennen, der in Richtung des Meeres verlief. Nach einigen Metern verlor er sich in der Dunkelheit.

„So ein Mist!", schimpfte Alexander. „Wir können nicht bei völliger Dunkelheit durch den Tunnel kriechen. Wir müssen wohl erst zu mir nachhause, eine Lampe holen und dann zurückkommen."

„Müssen wir nicht", erwiderte Ilona, und deutete auf einen Felsvorsprung. Dort lagen mehrere Taschenlampen unordentlich auf einen Haufen geworfen.

„Gut beobachtet!", lobte Alexander. „Das heißt aber auch, dass hier Leute rumlaufen. Wir müssen aufpassen, dass wir nicht entdeckt werden."

Sie nahmen sich jeder eine der starken Lampen. „Ich steige noch einmal hoch und schaue, ob ich den Eingang wieder verschließen kann", wisperte Alexander. „Sonst wissen die sofort, dass wir hier sind. Leuchtest du mir bitte?" Er untersuchte die Platte, und entdeckte einen kleinen Griff, vermutlich zu genau diesem Zweck. Allerdings war es von den Leitersprossen aus schwierig, die Platte zu verschieben. Unter Aufbietung seiner ganzen Kraft rückte er die Platte wieder in ihre ursprüngliche Position. Tiefe Dunkelheit breitete sich aus. Im Schein von Ilonas Lampe kletterte Alexander wieder hinunter.

„Wie schaurig das Meer hier unten klingt", flüsterte Ilona, „nur ein dumpfes Grollen. Wenn ich bedenke, dass über uns Tonnen von Wasser brodeln, wird mir ganz mulmig zumute."

„Nun ja, der Tunnel hält schon seit vielen Jahren dem Wasserdruck stand. Es besteht kein Grund zu der Annahme, dass er ausgerechnet heute einstürzt. Wir wollen jetzt den Gang hinunterschleichen. Hoffentlich kommt uns niemand entgegen!"

Mit pochenden Herzen folgten sie dem Tunnel, der zunächst sanft, dann etwas stärker abfiel. Plötzlich blieb Alexander stehen. Vor ihnen erhob sich eine Ziegelsteinmauer. Ein schwerer Vorschlaghammer lehnte neben einer Spalte an der Wand. Auf dem Boden lagen die Brocken von herausgebrochenen Ziegeln. Gebückt gingen sie durch das Loch. Gleich hinter der Mauer gabelte sich der Weg. Sie leuchteten in den linken Gang. Der Lichtstrahl fiel auf eine nur wenige Meter entfernte Tür.

„Ob Maren da eingesperrt ist?", flüsterte Ilona.

„Das werden wir gleich wissen! Ich hoffe es sehr. Ich möchte so schnell wie möglich hier raus und dann nichts wie zur Polizei!"

Auf Zehenspitzen näherten sie sich der schweren Eisentür und legten ihre Ohren an die kühle Metallplatte. „Nichts zu hören", wisperte Alexander. „Wollen wir reinschauen? Der Schlüssel steckt."

„Ja, aber wir wollen vorher die Lampen ausschalten, und dann öffnen wir sie ganz leise."

„Einverstanden." Sie löschten das Licht. Alexander griff den Schlüssel, aber er ließ sich nicht drehen. „Ich glaube, sie ist gar nicht verschlossen", raunte er Ilona ins Ohr. Vorsichtig betätigte er die Klinke und drückte leicht gegen die Tür. Ein fürchterliches Kreischen dröhnte durch den Tunnel. Erschrocken hielt er inne und lauschte atemlos in die Dunkelheit. Nichts geschah. Nur das Grollen des Meeres drang weiterhin an ihre Ohren, sehr gedämpft, da sie sich hier viel tiefer unter der Wasseroberfläche befanden, als am Eingang des Tunnels.

„Was nun?", flüsterte Alexander. „Öffnen wir die Tür vollständig, oder untersuchen wir den anderen Gang?"

„Ich denke, wir sollten die Tür mit einem Ruck so weit öffnen, dass wir gerade durchpassen. Vielleicht befindet sich Maren gefesselt dahinter und kann sich nicht bewegen oder rufen."

„Einverstanden!" Kraftvoll stieß Alexander die Tür auf. Diesmal war das Gekreische deutlich leiser. Mit klopfenden Herzen lauschten sie erneut in die Stille, doch der Raum schien verlassen zu sein. Gefolgt von Ilona schlüpfte Alexander durch den Spalt und schaltete seine Lampe an.

Sie befanden sich in einer recht geräumigen Höhle. An der linken Wand stapelten sich zahlreiche Holzkisten. Mehrere Maschinen füllten den rechten Teil des Raumes. Eine dieser Maschinen war sehr groß, und eine halb geöffnete Wartungsklappe hing lose in ihren Angeln. Ilona musterte die Geräte und leuchtete in die Öffnung.

„Alexander, weißt du, was das hier ist?", fragte sie, und vergaß vor lauter Aufregung leise zu sprechen.

„Nein, aber schrei nicht so laut!"

„Das sind Druckerpressen!", flüsterte sie nun. „Erinnerst du dich an die Polizisten, die vor einigen Tagen zu uns aufs Boot kamen? Sie sprachen von geschmuggelten Zigaretten und Falschgeld. In diesem Raum wird es gedruckt! Schau, hier im Regal liegt ein Stapel Geldscheine. Offenbar ein Fehldruck, die Farben sind ganz verlaufen."

„Du hast Recht", bestätigte Alexander. Er schob den Deckel einer halb geöffneten Kiste zur Seite und leuchtete hinein. „Hier sind Zigaretten drin. Wir haben offenbar das Hauptquartier der Fälscher- und Schmugglerbande entdeckt. Ein geniales Versteck, hier unter dem Meer sucht sie ganz sicher niemand!"

„Du, allmählich wird mir das hier zu heiß, ich habe jetzt richtig Angst!", wisperte Ilona mit belegter Stimme. „Da scheint eine größere Organisation am Werk zu sein. Die verstehen bestimmt keinen Spaß, immerhin haben sie Maren entführt. Das ist ein

Kapitalverbrechen! Wollen wir nicht schnell zurück und die Polizei benachrichtigen, bevor sie uns erwischen?"

„Wie wäre es, wenn wir sie anrufen, und dann den anderen Gang nach Maren absuchen? Bestimmt ist sie total verängstigt und ich möchte so schnell wie möglich zu ihr!"

„Einverstanden." Ilona kramte das Handy hervor und schaltete es ein. „Mist, wir haben hier keinen Empfang", raunte sie enttäuscht und reichte Alexander das Handy. „Wir befinden uns wohl zu tief unter dem Meer. Ok, wir gehen zur Öffnung, rufen die Polizei und suchen dann Maren, was meinst Du?"

„Ja, wir wollen uns aber beeilen."

Ilona lief zu ihrer Lampe, die sie auf dem Regal abgelegt hatte. Alexander wendete sich dem Ausgang zu. Er griff nach der Klinke, als die Tür kraftvoll aufgestoßen wurde. Heftig prallte sie gegen seine Schulter. Geistesgegenwärtig sprang Ilona in die große Maschine, und zog die Wartungsklappe hinter sich zu. Das Letzte, was sie sah, war Alexanders Taschenlampe, die zu Boden fiel und sogleich erlosch.

Drei Männer betraten den Raum. Der Erste drückte auf einen in der Wand eingelassenen Schalter. Eine Deckenlampe flammte auf. „Da habe ich also doch richtig gehört", lachte einer der Männer roh auf, und Alexander erkannte in ihm Herrn Heugen, den Polizisten, dem sie erst gestern von der *Wotan* berichtet hatten, und der ihn jetzt fest gepackt hielt. Begleitet wurde er von dem Blonden und einem Mann, den Alexander nicht kannte.

„Du bist doch einer von den Bälgern auf dem Boot!", knurrte der Polizist und schlug Alexander hart auf die Schulter. „Habe ich euch nicht gesagt, ihr sollt eure Nase nicht in anderer Leute Angelegenheit stecken. Nun, wer nicht hören will, muss fühlen!" Er versetzte Alexander eine schallende Ohrfeige.

Ilona schluckte, als sie den Schlag hörte. Sollte sie ihm zu Hilfe eilen? Aber was konnte sie gegen drei brutale Männer schon ausrichten? Wenn sie jetzt ihr Versteck verließ, würde sie diesen Kerlen ebenfalls in die Hände fallen. Besser war es, abzuwarten. Vielleicht konnte sie ihm später helfen oder die Polizei rufen.

„Sie!", hörte sie nun Alexander rufen. Er hielt sich mit seiner freien Hand die Wange, die andere hatte der Polizist ihm auf den Rücken gedreht. Aus dem Augenwinkel sah er die große Druckerpresse mit der nun geschlossenen Wartungsklappe. Gott sei Dank! Das hatte Ilona großartig gemacht. Hoffentlich blieb sie bloß in ihrem Versteck! „Sie sind doch der Polizist von gestern Abend", sagte er mit lauter Stimme, damit Ilona mitbekam, was geschah. Sie konnte ja nichts sehen. „Kein Wunder, dass sie uns derart abgewimmelt haben. Was haben sie mit meiner Freundin gemacht?"

„Wo sind die anderen Gören?", fragte der Blonde, ohne auf seine Frage einzugehen, und sah sich suchend um.

„Ich bin alleine hier. Die anderen sind noch auf dem Boot, wir konnten ja schließlich nicht alle von dort verschwinden. Und Maren ist meine Freundin! Wo ist sie?", brüllte er jetzt den Blonden an. „Bringt mich zu ihr hin. Sofort!"

„Ach, halt die Fresse!", hörte Ilona einen der Männer mit tiefer Stimme rufen.

„Ihr Feiglinge, drei ausgewachsene Männer gegen einen Jungen!", rief Alexander jetzt tapfer.

„Ich sagte Fresse halten!" Ilona vernahm das Geräusch einer weiteren Ohrfeige. Wütend biss sie sich auf die Unterlippe.

„Er scheint die Wahrheit zu sagen", brummte der Blonde. „Er ist alleine hier, und im Gang ist auch niemand. Ich habe ja gerade persönlich die Luke am Eingang verriegelt. Da kommt ohne den Schlüssel niemand mehr rein oder raus."

Alexander überlegte fieberhaft. Die Schufte durften keinesfalls das Handy in seiner Hosentasche in ihre Finger bekommen. Doch wie konnte er es loswerden, möglichst so, dass Ilona es anschließend finden konnte? Er hatte keine große Wahl. Mit einem Schrei riss er sich los, rannte zu den Kisten, griff in eine hinein und holte mehrere Packungen Zigaretten heraus. Dabei ließ er das Handy in die Kiste gleiten. Die Zigaretten schleuderte er in Richtung der Verbrecher.

„Ihr Idioten, packt ihn", brüllte der Blonde, und nach einem kurzen Handgemenge zerrten sie Alexander von den Kisten weg. „Durchsucht ihn. Vielleicht hat er ein Handy dabei." „Woher sollte ich das wohl haben? Vielleicht aus der Kiste gezaubert? Wir mussten doch unsere Handys zurücklassen!", rief Alexander, und hoffte, dass Ilona den Wink verstand. „Ich habe nichts dabei!"

„Haltet ihn fest", befahl der Blonde, und durchsuchte Alexanders Taschen. „Stimmt, kein Handy. Nur so'n kleines Taschenmesser." Achtlos warf er es auf den Boden, und schnappte sich Ilonas Taschenlampe, die noch immer in dem Regal vor sich hinleuchtete. „Das ist doch eine von unseren! Wie oft habe ich euch schon gesagt, ihr sollt die nicht am Eingang rumliegen lassen", blaffte er den Mann mit der tiefen Stimme an. „Geh zurück, und sammle die Übrigen ein!" Er wendete sich an den Polizisten.

„Schafft den Burschen in den Turm zu seiner Tusse. Um Mitternacht sind wir weg. Sollen sie sehen, wie sie wieder frei kommen." Alexander leistete keinen weiteren Widerstand. Es wäre sinnlos gewesen, und er hatte erreicht, was er wollte. Sein Handy war er losgeworden, und die Kerle brachten ihn nun endlich zu Maren.

Jetzt kam alles auf Ilona an!

*

Obgleich sich Alexander nicht wehrte, zerrte der Polizist ihn brutal die Treppe zum Leuchtturm hinauf. Er spürte, wie sein Fuß im Schuh blutete, offenbar hatte sich die Wunde wieder geöffnet. Auf etwa halber Höhe des Turmes entriegelte der Kerl eine Tür und stieß Alexander unsanft hinein. Ein Klicken verriet ihm, dass er nun eingeschlossen war.

Er sah sich um. Zuerst fiel ihm der Tisch mit den Schaltern auf. Dann entdeckte er Maren. Sie lag regungslos in eine Plane eingewickelt. Nur ihr Kopf schaute ein Stück weit heraus. Er lief zu ihr, und schüttelte sie sanft. „Maren, Maren...!"

Maren schlug ihre Augen auf. Noch immer benommen schaute sie mit glasigem Blick in sein Gesicht, dann erkannte sie Alexander. Schluchzend ließ sie sich in seine Arme sinken. Alexander umschlang sie, so fest er konnte. Ein Gefühl großer Vertrautheit wallte in ihm hoch, und ihm wurde bewusst, wie sehr sie ihm gefehlt hatte. Sie noch enger an sich drückend, blinzelte er eine Träne fort.

*

Ilona verharrte noch mehrere Minuten lang regungslos in ihrem Versteck. Schließlich öffnete sie geräuschlos die Klappe und verließ ihren Verschlag. Undurchdringliche Dunkelheit umgab sie. Sie tastete sich zu dem Regal, in der vagen Hoffnung, dort ihre Lampe zu finden. Natürlich wurde sie enttäuscht. Was sollte sie nur machen? Hier hocken zu bleiben half niemandem. Zurückzugehen war ebenfalls sinnlos. Der Blonde hatte ja den Ausgang verschlossen, und die Lampen am Eingang wegräumen lassen. Am besten war es wohl, dem Tunnel weiter zu folgen, doch sie würde den Weg in völliger Dunkelheit zurücklegen müssen. Sie hörte das zornige Grollen des Meeres, welches ihr in dieser Finsternis noch bedrohlicher vorkam. Panik stieg in ihr auf. Um sich zu beruhigen, atmete sie mehrfach tief und gleichmäßig ein und aus. So hatte sie es in einem Yoga-Kurs in der Schule gelernt. Dann gab sie sich einen Ruck und fing an, sich den Weg zur Tür zu ertasten. Hoffentlich hatten die Schufte diese nicht verschlossen.

Mit ausgestreckten Armen setzte sie einen Fuß vor den anderen. Plötzlich stieß sie mit dem Zeh gegen einen Gegenstand. Sie bückte sich und ertastete voller Freude die Taschenlampe, die Alexander fallen gelassen hatte. Sie betätigte den Schalter, doch die Lampe blieb dunkel. Verzweifelt schüttelte Ilona sie, aber es war zwecklos. Bei dem Aufprall auf den Boden war wohl die Glühbirne durchgebrannt.

Sie fand die Tür unverschlossen und verließ den Raum. Tastend orientierte sie sich an der linken Wand. Da sie vorhin an der Gabelung links abgebogen waren, musste sie das in den anderen Gang, den der vom Eingang kommend rechts abbog, führen. Und richtig, nach wenigen Metern machte die Wand einen scharfen

Linksknick. Folglich ging es nun rechts zum Ausgang, sie jedoch folgte dem nun unbekannten Gang tiefer unter das Meer.

Doch wie konnte sie es vermeiden, einen eventuell vorhandenen Abzweig zu verpassen oder versehentlich in einen solchen hineinzulaufen? Sie musste sich unbedingt einen Überblick über ihre Umgebung verschaffen. Keinesfalls durfte sie sich hier unten in der Dunkelheit verirren! Ihr kam eine Idee. Der Gang war recht schmal. Wenn sie die Arme ausbreitete, würde sie wohl beide Wände berühren können. Sie versuchte es, doch leider war der Tunnel etwas breiter als ihre Spannweite. Sie musste sich ein wenig nach links und rechts bewegen, um beide Wände zu erreichen. Nach jedem kleinen Schritt vorwärts streckte sie ihre Arme nach vorne aus, griff ins Leere, beugte sich dann nach links und rechts und tastete so beide Wände Stück für Stück ab. Inständig hoffte sie, nicht in irgendwelche Spinnentiere oder Würmer zu greifen.

Langsam arbeitete sie sich vor, bis sie auf ein Hindernis stieß. Sie berührte eine Ziegelwand unmittelbar vor sich, ähnlich der von vorhin. Endete hier der Tunnel? Sie überlegte. Da es zwischen der Druckerkammer und dieser Wand keinen Abzweig gab, sie hätte ihn sicher bemerkt, musste es einen Durchgang geben. Sie ging in die Hocke und suchte mit ihren Fingern die Mauer über dem Boden ab. Ganz links fand sie einen Spalt. Vorsichtig schob sie sich hindurch. Dabei schoss ihr ein Gedanke durch den Kopf, und sie musste trotz ihrer Anspannung lächeln. Was für einen absurden Gedanken sie da hatte! Sie dachte, wie gut es war, diesen ollen Blaumann zu tragen, anstatt z.B. ihr neues Sommerkleid hier zu ruinieren!

Langsam tastete sie sich tiefer in den Tunnel, Schritt für Schritt. Plötzlich machte er einen scharfen Knick nach rechts. Sie atmete erleichtert auf. Ein kaum auszumachender Lichtschimmer verriet, dass der Gang nach etwa sechs Metern links abbog, und somit wieder der alten Richtung folgte. Sie umrundete die Ecke und sah in einiger Entfernung das Licht. Das Schlimmste war überstanden. Leise schlich sie der Lichtquelle entgegen.

Am Ende des Ganges drückte Ilona sich eng an die Wand. Vor ihr lag ein kleiner Keller. Sie spähte hinein. Das Licht kam aus einer angrenzenden Höhle. Aus dieser drangen raue Stimmen. Offenbar stritten sich die Männer über irgendetwas. Eine schmale Treppe führte aus der Mitte des Kellers nach oben. Dies musste das Fundament des Leuchtturms sein!

Sollte sie es wagen, die Männer zu belauschen? Gleich neben dem Durchgang zu der Höhle stapelten sich einige Kisten, hinter denen sie sich leicht verbergen konnte. Sie fasste sich ein Herz, lief quer durch den Keller und kauerte sich hinter den Stapel. Hier konnte sie gut verstehen, worüber die Männer sprachen.

„Warum soll *ich* immer die Drecksarbeit machen?", beklagte sich gerade der Mann mit der tiefen Stimme. „Soll doch mal ein anderer bei dem Scheißwetter raus."

„Weil der Boss das so angeordnet hat. Außerdem bist du der einzige richtige Seemann von uns."

„Ach, und deshalb soll ich meinen Arsch riskieren? Bei dem Unwetter ist es gefährlich, mit dem Boot rauszufahren."

„Genau, deshalb und wegen der fünfzigtausend, die der Boss jedem von uns versprochen hat! Aber du kannst es ihm ja selber sagen. Er kommt ja hierher. Wirst schon sehen, was er dir erzählt."

„Hab's ja nicht so gemeint", hörte Ilona die tiefe Stimme einlenken. „Wenigstens ist heute Abend Schluss. Hat ja auch lange genug gedauert."

„Also, ihr wisst alle, was ihr zu tun habt?", fragte eine strenge Stimme im Befehlston. „Du fährst um halb elf raus und sammelst die letzten Kisten ein. Der Chef ist wirklich nicht auf den Kopf gefallen. Auf die Idee, sie einfach in der Fahrrinne von Bord eines Schiffes zu schmeißen und von der Strömung zur Robbenbank treiben zu lassen, muss man erstmal kommen. Und dann den Turm und den Geheimgang zu finden. Der Boss weiß schon, was er tut. Wenn nur die Scheißrobben nicht wären. Die stören beim Einsammeln der Kisten. Egal. Um ein Uhr heute Nacht geht die *Wotan* bei der Robbenbank vor Anker. Wir schaffen die restlichen Kisten mit ihren beiden Beibooten rüber. Danach hauen wir ab. Treffpunkt ist der Bahnhof in Neustadt. Punkt fünf. Auspennen könnt ihr im Zug zum Hohenburger Flughafen, dann ab nach Tunesien. Der Boss kommt in einer Woche mit der *Wotan* nach und wir kriegen unser Geld. Irgendwelche Fragen?"

„Ich hoffe, der Boss zahlt auch. Nicht, dass wir in Tunesien hängen, und der ist mit unserem Geld auf und davon." Zustimmendes Gemurmel drang aus dem Nebenraum.

„Da macht euch mal keine Sorgen", hörte Ilona die strenge Stimme sagen. „Das ist nicht das erste Ding, das ich mit dem Boss drehe. Der hält Wort."

„Was machen wir mit den Gören?", wollte jemand wissen.

„Das entscheidet der Boss."

Die Männer unterhielten sich jetzt über belangloses Zeug. Ilona spähte zu der Treppe. Wenn sie hinaufwollte, war nun ein guter Zeitpunkt. Jetzt oder nie! Sie holte tief Luft, sprang in die Mitte des Kellers und stürmte immer zwei Stufen gleichzeitig nehmend aufwärts - geradewegs in die Arme des Blonden, der gerade herunterkam.

Hart packte er sie im Genick. „Jetzt habe ich aber langsam die Schnauze voll von euch!", donnerte er. „Frank", brüllte er aus Leibeskräften, worauf der Mann mit der tiefen Stimme erschien.

„Was'n los?"

„Blödmann, die Kröte hier ist los. Schließ sie zu den anderen, und dann schnapp' dir zwei Leute und such' den Gang und den Turm ab, ob da noch mehr rumlungern. Unser Rotschopf kann sich warm anziehen. Der Boss wird den gehörig zusammenfalten. Soll doch ein Auge auf das Boot haben, der Trottel. Seinen vollen Anteil kann der sich abschreiben! Autsch, verdammtes Biest!" Ilona hatte ihn in die Hand gebissen, doch sie hatte Pech. Er griff nur noch fester zu, und gab ihr eine derartige Ohrfeige, dass sie ganz benommen wurde. „So ein Miststück, hier schaff' sie fort!"

Rücksichtslos wurde Ilona die Treppe hinaufgezerrt. Frank öffnete eine Tür und stieß sie brutal in den Kontrollraum. Hinter ihr klickte das Schloss. Nun saß auch sie in der Falle.

Erleuchtung

„Ilona!" Maren sprang auf, und schloss ihre Freundin freudig in die Arme. „Wie froh ich bin, nicht mehr alleine zu sein. Ich hatte solche Angst. Aber dass ihr nun auch gefangen seid, ist genauso schrecklich!"

Ilona betrachtete Maren. „Geht es dir gut? Was haben sie mit dir gemacht? Deine Haare...!" Sie schluckte, dort, wo ihr der Zopf abgeschnitten worden war, klaffte eine riesige Lücke in Marens Frisur. „Wie gemein von den Schuften, deine wunderschönen Haare!"

„Das ist jetzt unser geringstes Problem", erwiderte Maren mit überraschend fester Stimme.

„Was ist mit dir Alexander?" Erst jetzt sah Ilona, dass er auf dem Boden saß, seinen linken Schuh ausgezogen hatte, und einen dicken Verband um seinen Fuß trug. Ein Blutfleck färbte ein umwickeltes Tuch rot.

„Er hat kräftig geblutet. Ich habe alle meine Taschentücher auf die Wunde gelegt und zum Schluss alles mit meinem Schal zusammengebunden. Mehr konnte ich nicht tun. Was für grässliche Menschen das sind!", antwortete Maren an seiner Stelle.

„Aber es hat geholfen. Ich glaube, es blutet nicht mehr, jedenfalls nicht mehr sehr stark." Alexander nahm Maren, die sich wieder neben ihn auf den Boden gesetzt hatte, in den Arm. „Aber jetzt erzähl, was dir widerfahren ist", forderte er Ilona auf. Ilona berichtete von ihrem Abenteuer in der Dunkelheit und dem belauschten Gespräch. „Wie mutig du warst", lobten Alexander und Maren.

„Nicht doch, ihr hättet das Gleiche getan."

Nun berichtete Maren von ihrer Entführung. „ ... er presste mir einen Lappen gegen den Mund, und ich verlor das Bewusstsein. In diesem Raum hier wachte ich wieder auf." Sie wurde sehr zornig. „Wenn ich daran denke, was die mit mir gemacht haben könnten! Vielleicht haben die mich begrabscht oder so. Diesen Mistkerlen ist alles zuzutrauen. Ich war ihnen doch völlig ausgeliefert!" Die letzten Worte schrie sie förmlich heraus.

„Es nutzt nichts, sich darüber einen Kopf zu machen", versuchte Alexander, sie zu beruhigen. „Natürlich hast du Recht, und ich verstehe dich nur zu gut. Aber Hauptsache, du bist unverletzt! Statt sich über etwas aufzuregen, dass wir nicht ändern können, ja, nicht einmal wissen, sollten wir uns lieber Gedanken darüber machen, wie wir hier rauskommen. Wäre doch gelacht, wenn wir zu dritt nichts ausrichten könnten."

„Genau", rief Ilona, sprang auf, lief zu der Tür und rüttelte energisch daran.

„Sinnlos", meinte Alexander. „Ich habe sie mir bereits angesehen. Die ist nur von außen zu öffnen, und aufbrechen können wir sie auch nicht. Wir haben zwar eine Eisenstange", er deutete auf einen Wandschrank neben dem Schaltpult, „aber diese Metalltür bietet keinen Ansatzpunkt für einen Hebel. Hast du das Handy gefunden?"

„Das Handy?"

„Na, als die Kerle mich durchsuchen wollten, habe ich es in eine der Kisten geworfen und gerufen, *dass ich kein Handy habe und ob ich es vielleicht aus der Kiste zaubern könnte*? Ich wollte nicht, dass die Schufte es finden, und hoffte, du verstehst den Wink."

„Nein, da habe ich nicht geschaltet." Enttäuscht sah Ilona Alexander an. „Wie blöd von mir."

„Gar nicht blöd, es war ja auch etwas weit hergeholt."

„Trotzdem schade, wir könnten es jetzt gut gebrauchen! Nun, es hat keinen Sinn zu jammern, wir wollen sehen, ob wir hier irgendetwas finden, was uns in unserer Lage weiterhilft."

Ilona öffnete den Wandschrank und inspizierte den Inhalt. Er war gefüllt mit alten Kabeln, Ersatzbirnen für das Leuchtfeuer, Sicherungen und altem, größtenteils verrottetem Werkzeug. Dann betrachtete sie das Schaltpult. Plötzlich deutete sie auf einen Zeiger. „Schaut einmal, hier wird eine Spannung angezeigt. Offenbar haben die Schufte es geschafft, den Turm mit Strom zu versorgen. Vermutlich haben sie irgendwo einen Notstromgenerator in Betrieb." Sie schaute sich den Tisch nun genauer an. In der Mitte erkannte sie ein knappes Dutzend Messgeräte, daneben verschiedene Schalter, Hebel und Knöpfe, einen winzigen Monitor und drei Steckdosen. Auf der linken Seite war ein Kasten angebracht. Sie öffnete den Deckel und sah diverse Sicherungen und Verteiler. Ihr Blick fiel auf eine alte Schreibtischlampe. „Wir wollen versuchen, für den Anfang etwas mehr Licht zu bekommen! In diesem Halbdunkel kann man ja kaum etwas erkennen."

Sie steckte die Lampe in eine der Steckdosen. Nichts geschah. „Vielleicht fehlt die entsprechende Sicherung oder sie ist durchgebrannt", meinte sie, „aber ich traue mich nicht, hier einfach alles einzuschalten. Wer weiß, was für einen Kurzschluss ich in diesem maroden Schaltpult damit fabriziere. Am Ende setze ich noch irgendetwas in Brand!" Sie dachte kurz nach. „Wenn ich jedoch sehen könnte, wie die einzelnen Instrumente hier angeschlossen sind..."

Sie ging zu dem Wandschrank, entnahm ihm einen der rostigen Schraubendreher und löste die wenigen Schrauben der Abdeckplatte. „Maren hilfst du mir mal?" Gemeinsam hoben sie die überraschend schwere Platte von dem Schreibtisch. Darunter wurde ein Wust von Kabeln sichtbar.

„WOW, und du kennst dich wirklich damit aus?", staunte Maren.

„Das ist gar nicht so schwierig. Schau, das Kabel von dieser Steckdose läuft gleich in den Sicherungskasten. Wie ich nun sehe, ist die zugehörige Sicherung total verkohlt, sitzt aber auf der gleichen Stromverteilerschiene wie das Instrument, welches die Spannung anzeigt. 223V, hier siehst du? Eigentlich müssen wir nur diese Sicherung ersetzen, da lagen doch welche im Schrank, oder?" Sie holte das entsprechende Ersatzteil, setzte es ein und drückte einen Schalter. „Voilà, es werde Licht!" Die Lampe flammte auf, und beleuchtete den Raum nun hinlänglich.

„Phantastisch!", jubelte Alexander. „Jetzt müssen wir uns irgendwie bemerkbar machen." Er zeigte auf das Fenster über ihren Köpfen. „Wenn wir die Kisten hier geschickt zusammenrücken, kommen wir doch leicht da rauf, oder? Aber ich fürchte, ihr müsst das ohne mich schaffen. Wenn ich auftrete, fängt mein Fuß gleich wieder an zu bluten."

Die Mädchen schütteten den Inhalt einiger Kisten einfach auf den Boden, und stapelten sechs davon zu einer Art Treppe aus einer, zwei und drei übereinanderliegenden Kisten. Dann kletterte Ilona auf die oberste Stufe, die bis knapp unter das Fenster reichte. Enttäuscht sah sie, dass das Fenster zum Meer hinaus zeigte. Niemand würde sie bemerken, wenn sie hier ein Zeichen gaben. Dann fiel ihr eine Leiter an der Außenseite des Turmes ins Auge. Diese führte geradewegs zur Glaskuppel.

„Ich könnte versuchen, in die Kuppel zu klettern. Vielleicht kann ich mich von dort aus bemerkbar machen!"

Maren sprang neben ihre Freundin und gemeinsam öffneten sie das schwergängige Fenster. Ilona beugte sich hinaus und inspizierte die Leiter. Offenbar war sie aus Edelstahl gefertigt, denn kein Rost war zu entdecken. Sie rüttelte kräftig an der untersten Sprosse, die fest in der Wand verankert war. „Die Leiter ist völlig in Ordnung und stabil, ich klettere jetzt hoch!"

„Bist du sicher?", sorgte sich Alexander. Wenn er doch nur selber gehen könnte. „Nicht, dass du auf den feuchten Stiegen ausrutschst oder der Wind dich wegbläst."

„Nun, ich werde mich schon gut festhalten. Außerdem habe ich rutschfeste Schuhe an, bin schwindelfrei, und was den Wind angeht, ich bin doch kein leichtes Mädchen!", grinste sie zweideutig.

„Achte aber darauf, dass du stets nur eine Hand *oder* ein Bein bewegst. Niemals eine Hand *und* einen Fuß gleichzeitig. Alte Bergsteigerweisheit!", riet Alexander.

*

Mit Marens Hilfe schwang Ilona sich auf die erste Sprosse.

Alexanders Sorge war durchaus berechtigt. Der Sturm hatte noch weiter zugenommen, der Leuchtturm war diesem ungeschützt ausgesetzt und die Leiter war kalt, feucht und rutschig. Ilona klammerte sich mit aller Kraft fest. Sprosse für Sprosse stieg sie empor, immer darauf bedacht, sich mit jeweils drei Gliedmaßen festzuhalten.

Etwa nach der Hälfte der Strecke legte sie eine kurze Pause ein, und schaute sich um. Der geradezu apokalyptische Anblick war atemberaubend. Zu ihren Füßen schäumte das aufgepeitschte Meer und schwarze Wolken verdeckten den Himmel, soweit sie schauen konnte. Einen Moment hielt sie inne und betrachtete das außergewöhnliche Naturschauspiel in der Dämmerung, dann kletterte sie vorsichtig weiter. Mit tauben Fingern schwang sie sich auf den Balkon der Glaskuppel. Dieser führte einmal um den Leuchtturm herum. Sie verschnaufte kurz, dann suchte sie einen Eingang.

Die einzige Tür war jedoch von innen verriegelt, natürlich! Was sollte sie nun machen? Sie konnte winken, aber das wäre gewiss vergebens. Niemand lief bei diesem Wetter im Freien herum und beobachtete den alten Turm. Wie ärgerlich. Jetzt war sie so weit gekommen, und konnte doch nichts ausrichten. Aber sie war nicht bereit, so schnell aufzugeben. Vielleicht konnte sie eine der Glasscheiben einschlagen und so ins Innere der Kuppel gelangen? Sie begab sich auf die dem Wind abgewandte Seite. Ja, wenn sie sich am Geländer des Balkons abstützte, konnte das funktionieren. So kräftig sie konnte, trat sie gegen das Glas, doch dieses widerstand ihren Tritten. Ihr fiel der Schraubendreher ein, den sie noch immer in ihrer Hosentasche trug. Sie nahm ihn in die Hand und schloss ihre Augen, um diese vor herumfliegenden Glassplittern zu schützen. Mit aller Kraft rammte sie das spitze Ende gegen die Glasscheibe. Ein Klirren verriet ihr, dass diese in tausend Stücke zersprang. Zwei weitere Schläge, und sie konnte hinein.

*

Fünfzehn Minuten später sprang sie wieder durch das Fenster zu ihren Freunden.

„Ich habe einen Plan", strahlte sie. „Ich habe das Leuchtfeuer untersucht, es ist alt, aber ich sehe keinen Grund, warum es nicht funktionieren sollte. Es hat fünf Lampen. Wenn ich die Anzeigen auf dem Schaltpult richtig deute, sollte der Strom ausreichen, um zwei davon zum Leuchten zu bringen. Wir schrauben einfach drei Glühbirnen heraus. Aber es gibt zwei Schwierigkeiten. Ich habe gesehen, dass die Anschlusskabel entfernt wurden. Doch das ist kein Problem. Im Schrank dort vorne liegt ein altes Stromkabel. Es ist lang genug, um über die Leiter bis oben hinzureichen. Es sind ja nur ein paar Meter. Um die Lampen herum sind Platten angeordnet, die sich, von einem Motor angetrieben, um die Birnen herumdrehen. Damit wird der Lichtstrahl unterbrochen, und so das Blinken des Leuchtturms erzeugt. Diese Platten stehen blöderweise so, dass sie die Sicht zum Land hin verdecken. Das

Licht wäre also nur vom Meer aus zu sehen, und das hilft uns nicht weiter. Leider können wir den Motor nicht von Hand verstellen, und in Betrieb nehmen können wir ihn auf keinen Fall. So viel Strom haben wir nicht zur Verfügung."

„Was hat es dann für einen Sinn, die Lampen einzuschalten?"

„Nun, wir können die Platten abschrauben. Sie sind auf einer Art Gitter montiert. Doch dazu benötige ich Hilfe."

„Na dann mal los", sagte Alexander und wollte sich erheben.

„Du spinnst wohl!", schimpfte Maren und löste sich aus seinen Armen, in die sie sich eingekuschelt hatte. „Wie willst du mit deinem Fuß die Leiter hochkommen? Hier ist Frauenpower angesagt!"

„Ja und was mache ich?", fragte Alexander mürrisch. Er kam sich völlig überflüssig vor.

„Du drückst uns die Daumen, deine Hände sind ja in Ordnung."

Ilona kletterte als Erste durch das Fenster. Sie hatte sich das Ende des Stromkabels wie einen Gürtel um die Hüfte gebunden. Während sie vorsichtig hochstieg, führte Maren das Kabel langsam nach. Ilona erreichte sicher die Kuppel, dann gab sie Maren das Zeichen ihr zu folgen.

Mit klopfendem Herzen schwang sich Maren auf die Leiter. Es war ein erhebendes Gefühl, vom Sturm umgeben in luftiger Höhe auf die brodelnde Welt unter sich zu blicken. Merkwürdigerweise verspürte sie jedoch keine Angst, eher ein Gefühl von grenzenloser Freiheit.

Doch sie war sich der Gefahr, in der sie schwebte durchaus bewusst, und daher folgte sie nun entschlossen Ilona auf die

Spitze des Turmes. Wie Alexander geraten hatte, achtete sie darauf, immer entweder nur eine Hand oder einen Fuß zu versetzen. So hatte sie immer drei Haltepunkte. Nach einigen Sprossen erfasste sie eine heftige Böe und sie klammerte sich fest an die Leiter. Sie wartete den Windstoß ab, dann stieg sie weiter empor. Kurz darauf griff Ilona Marens Hand und zog sie zu sich auf den Balkon.

„Das war großartig!", brüllte Maren um den pfeifenden Wind zu übertönen, und ihr Kopf glühte vor Begeisterung. „Ich meine, natürlich war es gefährlich und so, und ich bin froh, wenn wir das alles hier heil überstanden haben, aber wie soll ich sagen... die tosende Welt unter sich zu sehen und den Sturm zu spüren... als ob ich fliegen würde!"

„Wir sind ja auch Engel!", schrie Ilona ganz unbescheiden zurück und küsste Maren auf die Wange. „Aber ich verstehe dich nur zu gut, das war wirklich... ja, aufregend und außergewöhnlich!"

Sie zogen das Kabel in das Innere der Kuppel. Hier nahm Ilona eine Zange und mehrere Schraubendreher aus der Tasche ihres Blaumanns. Sie war ganz in ihrem Element. „Ich verbinde jetzt das Ende des Kabels mit den Lampen. In der Zwischenzeit kümmerst du dich schon mal um diese Platten. Schau, jede Platte ist mit acht Schrauben befestigt. Löse einfach die Schrauben in der Mitte und an der Unterseite. Dann werden die nur noch von den Äußeren beiden gehalten, welche jedoch gleichzeitig entfernt werden müssen. Ansonsten rutschen die Platten unkontrolliert weg und verkeilen sich schlimmstenfalls untereinander. Das machen wir dann nachher gemeinsam."

Um das Leuchtfeuer zu erreichen, musste Ilona über ein niedriges Schutzgitter springen. Die Glühbirnen steckten in einem stabilen Kasten, von dem Ilona nun die vordere Glasscheibe entfernte. Erschrocken stellte sie fest, dass die Leuchtmittel mit Spezialschrauben gesichert waren. Diese konnte sie unmöglich mit ihrem rostigen Standardwerkzeug lösen. Wie sollte sie die drei nicht benötigten Lampen entfernen? Kurzentschlossen kniff sie mit ihrer Zange in die Glaskörper der überzähligen Glühbirnen, die daraufhin mit einem leisen Ploppen zerbarsten. Dann durchschnitt sie einfach den dicken Glühfaden.

Jetzt galt es, das Kabel mit den verbleibenden beiden Birnen zu verbinden. Die Lampensockel verfügten über Anschlussklemmen, aus denen je zwei Adern heraushingen. Diese knotete Ilona einfach mit den Enden ihres Kabels zusammen. Eigentlich gehörten die Leitungen ja ordentlich verlötet, doch das war natürlich unmöglich. Es war zwar keine fachmännische und dauerhafte Verbindung, aber für ihre Zwecke musste es einfach genügen. Entsetzt bemerkte sie, dass sich die beiden blanken Knoten so nahe beieinander befanden, dass sie sich berühren und somit einen Kurzschluss verursachen konnten. Entschlossen zog sie ihre Strümpfe aus, und band jeweils einen um jeden dieser Knoten. Jetzt waren die blanken Drähte notdürftig voneinander isoliert. Zufrieden, aber mit kalten Füßen half sie nun Maren bei den Platten.

*

Alexander saß missmutig auf dem Fußboden. Er ärgerte sich über sein Missgeschick. Statt den Mädels oben zu helfen, war er dazu verdammt, hier nutzlos herumzuhocken. Er war durstig.

Wenigstens hatten die Verbrecher ihnen etwas zu trinken dagelassen. Zwei Wasserflaschen standen neben dem Schalttisch auf dem Boden. Alexander stand auf und humpelte die wenigen Schritte auf sie zu. In diesem Moment hörte er Stimmen und das Geräusch eines Schlüssels im Türschloss. Offenbar wollten die Männer herein. Das konnte er keinesfalls zulassen. Sahen die Männer, dass die Mädels fehlten, wäre ihr ganzer Plan im Eimer. Was konnte er bloß machen? Hektisch schaute er sich um. Sein Blick fiel auf die am Boden liegende Eisenstange. Kurzentschlossen ergriff er sie, und stellte sich gerade noch rechtzeitig mit erhobenen Armen neben die Tür. Jemand drückte die Klinke herunter und stieß sie auf. Unter lautem Gebrüll schlug Alexander die Stange in den sich öffnenden Spalt.

Ein Schrei ertönte, eine Stimme fluchte unflätig und die Tür fiel wieder ins Schloss. Geistesgegenwärtig schnappte Alexander sich die Tischplatte, welche die Mädchen neben der Tür an die Wand gelehnt hatten. Ein stechender Schmerz durchzuckte sein Bein, als er die Platte zwischen Tür und Schalttisch fallen ließ. Mit dem tiefer liegenden Ende gegen den Sockel des Tisches abgestützt, stieß sie wie eine Rampe gegen die Tür, und verkeilte diese. Der Tisch selber konnte nicht verrücken, da er mit dicken Bolzen fest im Boden verankert war.

Offenbar hatte er einen der Schufte ernstlich getroffen, denn er hörte den Mann mit der tiefen Stimme nach einem Verbandskasten rufen. Er fühlte keinerlei Mitleid, die Kerle hatten es nicht besser verdient. Eine Weile vernahm er nichts, bis ein Schuss die Ruhe unterbrach.

„Idiot!", schimpfte die tiefe Stimme, „Außer ‚nem Querschläger wirst du bei der Metalltür hier nix erreichen. Hilf mir lieber, sie aufzubrechen."

Die Klinke wurde niedergedrückt, und die Männer stemmten sich mit aller Kraft gegen die Tür, sodass sich die Rampe ein wenig anhob. Schnell setzte sich Alexander auf die Platte, die unter seinem Gewicht wieder in ihre alte Position rutschte.

„Was ist denn hier los, bist du in Ordnung?", fragte Maren entsetzt, und sprang, dicht gefolgt von Ilona, durch das Fenster in den Raum. „War das ein Schuss?"

„Ja. Die Kerle wollten rein, aber ich konnte die Tür verkeilen. Ich weiß allerdings nicht, wie lange das hier hält!" Erneut hob sich die Platte ein wenig unter dem Ansturm der Männer. „Ilona, bitte sage mir, dass die Lampe endlich funktioniert!"

„Ja, das sollte sie eigentlich. Ich werde sie jetzt an den Strom anschließen."

„Was immer du vorhast, mach' es schnell!" Alexander schaute auf seine Armbanduhr. „Es ist jetzt fast elf. Hoffentlich rufen die anderen bald Hilfe. Maren, setz dich zu mir auf die Platte, um sie zusätzlich zu beschweren. Ich wünschte wirklich, ich hätte eine fette und schwere Freundin! Aber nein, du musst ja unbedingt schlank und attraktiv sein!"

„Spinner!" Trotz der brenzligen Situation musste Maren grinsen und hüpfte neben ihn auf die Platte.

Ilona zog die Sicherung aus dem Kasten. Die Schreibtischlampe erlosch und es wurde schlagartig düster. Nur das schwache Restlicht des Tages erleuchtete den Raum notdürftig. Sie wollte das Ende des Kabels mit einem der Schalter verbinden, doch dafür musste dieser stromlos sein. Fieberhaft schraubte sie die Leitungen in die entsprechenden Kontakte, wobei sie sich mehr auf ihren Tastsinn als auf ihre Augen verlassen musste. Dann drehte sie die Sicherung wieder in die Fassung. Die Schreibtischlampe leuchtete auf. Nervös drückte sie den Schalter. Durch das Fenster sahen sie den Lichtschein des aufflammenden Leuchtturms. „Es funktioniert", flüsterte Ilona erleichtert, und Freudentränen rannen ihr über die Wangen. Zum wiederholten Mal rammten die Männer irgendetwas von außen gegen die Tür, und wieder hob sich die Platte. Ilona betätigte den Schalter nun rhythmisch. „Ich hoffe, jemand sieht unser Zeichen!", flehte sie mit bebender Stimme.

Umtost von Wind und Wellen, erwachte der alte Leuchtturm zu neuem Leben. Von seiner Spitze aus verbreitete ein Lichtstrahl die verzweifelte Botschaft der Kinder:

S-O-S   S-O-S   S-O-S...

Die Ereignisse überschlagen sich

„Es reicht!"

Olaf sprang auf, und schlug mit der Faust auf den Kajütentisch. Seit dem letzten Anruf stierte er pausenlos auf das Handy, in der Hoffnung eine Nachricht zu erhalten, und nun zeigte es plötzlich einen Netzausfall an. „Es ist kurz vor elf und dunkel genug. Wir gehen jetzt zur Polizei!"

„Einverstanden!" Auch Sarah erhob sich, froh darüber endlich etwas unternehmen zu können. Georg nahm das Handy vom Tisch. „Warum rufen wir nicht einfach an?"

„Weil wir keinen Empfang mehr haben. Schau auf das Display. Ich hoffe, den Mistkerlen ergeht es genauso!"

Olaf ging zur Kajütentür, doch bevor er sie öffnen konnte, hörten sie, wie jemand vom Steg aus auf ihr Boot sprang. Waren das die Verbrecher? Erschrocken schaute er seine Freunde an, doch dann erkannte er die Stimme seines Vaters: „Hallo, seid ihr da?"

„Vater!" Olaf riss die Tür auf und sein Vater betrat pudelnass die Kajüte. „Ich dachte, ihr seid in Hohenburg."

„Wir sind wegen des Sturmes schon früher zurückgekommen. Wir haben uns Sorgen um euch gemacht. Für die Morgenstunden ist Orkanstärke vorhergesagt, da wollten wir lieber vor Ort sein."

„Ich bin ja so froh, dass sie hier sind", rief Sarah und drückte ihn vor Freude. „Sie haben Maren, und wir wollten gerade zur Polizei, und Alexander ist mit Ilona hinterher, und..."

„Jetzt mal langsam", beruhigte Herr Breuer sie. „Und du sollst doch Dieter zu mir sagen!" Er betrachtete die sorgenvollen Gesichter der Kinder. Irgendetwas stimmte hier nicht. „Erzählt mir jetzt genau, was geschehen ist. Wo sind die anderen Drei?"

„Ach... es ist ja alles so schrecklich!" Abwechselnd berichteten sie, was vorgefallen war. Schließlich unterbrach er ihren Bericht.

„Stopp! Die Einzelheiten könnt ihr mir später erzählen. Jetzt gilt es, den anderen zu helfen. Warum habt ihr mich nicht sofort angerufen? Ich telefoniere jetzt mit der Polizei." Er wählte die Nummer, doch auch er bekam keine Verbindung zustande. „Ich vermute, der Sturm hat einen Netzausfall verursacht. Auf zur Polizeiwache!"

Die Jungen schnappten sich jeder eine Regenjacke der Mädchen, die ihnen natürlich viel zu klein waren, und sprangen auf den Anlegesteg. Kaum hatten sie diesen verlassen, sahen sie einen Polizeiwagen mit Martinshorn und hoher Geschwindigkeit durch den Hafen rasen. Verblüfft blieben sie stehen, dann deutete Olaf aufgeregt in Richtung des alten Leuchtturms. Von der Spitze blinkte das Signal:

S-O-S S-O-S S-O-S...

„Rasch!" Herr Breuer rannte zu seinem Wagen, den er gleich vor dem Steg geparkt hatte, und ließ den Motor an. Die Kinder sprangen hinein und sie folgten dem Einsatzfahrzeug so schnell wie möglich. Nur wenig später als der Polizeiwagen erreichten sie den Robbenstrand.

„Macht, dass ihr nachhause kommt?", blaffte Herr Trumpel, einer der Polizisten, die Kinder an, als diese auf den Strand stürzten. „Ihr stört hier einen Polizeieinsatz!"

„Heinz, hör' dir lieber an, was die Kinder zu sagen haben!", rief Herr Breuer, und schob sich nach vorne. Er kannte den Polizisten aus seiner Schulzeit, und war mit ihm befreundet.

„Dieter! Was ist hier los? Und was suchen die Kinder hier?"

Olaf berichtete ihre Geschichte nun ein zweites Mal in aller Kürze. „Ihr seid ja Teufelskerle", staunte Herr Trumpel. „Wollt ihr behaupten, dass eure Freunde dieses Lichtzeichen geben? Wie sollen sie denn auf den Turm gekommen sein?"

„Es gibt einen unterirdischen Zugang", sagte Olaf. „Bevor Alexander und Ilona hinein kletterten, riefen sie uns an. Der Eingang muss sich weiter vorne auf einem der Felsen befinden!"

„Nun, dann wollen wir doch einmal nachschauen." Der andere Polizist ging zu dem Kofferraum ihres Wagens und brachte zwei starke Taschenlampen. Nach kurzer Zeit fanden die beiden Männer die Metallplatte, konnten diese jedoch nicht bewegen. Offenbar war sie von innen versperrt. Entschlossen kamen sie zurück, griffen zu ihrem Funkgerät und unterhielten sich mit der

Leitstelle. Dann wendete Herr Trumpel sich wieder den Kindern zu.

„So, gleich kommt jemand mit einem Schweißbrenner. Auch habe ich Verstärkung aus Neustadt angefordert. Wäre doch gelacht, wenn wir da nicht hineinkämen. Zudem habe ich erfahren, dass der Wasserschutz zwei Boote hinausgeschickt hat. Zur Sicherung der Fahrrinne. Immerhin stellt der Leuchtturm nun eine Gefahr für die Schifffahrt dar. Das Blinklicht könnte Boote fehlleiten. Ihr setzt euch solange zu uns in den Wagen und berichtet mir zwischenzeitlich genau, was ihr wisst!"

Noch während Herr Trumpel ihre Aussagen zu Protokoll nahm, erschienen zwei Männer mit dem Schweißbrenner. Fluchend hievten sie eine schwere Gasflasche und zwei Brechstangen auf die Felsen und machten sich daran, den Eingang zu öffnen. Es regnete jetzt sehr stark. Plötzlich schrie Sarah auf, und zeigte auf den Turm. Das Licht war erloschen. Irgendetwas musste geschehen sein.

Endlich traf auch die Neustädter Verstärkung ein. Vier Beamte entstiegen einem Einsatzwagen, jeder von ihnen trug einen Schutzanzug und ein Schnellfeuergewehr. Einer hatte zudem einen Rucksack mit einem Funkgerät geschultert. Wenige Minuten später signalisierten die Schweißer, dass der Weg nun frei sei.

„Ihr wartet hier", ordnete Herr Trumpel an. „Wir müssen damit rechnen, auf Widerstand zu stoßen. Davon ausgehend, dass es sich tatsächlich um die von uns gesuchten Schmuggler handelt, und nach allem, was ihr berichtet habt, haben wir es mit wenig zimperlichen Verbrechern zu tun."

Da hatte er sich jedoch getäuscht. „Auf keinen Fall!", protestierte Olaf lautstark. „Wir warten bereits den ganzen Tag. Irgendwann ist es genug!" Georg aber schoss den Vogel ab. „Was, wenn die Typen hierhin kommen? Es ist nicht gesagt, dass sich alle Verbrecher im Turm befinden. Wir wären ihnen dann schutzlos ausgeliefert! Können sie das verantworten?"

„Ihr seid...", aber Herr Trumpel unterbrach sich. Mit ärgerlicher Stimme fuhr er fort: „Nun gut, wir haben jetzt keine Zeit für endlose Diskussionen. Aber ihr müsst versprechen, stets hinter uns zu bleiben."

*

„Hoffentlich kommt bald Hilfe", rief Maren. Ein weiterer, mächtiger Stoß gegen die Tür ließ ihre Rampe gefährlich in die Höhe schnellen. „Ilona, hör' auf zu morsen und lass' die Lampen einfach brennen. Wir brauchen dich *hier* viel nötiger!"

Ilona nickte und sprang zu ihnen auf die Tischplatte. Doch es erfolgte kein weiterer Schlag. Verblüfft schauten sie sich an.

„Was geschieht jetzt?", fragte Maren mit ängstlicher Stimme.

„Keine Ahnung, ich will schauen, ob ich etwas erlauschen kann."

Alexander schob sich an die Tür und legte sein Ohr gegen das kühle Metall. Er vernahm ein hektisches Gebrüll, konnte aber kein Wort verstehen. Plötzlich knallten einige Schüsse, und sie sahen durch das kleine Fenster, wie der Leuchtturm erlosch. Im Licht der kleinen Schreibtischlampe sah Alexander den verzweifelten Blick der Mädchen und musste selber schlucken. Jetzt saßen sie wirklich in der Patsche. Eine Weile hockten sie wortlos nebeneinander, hörten aber kein einziges Geräusch mehr.

„Was nun? Können wir es wagen, hinauszugehen?", fragte Maren schließlich zaghaft.

„Ich weiß nicht." Alexander schüttelte seinen Kopf und Ilona nickte zustimmend. „Vielleicht wollen sie uns herauslocken. Ich finde, wir sollten zunächst die Tür weiterhin blockieren. Hier sind wir im Moment einigermaßen sicher. Wir können nur hoffen, dass unser Licht lange genug brannte, um jemanden auf uns aufmerksam zu machen!"

*

Die vier bewaffneten Männer stiegen in den Tunnel. Sie hatten allesamt starke Lampen an ihren Helmen befestigt. Die Gewehre im Anschlag, arbeiteten sie sich langsam und erstaunlich geräuschlos voran. Ihnen folgten die Dorfpolizisten, dann Herr Breuer und zuletzt die Kinder.

Sie erreichten die erste Wand. Auf ein Zeichen hin spähte einer der Beamten durch das Loch. Nach einigen Sekunden gab er seinerseits ein Zeichen, und die anderen folgten ihm durch die schmale Öffnung.

An der Weggabelung teilte sich die Vorhut ohne weitere Absprache auf. Die Männer verstanden ihr Handwerk. Während zwei Beamte den rechten Gang bewachten, untersuchten die anderen beiden zügig den Druckerraum. Sie leuchteten in alle Ecken und Kisten, sogar in die Druckermaschine, in der sich vor kurzem noch Ilona versteckt hatte. Sie fanden nichts, gaben Entwarnung und folgten nun dem anderen Gang.

Sie passierten die zweite Mauer. Plötzlich hob der vordere Mann seine Hand. Abrupt blieben alle stehen. Herr Trumpel gab den Kindern ein unmissverständliches Zeichen, zurückzubleiben.

Mit den Waffen im Anschlag näherten sich die Beamten dem Kellerraum. Plötzlich knallte ein Schuss durch den Gang. Die Männer ließen sich auf den Boden fallen und erwiderten unverzüglich das Feuer. Doch schon nach wenigen Sekunden kehrte wieder Ruhe ein.

Eine tiefe Stimme rief niedergeschlagen: „Hört auf zu schießen, wir ergeben uns."

„Werft eure Waffen auf einen Haufen, und kommt einzeln heraus", verlangte der vorderste Beamte.

Ein polterndes Geräusch verriet, dass die Verbrecher der Aufforderung nachkamen. Dann traten zuerst der Mann mit der tiefen Stimme und anschließend der Dorfpolizist, dem die Kinder gestern Abend ihren Bericht vorgelegt hatten, mit erhobenen Händen aus dem Kellerraum.

„Werner, du?" Herr Trumpel traute seinen Augen nicht, als er seinen Kollegen erblickte. Die Kinder hörten die Wut in seiner Stimme, als er nun fortfuhr. „Hände auf den Rücken! Nicht bewegen!" Ein metallisches Geräusch erklang. „Das sind Handschellen", flüsterte Georg aufgeregt.

„Sind noch mehr Leute hier?", wollte einer der Männer nun wissen, und hob nachdrücklich sein Gewehr in die Höhe.

„Nein, wir beiden sind die Letzten. Die anderen sind mit zwei Booten abgehaun. Die Schweine haben uns einfach zurückgelassen!"

„Erzähl du mir nichts von der Schlechtigkeit deiner Kumpels! Du bist ja selber nur ein Dreckskerl!" Herr Trumpels Stimme klang sehr enttäuscht. „Wo sind die Kinder?"

„Sucht sie doch selber."

KLATSCH! Herr Trumpel verpasste seinem ehemaligen Kollegen eine schallende Ohrfeige und spuckte ihm verächtlich vor die Füße.

„Ich schäme mich für dich, Werner. Wenn den Kindern auch nur ein Haar gekrümmt wurde, dann Gnade dir Gott!"

„Die sind im Turmzimmer, es ist ihnen nichts geschehen."

Herr Trumpel nickte den vier bewaffneten Männern zu. „Wir passen hier auf, durchsuchen sie bitte den Rest des Turmes."

*

„Was war das?" Maren zitterte vor Angst und Kälte am ganzen Körper.

„Ich weiß nicht. Es klang nach Schüssen! Aber das kann doch nicht sein, oder?" Atemlos hielt Alexander immer noch sein Ohr an die Tür gepresst. Eine Weile hörte er nichts, dann vernahm er Schritte. Schließlich klopfte es gegen die Tür.

„Wer ist da drin? Seid ihr das, Kinder?"

Maren schüttelte ängstlich ihren Kopf. „Das ist eine Falle, mach' nur nicht auf, Alex!"

„Ja", stimmte Ilona energisch zu. „Haut bloß ab!", rief sie mit fester Stimme. „Glaubt ja nicht, dass wir auf euren blöden Trick hereinfallen!"

„Sie entfernen sich in Richtung der Glaskuppel", flüsterte Alexander. Wieder kehrte Ruhe ein, dann hörte er einen einzelnen Mann von oben die Treppe hinuntersteigen, und vorbei an ihrer Tür in den Keller gehen. Alexander blickte die Mädchen unsicher an und seine Stimme vibrierte: „Was haben die nun vor? Was sollen wir jetzt machen?"

*

Der Mann mit dem Funkgerät kam zurück in den Kellerraum und besprach sich kurz mit Herrn Trumpel. Dieser winkte endlich die Kinder zu sich. Gespannt lauschten sie dem Funkspruch, den der Beamte nun absetzte.

„Sierra Tango Sieben ruft Bravo Bravo Alpha. Turm gesichert. Zwei Boote mit Verdächtigen auf der Flucht. Wasserschutz benachrichtigen. Vermutlich wollen sie zu einer Motoryacht namens...", er blickte die Kinder fragend an.

„*Wotan*", flüsterte Georg.

„...*Wotan*. Vermutete Position ist nördlich der Robbenbank." Er wiederholte den Funkspruch. „Sierra Tango Sieben, Ende und aus". Er lächelte die Kinder an. „Euren Freunden geht es offenbar gut. Sie haben sich im Turmzimmer verbarrikadiert, wollen aber niemanden hereinlassen. Sie halten uns für Mitglieder der Verbrecherbande. Jetzt ist es doch gut, dass ihr mitgekommen seid. Vielleicht könnt ihr..."

Bevor er jedoch zu Ende sprechen konnte, stürmten Olaf, Georg und Sarah die Treppe hinauf. „Maren, Ilona, Alexander, seid ihr da? Maren..."

Maren erstarrte, als sie ihren Namen hörte. Dann schossen ihr die Tränen in die Augen. „Das ist doch..., Sarah", rief sie so laut sie konnte.

Alexander sprang von der Tischplatte. „Ja, und Olaf und Georg, das war höchste Zeit! Schnell!"

Sie rissen die Rampe beiseite und öffneten die Tür. Eine Sekunde später lagen sich alle in den Armen. Die Mädchen weinten nun hemmungslos vor Freude.

Ilona beruhigte sich als Erste. Sie betrachtete Olaf und Georg und musste plötzlich laut lachen.

„Ich wusste gar nicht, dass du auf meinen rosafarbenen Regenmantel stehst!", grinste sie und schüttelte sich vor Kälte. „Darf ich mir den kurz ausleihen? Maren, wenn du ganz lieb bittest, und dabei so bezaubernd zwinkerst, gibt dir Georg vielleicht auch deine violette Jacke für eine Weile zurück. Du hast ja eine Gänsehaut. Meine Güte, an eurem Modegeschmack müssen wir wirklich noch intensiv arbeiten!"

Erleichtert und kichernd, gingen sie in Begleitung der Polizisten durch den Tunnel in Richtung des Einstiegs. Dabei schnatterten sie wild durcheinander, da jeder wissen wollte, was der andere erlebt hatte. Auf Georgs und Olafs Schulter gestützt gab Alexander das Tempo vor. Sein Fuß blutete wieder. An der Gabelung hielt er inne. „Ich muss noch kurz in den Druckerraum", verlangte er.

Gemeinsam betraten sie die Fälscherwerkstatt. „Hier habe ich mich versteckt", sagte Ilona, und deutete auf die offene Klappe der Druckerpresse. Bei dem Anblick der Zigaretten und Geldscheine wurde Herr Breuer sehr streng.

„Hier war ja wirklich eine richtige Fälscher- und Schmugglerbande am Werk", schimpfte er. „Obendrein waren es auch noch Kidnapper! Ihr habt eindeutig zu viel riskiert. Was hätte euch nur alles geschehen können!"

„Als wir herkamen, konnten wir das doch noch gar nicht wissen", verteidigte sich Alexander. „Und schließlich musste ich doch Maren retten! Würdest du Mutter nicht hinterherlaufen, wenn jemand sie entführen würde?" Maren strahlte ihn mit großen Augen an.

„Nun, ich hätte wohl zuerst die Polizei gerufen. Außerdem sind wir verheiratet, und im Übrigen bin ich auch ein wenig älter als ihr!" Aber seine Stimme klang auf einmal ganz sanft und verständnisvoll. „Warum wolltest du eigentlich noch einmal hierherkommen?"

Alexander schleppte sich zu einer der Kisten, wühlte darin herum und zog das Handy heraus. „Nun, da wäre zunächst Olafs altes Handy, aber das olle Ding ist nicht der eigentliche Grund." Er humpelte in die Mitte des Raumes und blickt sich suchend um. Dann bückte er sich, hob etwas auf und hielt es triumphierend in die Höhe: „Das hier werde ich auf keinen Fall in diesem Tunnel zurücklassen!"

In der Hand hielt er Marens Taschenmesser!

Schreck in der Morgenstunde

Alexander saß in einem Sessel. Doktor Klöhner, Nachbar und Freund der Familie, war gleich auf Frau Breuers Anruf hin herübergeeilt, und behandelte nun seinen Fuß. Zunächst hatte er ihn gründlich untersucht und noch einen weiteren Splitter entdeckt. Er betäubte den Fuß lokal, entfernte das Glasstück, desinfizierte die Wunde und nähte sie mit drei Stichen zusammen.

„Du darfst ein paar Tage nicht auftreten", ordnete er an und zog den Verband fest. „Morgen kommst du zum Verbandswechsel in meine Praxis. Olaf, kannst du mich kurz nach Hause begleiten? Ich gebe dir dann ein Paar Krücken für deinen Bruder mit."

Frau Breuer lief derweil aufgeregt zwischen Küche und Frühstücksraum hin und her. „Was habt ihr euch nur dabei gedacht", schimpfte sie immer wieder aufs Neue. Dabei trug sie Kuchen, Kakao und Brote auf. Die Mädchen standen unterdessen im Bad. Sie schickten Georg, der ebenfalls hinterherkam, entschlossen fort. „Bleib bei den Jungs, bitte, das hier ist jetzt ein Mädchending!"

Maren blickte verzweifelt in den großen Spiegel, und versuchte, ihre Haare zu einer, wie auch immer gearteten Frisur zu ordnen. Es wollte ihr nicht gelingen. Sie steckte Haarnadeln mal hierhin, mal dorthin, doch jedes Mal zog sie die Klammern wieder heraus. Ilona flocht ihr aus zwei der längsten Strähnen kleine Zöpfe, erreichte jedoch nur, dass Maren nun weinte. Erst Frau Breuer schaffte es, Marens Haare zu einem kleinen Dutt zu binden und diesen so zu drapieren, dass die herausgeschnittenen Haare nicht allzu sehr auffielen.

Traurig betraten die Mädchen nun ebenfalls den Frühstücksraum. Die Jungen hatten es sich zwischenzeitlich in jeweils einem der Sessel bequem gemacht. Die Mädchen kuschelten sich einfach dazu.

„Was sind das denn für Sitten?", schimpfte Frau Breuer, doch ihr Stimmfall verriet, dass sie es nicht böse meinte. „Na, meinetwegen dürft ihr heute so sitzen bleiben." Sie reichte die Kuchenplatte herum, und alle griffen zu. „Hauptsache, ihr erzählt nun haarklein...", Maren schluchzte laut auf, „... entschuldige Maren. Aber ich möchte jetzt wirklich wissen, was genau geschehen ist."

Olaf begann mit der Schilderung ihrer Ermittlungen und erklärte, wie sie das Motorboot aufgespürt hatten. Dann übernahm Maren. Sie erzählte von ihrer Entführung und den Ängsten, die sie ausgestanden hatte. Dabei beruhigte sie sich zusehends. „So schlimm ich das mit meinen Haaren auch finde", meinte sie schließlich achselzuckend, „haben wir doch schlussendlich alles gut überstanden. Das ist doch die Hauptsache, oder? Es war ein richtiges Abenteuer!"

Der Reihe nach berichteten nun alle, was sie erlebt hatten. Während Ilona ihre Schwimmaktion darlegte, sprang Olafs Mutter aufgeregt auf ihre Beine und lief im Zimmer auf und ab. Als sie jedoch von ihrer Kletterpartie auf die Glaskuppel erzählte, wurde sie wirklich böse. „Euch ist wirklich nicht zu helfen! Wie konntet ihr nur so leichtsinnig sein?"

„Also, ich finde, sie haben sehr tapfer gehandelt. Immerhin hatten sie der Polizei ja von dem Motorboot berichtet. Sie konnten ja nicht ahnen, dass einer der Polizisten zur Bande gehört!" Herr Breuer erhob sich und nahm seine Frau in den Arm. „Was hätten sie sonst machen sollen? Schließlich waren *wir* ja in Hohenburg." Er zwinkerte Alexander heimlich zu. „Ich glaube, ich hätte das Gleiche getan, wenn sie dich entführt hätten."

Frau Breuer öffnete ihren Mund, um zu protestieren, doch dann sah sie zuerst ihren Mann, und dann die Mädchen an, die sich, jetzt endlich lächelnd, noch enger an ihre Freunde schmiegten.

„Es ist hoffnungslos! Ab in die Betten", sagte sie mild. „Wir wollen versuchen, den Rest der Nacht ein wenig Schlaf zu finden. Morgen früh haben sich ja die Polizisten angemeldet. Da müssen wir zeitig aufstehen. Ihr Mädels schlaft alle in Zimmer zwei. Da habe ich drei Betten hergerichtet. Georg, in Olafs Zimmer steht ein Sofa. Auch dort liegen Decken bereit."

An Schlaf war jedoch nicht zu denken. Die Mädchen hockten auf einem großen Tisch vor dem Fenster ihres Zimmers, und beobachteten den Sturm, der sich tatsächlich zu einem Orkan entwickelt hatte. Es war ein grandioses Schauspiel! Vor den tiefschwarzen Wolken zuckten langanhaltende Blitze, denen laut grollende Donner in immer kürzeren Abständen folgten.

Es klopfte, und die Jungen schlüpften leise in das Zimmer. Die Mädchen kicherten. „Wo wart ihr solange? Wir haben euch bereits vor drei Minuten erwartet! Habt ihr überhaupt eure Mutter gefragt? Immerhin ist das hier jetzt ein Mädchenzimmer. Zutritt strengstens verboten!" Aber sie rückten auseinander, um die Jungen zwischen sich zu lassen.

Der Orkan tobte jetzt genau über ihnen. Sie befanden sich wohl in seinem Auge, da der Wind plötzlich stark nachließ. Dann setzte er unvermittelt wieder ein. Ilona quetschte erschrocken Georgs Hand, als ein besonders greller Blitz niederging. Zeitgleich donnerte es und sie hörten ein berstendes Geräusch. Der Blitz musste in unmittelbarer Nähe eingeschlagen sein. Kurz darauf hörten sie eine Sirene und das Martinshorn des dorfeigenen Feuerwehrwagens.

Hastig stürzten sie auf den Flur, wo ihnen bereits die Eltern der Brüder entgegenkamen. Frau Breuer runzelte missbilligend ihre Stirn: „Ich gebe es auf, das sieht wirklich nicht so aus, als ob ihr aus euren eigenen Zimmern kommt", tadelte sie die Jungen. „Habt ihr gesehen, wo der Blitz eingeschlagen ist? Nein?"

Sie liefen in das Gästezimmer am Ende des Ganges und schauten dort aus dem Fenster. Aus der Richtung ihres kleinen Schuppens loderten Flammen in der Dunkelheit. Frau Breuer versuchte gar nicht erst, die Kinder aufzuhalten. „Schnell anziehen, in zwei Minuten sind alle im Frühstücksraum", ordnete Olaf an und flitzte in sein Zimmer.

Die Mädchen schnappten sich irgendwelche Pullis und Jacken der Jungen. „Also, an eurem Modegeschmack müssen wir wirklich noch sehr arbeiten!", lästerte Georg schlagfertig, als Sarah in einem viel zu großen Pullover die Treppe herunterkam.

Sie rannten, so schnell es Alexanders Krücken zuließen, zu ihrem Boot. Dass der Regen sie dabei bis auf die Haut durchnässte, spürten sie gar nicht.

Es war schrecklich! Der Schuppen stand lichterloh in Flammen, aber die Feuerwehr hatte den Brand bereits unter Kontrolle. Sie spritzten Löschwasser in das offene Dach, der starke Regen tat ein Übriges.

Ein zweiter Feuerwehrmann löschte derweil den Brand auf ihrem Schiff. Entsetzt starrten die Kinder auf die Yacht. Im Licht der Scheinwerfer des Feuerwehrwagens, sahen sie es auf der Seite liegen. Die Wucht des Blitzes hatte offenbar die Stützen beiseite gerissen. Deutlich waren schwarze Brandspuren auf dem neuen Deck zu erkennen. Ein langer Riss zog sich an der Steuerbordseite über den Rumpf. Fassungslos beobachteten die Freunde die Arbeit der Löschmannschaft.

*

Noch vor dem Frühstück eilten die Kinder wieder zu ihrem Boot. Der Regen hatte aufgehört, und der Orkan war zu einem kräftigen Wind abgeflaut. Auch Onkel Kurt war bereits vor Ort und betrachtete den Schaden, dessen Ausmaß sie im Tageslicht erst richtig erkennen konnten.

Dort wo das Deck gebrannt hatte, klaffte ein großes Loch in den Planken. Obwohl sie es noch in der Nacht mit einer schweren Plane abgedeckt hatten, war viel Wasser in den Salon eingedrungen. Die Stützen hatten sich unter dem Gewicht der gestürzten Yacht tief in den Rumpf gebohrt. Dieser war, dort wo er auf den Kai aufgeschlagen war, auf einer Länge von etwa acht Metern aufgerissen. Sie konnten auf die zerstörte Kombüse blicken, deren

Einzelteile auf dem Kai verstreut lagen. Der Hauptmast hatte das Dach des Schuppens eingedrückt, und war ein Stück weit auf dem Deck ausgebrochen. Auch der noch immer auf seinem Holzblock liegende Motor war zerstört. Offenbar war der Blitz, oder ein zweiter, genau in ihn eingeschlagen.

Onkel Kurt legte tröstend seine Hände auf die Schultern der Jungen. Ihr Traum von der eigenen Yacht war ausgeträumt!

*

Mit hängenden Köpfen saßen die Kinder im Frühstücksraum und warteten auf die Polizisten. Wie angekündigt, erschienen sie in Begleitung einer Stenotypistin und der Psychologin *Frau Ullrich*. Während sich die Psychologin mit Maren über ihre Entführung unterhielt, wurden die Aussagen der anderen zu Protokoll genommen.

Anschließend saßen alle um zwei große Tische herum, die sich unter der Last des Frühstücks förmlich bogen. Die Kinder hatten keinen rechten Appetit, aber die Beamten griffen herzhaft zu.

„Wir müssen uns um Maren keine Sorgen machen", meinte Frau Ullrich. „Nach Entführungen kommt es ja immer wieder zu Problemen bei den Opfern, verständlich, aber Maren kommt wirklich gut klar. Ich denke, ihre Freunde, und insbesondere Alexander", sie grinste vielsagend, „lassen ihr gar nicht viel Zeit für lange Grübeleien, nicht wahr?" Sie stupste Maren freundschaftlich in die Seite, lächelte sie an und biss fröhlich in ein Marmeladenbrötchen.

Mit vollen Mündern berichteten die Polizisten, was in der vergangenen Nacht noch alles geschehen war. „Die beiden Männer, die wir im Keller festgenommen haben, sitzen nun in Untersuchungshaft. Sie machen leider keinerlei Aussagen. Mein ehemaliger Kollege", er rümpfte verächtlich die Nase, „wird wohl für einige Jahre ins Gefängnis einfahren. Leider konnten wir die beiden flüchtigen Boote nicht erwischen. Die Küstenwache verfolgte zwar ein Schiff auf ihrem Radar, aber es stellte sich als ein harmloses Sportboot heraus, das im Hafen Schutz vor dem Unwetter suchte. Die *Wotan* lag ankernd vor der Robbenbank, aber auch dort befand sich leider niemand mehr an Bord. Das Schiff wurde beschlagnahmt und wir können nur hoffen, dass wir aus den beiden gefassten Kerlen doch noch etwas herausbekommen!"

„Sie können die Typen doch am Flughafen erwischen!", rief Ilona nun ganz aufgeregt. „Ich habe ganz vergessen, ihnen von dem belauschten Gespräch zu erzählen. Die Mistkerle wollen von dort aus nach Tunesien fliegen." Sie berichtete in kurzen Worten, was sie hinter den Kisten gehört hatte.

Herr Trumpel griff zu einem Handy und ging in den Nebenraum. Nach etwa einer Viertelstunde kam er strahlend zurück. „Da haben wir aber Glück gehabt! Der Flieger hatte bereits Startfreigabe, stand aber noch auf der Landebahn. Die Flughafenpolizei konnte ihn gerade noch rechtzeitig stoppen. Im Moment überprüfen sie alle Fluggäste. Sie rufen in Kürze zurück."

Jetzt waren auch die Kinder aufgeregt, und hungrig bissen sie in ihre Brötchen. Endlich klingelte das Handy. Gespannt lauschten sie auf die Antworten von Herrn Trumpel: „Ja ... ach so ... ja ... verstehe ... jaja ... ok ... so viel? ... bis Morgen? ... Das wird sie freuen! ... in Ordnung." Er beendete das Gespräch und lächelte die Kinder an. „Es wurden vierzehn Männer und drei Frauen vorläufig festgenommen. Ihr habt uns in der Tat sehr geholfen. Ich habe eine tolle Nachricht für euch, aber es wäre gut, wenn eure Eltern dabei wären. Können wir uns morgen Abend alle hier treffen?"

Frau Breuer nickte. „Die Eltern der Mädchen sind bereits hierher unterwegs, sie wollen sich davon überzeugen, dass alles in Ordnung ist. Sie werden heute im Laufe des Tages eintreffen. Georgs Eltern wohnen in Neustadt, das ist ja nicht sehr weit entfernt. Wie wäre es morgen um 19:00 Uhr zum Abendessen?"

„In Ordnung, dann also bis morgen. Ich muss jetzt noch einmal mit eurem Onkel sprechen." Herr Trumpel verließ den Raum, nicht jedoch, ohne sich vorher noch ein Stück Kuchen genommen zu haben.

Die Kinder schauten sich mit großen Augen an. Was gab es da wohl zu besprechen?

*

„Wo sind denn die Mädels?", wollte Georg wissen, als die Jungen am nächsten Morgen beim Frühstückstisch saßen. „Die sind mit dem ersten Bus nach Neustadt gefahren", verkündete Frau Breuer geheimnisvoll.

„Was wollen die denn da?", hakte Georg nach. Doch Frau Breuer lächelte nur und verschwand in der Küche.

„Ist bestimmt wieder so ein *Mädchending*", mutmaßte Olaf, „Kommt, wir wollen noch einmal zu unserem Schiff gehen. Es liegen noch immer Teile der Inneneinrichtung auf dem Kai verstreut, und die müssen weggeräumt werden."

Zum Mittagessen waren die Mädchen zurück. Die Jungen staunten nicht schlecht, als ihre Freundinnen sich zu ihnen an den Tisch setzten. Sie trugen nun alle drei eine flotte Kurzhaarfrisur.

Ilona grinste über die verblüfften Gesichter der Jungen. „Na ja, Maren konnte ja unmöglich mit ihren Haaren so herumlaufen. Da brauchte sie natürlich eine neue Frisur. Der Friseur konnte jedoch mit den restlichen langen Strähnen auch nichts Vernünftiges anstellen und riet zu kurzen Haaren. Maren war derart unglücklich, dass Sarah und ich uns kurzentschlossen auch die Haare abschneiden ließen. Schaut, jetzt lacht sie wieder!"

„Ihr seid wirklich unmöglich", versetzte Maren, doch der Klang ihrer Stimme strafte sie Lügen. „Aber wir haben auch einen Wettbewerb gestartet. Siegerin ist, wessen Haare als erstes bis zur Hüfte reichen. Wenn der Gewinner feststeht, so in sechs bis sieben Jahren, wird es einen Mädchenabend geben, und die Siegerin wird von den anderen beiden eingeladen!"

*

Pünktlich saßen alle am folgenden Abend im Gemeinschaftsraum der Pension. Sie mussten dicht zusammenrücken, da nun auch alle Eltern, drei Polizisten, Jan und Frau Ullrich anwesend waren.

Onkel Kurt betrat als letzter den Raum, jetzt waren sie vollzählig.

„Nach dem gestrigen Gespräch mit Herrn Trumpel habe ich eine genaue Berechnung durchgeführt", begann er. „Tatsächlich ist der Schaden an eurem Boot beträchtlich. Das Material für eine Reparatur ist nicht das Hauptproblem. Vieles davon lagert in den Schuppen. Aber ich müsste mehrere meiner Leute für etwa drei

Wochen komplett für die Reparaturarbeiten abstellen. Diesen Verdienstausfall kann sich die Werft einfach nicht leisten."

Traurig starrten alle, insbesondere Olaf und Alexander auf Onkel Kurt, und Sarah und Maren schmiegten sich tröstend gegen ihre Freunde.

Herr Trumpel ergriff das Wort. Seine Stimme klang sehr streng.

„Zurückblickend muss Folgendes festgestellt werden:

Erstens, ihr habt Ermittlungen auf eigene Faust durchgeführt und somit den Erfolg laufender Untersuchungen gefährdet.

Zweitens: Eure Videoüberwachung der Bucht verstößt gegen das Gesetz. Ihr habt die Privatsphäre von Menschen missachtet.

Drittens habt ihr die Polizeiarbeit behindert, indem ihr für einen Großeinsatz gesorgt habt.

Zudem stellte die Inbetriebnahme des Leuchtturms eine erhebliche Gefährdung des Schiffsverkehrs dar! So etwas kann mit Gefängnis geahndet werden. Was für ein Glück, dass ihr noch nicht volljährig seid!"

Den Kindern entglitten die Gesichtszüge. Das konnte ja wohl nicht wahr sein! Waren sie jetzt die Gesetzesbrecher? Sollten sie nun bestraft werden? Hilflos sahen sie sich gegenseitig an, daher entging ihnen das Grinsen der sich im Raum befindlichen Erwachsenen.

„Ohne eine entsprechende Strafe kommt ihr folglich nicht davon!", fuhr Herr Trumpel fort, und zog sechs blaue Heftchen aus einer Tasche. „Ich weiß, es ist nur ein kleiner Trost für euer Schiff, aber es war eine hohe Belohnung auf die Ergreifung der Verbrecher ausgesetzt. Diese haben wir durch sechs geteilt, und somit überreiche ich nun jedem von euch ein Sparbuch. Deshalb mussten auch eure Eltern anwesend sein, da ihr in Anbetracht eures Alters noch nicht über den Betrag verfügen dürft."

Olaf öffnete aufgeregt sein Sparbuch. Verblüfft schaute er auf die darin verzeichnete, hohe Summe. Er nickte seinem Bruder zu, und beide gaben ihr Sparbuch Onkel Kurt. „Würde das genügen, um unser Schiff wieder flott zu machen?" Hoffnungsvoll schauten sie ihn an.

Doch dieser schüttelte seinen Kopf. „Es tut mir ehrlich leid, aber nein."

Ilona schaute ihre Schwestern an. Wie so oft verstanden sie sich wortlos und gemeinsam mit Georg schoben sie ihre Sparbücher dazu. „Und nun?", fragten sie gespannt.

Onkel Kurt lächelte gerührt. „Ja, nun genügt es. Aber wir müssen das mit euren Eltern besprechen, und dann müssen wir uns überlegen, wie wir die Eigentumsrechte festlegen. Immerhin liegt hier ein Viertel des endgültigen Wertes des Schiffes auf dem Tisch."

Nun waren die Mädchen nicht mehr zu bremsen. Sie bestürmten ihre Eltern und auch Georg redete auf seinen Vater ein. Olaf flüsterte unterdessen mit Alexander, dann erhob er sich.

„Ich möchte etwas sagen!" Seine Stimme klang ernst und alle Gespräche verstummten. Er wirkte plötzlich sehr erwachsen. Sein Blick heftete sich auf seine Freunde. „Wir können und werden euer Geld nicht annehmen, es sei denn...", er blickte seinem Onkel nun direkt in die Augen, „...es sei denn, du machst uns sechs zu gleichberechtigten Eignern unseres Schiffes!"

Onkel Kurt nickte zufrieden. „Ich habe mir so etwas schon gedacht, und einen entsprechenden Vertrag vorbereitet. Wir wollen ihn nun gemeinsam durchgehen." Er nickte den Eltern zu. „Es ist natürlich letztlich ihre Entscheidung, aber sie haben da ein paar bemerkenswerte Kinder!"

Sie saßen noch lange beisammen und besprachen den Vertrag. An diesem gab es jedoch nichts auszusetzen, und schließlich willigten alle Erwachsenen ein. Insbesondere die Augen der Mädchen strahlten noch ein wenig heller, als die Eltern, stellvertretend für ihre Kinder, das Dokument unterzeichneten.

*

Acht Tage waren vergangen. Das Schiff stand wieder fest auf seinen Stützen und von dem langen Riss des Rumpfes war nichts mehr zu erkennen. Allerdings fehlte noch immer der Hauptmast, da dieser neu angefertigt werden musste. Arbeitsgeräusche drangen aus dem Inneren des Bootes.

„Ich wünschte, du hättest Recht!", schimpfte Maren und setzte sich seufzend neben Alexander.

„Was meinst du?"

Alexander saß mit hochgelegtem Bein im Salon und hakte eine weitere Stromleitung auf der vor ihm liegenden Zeichnung ab. Ilona hatte einen genauen Plan einer komplett neuen Elektrik erstellt und diesen Onkel Kurt vorgelegt. Beeindruckt von ihrer Fachkenntnis händigte er ihr den Schlüssel für den Schuppen mit den Kabeln aus, und gemeinsam mit Maren verlegte sie diese nun im gesamten Boot. Alexanders Fuß hatte sich trotz der Verbände entzündet, was die Heilung verzögerte. Er durfte erst in zwei

Tagen wieder ohne Krücken gehen. Daher übernahm er die Koordination der Arbeiten.

„Weißt du noch im Turm? Du wünschtest dir eine fette und schwere Freundin, erinnerst du dich? Nun, wenn ich dick wäre, würde ich nun nicht in diese engen Kisten passen, und müsste jetzt nicht diese Strippen verlegen. Ja, ich komme ja schon!" Sie sprang auf und lief zu Ilona, die nach einem flexiblen Kabel verlangte.

*

Während des Abendessens diskutierten sie lebhaft über den Namen des Schiffes. Vorschläge wie *Butterblume*, *Libelle* oder gar *Mupfelchen*, wurden von den Jungen rundweg abgelehnt. Sie waren eher für *Pirat*, *Blutiger Korsar* und *Schwert des Südens*, doch da stießen sie bei den Mädchen auf taube Ohren. Die Jungen suchten nun nach Namen berühmter Kapitäne. Sarah nahm ihre Schwestern beiseite. Aufgeregt tuschelten sie eine Weile miteinander. Schließlich klatschte Maren begeistert in ihre Hände, und Sarah erhob sich würdevoll.

„Vertraut ihr uns?", fragte sie die Jungen mit einem schelmischen Lächeln.

Verblüfft starrte Olaf sie an. „Ja, auf jeden Fall, das wisst ihr doch!"

„Gut, dann wollen wir das Thema *Schiffsname* nun nicht mehr weiter erörtern!"

*

Weitere sechs Tage später waren auch der Mast und die neue Reling fertiggestellt. Die Freunde installierten nun Teile der Kombüse. Diese kamen natürlich aus Onkel Kurts Schuppen, stammten aus teils größeren Schiffen und mussten auf die Maße ihres Bootes angepasst werden.

„Wo steckt eigentlich Georg?", fragte Olaf etwas ungehalten. „Er könnte hier gut bei der Montage dieses Hängeschrankes helfen, hat sich aber seit zwei Tagen nicht blicken lassen. Ich dachte, sein Zeitungspraktikum wäre beendet!"

Über zwei Wochen waren vergangen, und in zwei Tagen sollte der Stapellauf stattfinden. Fast alle Reparaturen waren zwischenzeitlich erledigt. Gemeinsam mit den Werftarbeitern hatten sie mindestens zehn Stunden täglich geschuftet. Stolz lag ihr Schiff auf dem Kai, und der neue Alumast funkelte in der Abendsonne.

„Ich weiß auch nicht genau", seufzte Ilona ebenfalls etwas mürrisch. „Er hat mir auch nichts erzählt. Nur, dass er heute mit dem Abendbus zurückkommt." Sie schaute auf die Borduhr aus Messing, die sie eben erst an die Wand geschraubt hatte. „Das wäre in etwa fünfzehn Minuten, ich gehe ihn an der Haltestelle abholen. Sollte er keine gute Entschuldigung vorweisen können, werde ich ihm gehörig die Leviten lesen!"

Eine halbe Stunde später betraten die beiden die Kajüte. Georg trug grinsend einen Stapel Zeitungen, und drückte jedem seiner Freunde ein Exemplar in die Hand. Eine fette Überschrift prangte auf der ersten Seite:

Schmugglerhatz und zarte Bande

Darunter stand in kleineren Buchstaben:

Sechs Freunde bringen gefährliche Verbrecher zur Strecke!
Ein Livebericht unseres Reporters Georg Steuner

Stolz blickte er mit glühenden Wangen in die Runde. „Und sollte ich Lust haben, ein Buch daraus zu machen, hat mir Herr Olavson, der Chefredakteur, seine Hilfe angeboten!"

Eine Flasche zerbricht

Die Resonanz auf Georgs Artikel war überwältigend. Fast sämtliche Einwohner aus Kraven und viele Besucher aus Neustadt fanden sich zum Stapellauf ein. Die Kinder saßen mitten auf einer Ehrentribüne, umgeben von ihren Eltern und einigen Honoratioren, und rutschten unruhig auf ihren Sitzen umher.

Vor dieser, mit Girlanden geschmückten Tribüne, saßen die Besucher auf Bierbänken oder standen einfach um das Boot der Kinder herum. Eifrige Kellner verteilten Getränke und Brezeln. Der Volksfestcharakter dieser Veranstaltung wurde durch die örtliche Musikkapelle verstärkt, die sich gerade an einem schwierigen Marsch versuchte.

„So richtig toll spielen die aber nicht wirklich, oder?", raunte Olaf leise in Sarahs Ohr, handelte sich aber nur einen vorwurfsvollen Blick ein.

„Benimm dich!"

Der Dirigent des Kravener Musikvereins senkte seinen Stab, und mit einem schrägen Schlussakkord verstummten die Instrumente. Selbst Sarah, die heute ihr schönstes Sommerkleid mit einem weißen, breiten Gürtel trug, verzog bei diesem Missklang leicht ihre Lippen.

Peinlicherweise jaulte auch Cora leise auf, wurde jedoch von Ilona gleich wieder zur Räson gerufen, indem sie ihren Zeigefinger hob. Ergeben legte sich die treue Hündin vor die Füße der Mädchen und steckte den Kopf zwischen ihre Pfoten.

Der ziemlich dicke Bürgermeister von Neustadt erklomm schwerfällig und keuchend das Rednerpult.

„Sehr geehrte Frau Breuer", Frau Breuers Wangen glühten vor Stolz, „liebe Anwesenden und, vor allen Dingen, liebe Kinder", setzte er an. „Es ist mir eine besondere Freude, hier sprechen zu dürfen." Dann hielt er einen langatmigen Vortrag über das Thema *Mut und Bürgerpflicht*. Georg spähte immer wieder auf seine Armbanduhr, bis Ilona ihn schließlich ermahnend in die Seite stieß: *„Benimm dich!* Alle Augen ruhen auf uns!"

Ilona trug ein sehr schlichtes, aber gerade deshalb ungemein schickes, hellblaues Kleid, da es ihre schlanke Hüfte betonte, dazu eine kecke Schleife in ihrem Haar. Beides passte farblich genau zu Georgs Krawatte, die sie nun möglichst unauffällig gerade zog. Maren hatte erneut ihren außergewöhnlich guten Modegeschmack unter Beweis gestellt, und sich und die Schwestern bezaubernd eingekleidet. Auch hatten sich die Mädchen, mit Marens Hilfe und unter Frau Breuers kritischen Blicken, heute dezent geschminkt.

Die Jungen mussten natürlich ebenfalls durchs Marens Endkontrolle. Diese wollten ursprünglich in Jeans und Hemd zum Stapellauf erscheinen, schließlich hatten sie ja etwas zu arbeiten. Doch da stießen die bei den Mädchen auf taube Ohren. Es war jedoch schwierig gewesen, sie in ihre Anzüge zu stecken. Erst, als sich die Mädels kollektiv weigerten, mit *solch zerlumpten Kerlen* zu einem *Festakt wie diesem* zu gehen, gaben sie klein bei. Selbst Cora bekam eine rote Schleife um ihren Kopf gebunden. Beim Anblick der vielen Gäste waren sie aber dann doch froh, auf ihre Freundinnen gehört zu haben.

Endlich beendete der Bürgermeister seine Rede, doch zu Olafs Entsetzen übergab er das Mikrofon an Herrn Olavson, dem Chefredakteur des Neustätter Tageblatts.

„Ich möchte es kurz machen", begann er, und Alexander seufzte erleichtert auf.

Die Strafe erfolgte sofort, Maren kniff ihn energisch in den Arm. „*Benimm dich!*", flüsterte sie streng. Sie war ganz in schwarz gekleidet, nur ein rotes Haarband, passend zu Alexanders Hemd, sorgte für einen Farbtupfer. Auch mit kurzen Haaren sah sie umwerfend aus, und Alexander saß stolz neben seiner hübschen Freundin, deren, durch etwas Wimperntusche betonten Augen leuchteten. Lächelnd duldete sie, dass er seinen Arm unter den ihren schob.

Herr Olavson bedankte sich zunächst bei allen Besuchern für ihr zahlreiches Erscheinen. Dann deutete er auf Georg. „Dieser junge Mann hat einen bemerkenswerten Artikel über ihr gemeinsames Abenteuer verfasst, sehr talentiert geschrieben, wie ich nur zu gerne einräume. Viele der hier anwesenden Gäste werden ihn gelesen haben."

Ilona lief puterrot an, da plötzlich alle Augen auf die Tribüne gerichtet waren, und sie gerade ihr Kleid zurechtzupfte.

„Ich weiß, dass er eine Karriere als Reporter oder Fotograf einschlagen möchte", fuhr Herr Olavson fort. „Wenn es so weit ist, würde sich unser Verlag freuen, ihn als Auszubildenden aufzunehmen." Jetzt lief Georg ebenfalls rot an. „Sein Bericht über ihr Abenteuer und insbesondere über den Schaden am Boot, haben viele Leser dazu bewogen, unaufgefordert eine Spende bei uns abzugeben. Der gespendete Betrag wurde anschließend vom Verlag verdoppelt, als Anerkennung und Dankeschön für Georgs großartigen Artikel und den Mut dieser Kinder. Daher ist es mir jetzt eine wirkliche Freude, euch dieses Sparschwein zu überreichen." Er hielt ein großes Plastikferkel in die Höhe, auf dessen Rücken ein ansehnlicher Betrag gepinselt war.

Ilonas Augen strahlten: „Das genügt für unseren Kartenplotter, oder?", raunte sie Olaf zu. Freudestrahlend blickte sie Georg in die Augen, und es war ihr mit einem Mal völlig egal, dass so viele Menschen sie beobachteten. Sie küsste Georg sanft auf die Wange. „Toll gemacht!", flüsterte sie in sein Ohr, „ich bin stolz auf dich!" Die Menge lachte wohlwollend und applaudierte.

Olaf erhob sich, um endlich den Stapellauf einzuleiten, nahm jedoch wieder Platz, da sich nun ein schwarz gekleideter Mann sportlich auf das Rednerpult schwang.

„Auch ich möchte keine lange Rede halten", sagte er, und nur ein strenger Blick von Maren verhinderte, dass Alexander und Olaf Beifall klatschten. „Ich bin vom Zollamt, und habe die Ehre, den Kindern - na ja, eigentlich sind es keine Kinder mehr, eher Jugendliche bzw. junge Erwachsene...", er unterbrach sich, da die Menge erneut applaudierte.

„Endlich jemand, dem das auffällt!", grinste Georg in die Runde. „Schließlich sind wir nicht mit weiblichen Kindern, sondern mit jungen Damen liiert!" Olaf und Alexander verdrehten die

Augen, „Mann, was für ein Spruch, geht's noch dicker?", doch die Mädchen strahlten noch mehr.

„...jedenfalls", fuhr der Mann fort, „ist es mir eine Ehre euch kennenzulernen und zu gratulieren. Euer Mut und eure Entschlossenheit haben dazu geführt, dass wir einen der größten internationalen Schmuggler- und Fälscherringe seit vielen Jahren ausheben konnten. Die auf dem Flughafen verhafteten Personen, bildeten nur einen Teil der Bande. Die beschlagnahmten Fahrzeuge, darunter mehrere Lastkraftwagen, aber auch zwei Schiffe und weitere Gerätschaften, stellen einen erheblichen Wert dar, ganz zu schweigen von dem Schaden, den diese Verbrecher nun nicht mehr verursachen können. Sie werden die nächsten Jahre in Haft verbringen. Daher ist es dem Amt eine besondere Freude, euch diese Anerkennung zukommen zu lassen."

Er hob einen Arm, und zwei weitere Männer lösten sich aus der Menge. Sie schritten würdevoll zu einem großen, mit einer schweren Plane abgedeckten Haufen. Olaf hatte sich schon gefragt, was darunter verborgen sein könnte. Ungeschickt entfernten die Beamten die Plane, und den *jugendlichen Erwachsenen* blieben vor Freude die Münder offen stehen. Zum Vorschein kam ein funkelnagelneuer Schiffsdiesel.

Unter allgemeinem Beifall begaben sich die Freunde nun auf die zuvor festgelegten Positionen. Georg und Alexander sollten, auf ein Zeichen von Olaf, gemeinsam mit zwei weiteren Werftarbeitern die letzten Bolzen wegschlagen, die ihr Schiff auf dem Kai stützten. Dazu lagen mehrere schwere Hämmer bereit. Olaf selber bediente eine Winde, um ihr Boot kontrolliert ins Wasser gleiten zu lassen.

Den Mädchen kam die Aufgabe zu, ihr Boot zu taufen. Dazu hatten sie sich eine besondere Überraschung für die Jungen ausgedacht. Um sich nichts anmerken zu lassen, hatten sie mit Georg eine Rede für den Stapellauf einstudiert, wohlwissend, dass sie diese nicht halten würden. Stattdessen hatten sie sich heimlich ihre eigenen Texte zurechtgelegt.

Neugierig beobachteten die Jungen, wie ihre Freundinnen nun zu einem bereitstehenden Mikrofon gingen. Wie versprochen, hatten sie nicht mehr über den Namen des Schiffes diskutiert. Auch wenn sie den Mädels vertrauten, waren sie doch gespannt, welchen Namen diese sich ausgedacht hatten.

Maren begann. Nervös öffnete sie ihren Mund - doch angesichts der unerwartet vielen Menschen versagte ihre Stimme. Sie lief rot an und räusperte sich verlegen. Ihr zweiter Anlauf gelang.

„Alexander, du hast mir gezeigt, was Freundschaft bedeutet. Danke, dass du mir in die Gefangenschaft gefolgt bist, um mich zu retten. Ich liebe dich!"

Sarah trat neben Maren. „Olaf, du zeigst stets Verantwortung und bist ein zuverlässiger Freund. Auch ich liebe dich sehr!"

Ilona zog das Mikrofon in ihre Richtung. „Georg, deine lebenslustige und humorvolle Art bereitet mir sehr viel Freude. Ich liebe dich und bin stolz, deine Freundin zu sein!"

Gemeinsam griffen sie zu der Saftflasche, die sich Maren anstatt einer Sektflasche gewünscht hatte. Auf ein Kopfnicken von Sarah hin, fuhren sie im Chor fort.

„Danke, dass ihr euer Boot mit uns teilt. Wir taufen es auf die Initialen unserer Vornamen,

A für Alexander, **M** für Maren, **I** für Ilona, **G** für Georg, **O** für Olaf und **S** für Sarah.

AMIGOS

Mögest du ein Symbol unserer Freundschaft sein, uns in die Welt hinaustragen, aber auch stets sicher wieder nachhause bringen!"

Sie schleuderten die Flasche schwungvoll gegen den Rumpf. Diese zerbarst mit einem lauten Knall, Scherben und Saft spritzten über das Vorschiff.

Nichts geschah! Kein Laut war zu vernehmen.

Die Jungen blickten sprachlos auf die Mädchen, und die Menge schwieg ergriffen. Schließlich zog Frau Breuer ein Taschentuch aus ihrer Handtasche, schnäuzte sich und durchbrach damit die Stille.

Chicco, der wie immer auf seinem Lieblingsplatz, der vorderen Reling, saß, ahmte das Geräusch täuschend echt nach. Alle lachten und jemand applaudierte. Andere fielen ein, und unter tosendem Beifall gab Olaf endlich das verabredete Zeichen. Vier Hämmer trafen gleichzeitig auf die vier Bolzen. Diese sprangen zur Seite, und Olaf löste gefühlvoll die Winde.

Majestätisch glitt die *AMIGOS* dem Wasser entgegen. Ihr Bug tauchte sanft ins Meer ein, erhob sich jedoch gleich darauf wieder und die *AMIGOS* schwamm stolz vor den Augen der Zuschauer, bereit, die Freunde in neue Abenteuer zu führen.

Lexikon nautischer Begriffe

- Achtern
  Achtern ist ein Wort aus der Seemannssprache und bedeutet *hinten*.
- Achterlicher Wind
  Siehe →*Achtern*. Wind von hinten, also aus Richtung des →*Hecks*
- Ankerball
  Ein schwarzer Signalball, der tagsüber anzeigt, dass ein Schiff vor Anker liegt, also keine Fahrt durchs Wasser macht.
- Anlegen
  An einem Liegeplatz im Hafen oder einer →*Pier* →*festmachen*
- Aufschießen
  Unter dem Aufschießen einer Leine versteht man das ordentliche Zusammenlegen von Tauwerk, sodass es jederzeit wieder einsatzbereit ist.
- Aufschießer
  Ein →*Manöver*, bei dem ein in Fahrt befindliches Schiff in den Wind gesteuert wird, um es zum Stillstand zu bringen.
- Außenhaut
  Unter der Außenhaut versteht man die äußere Bootsschale.

- Barkasse
  Meist kleinere Motorboote, die häufig für den Transport von Personen oder für Hafenrundfahrten eingesetzt werden.
- Baum
  Stange an der Unterseite des Segels. Bei modernen Yachten ist der Baum gewöhnlich aus Aluminium.
- bergen
  Ein Segel zu bergen bedeutet, es wieder einzupacken nachdem es gesetzt wurde.
- Böe
  Ein plötzlicher heftiger Windstoß.
- Boje
  Ein kugel-, kegel- oder tonnenförmiger Schwimmkörper, der ein →*Fahrwasser* oder eine besondere Stelle oder Gefahrenpunkt, wie z.B. ein Wrack markiert.
- Bug
  Das vordere, in der Regel spitz zulaufende Ende eines Schiffes.
- Crew
  Die Besatzung eines Schiffes.
- Deck
  Ein Deck ist die obere Fläche eines Rumpfes und gleichzeitig die Decke der →*Kajüten*.
- Ebbe
  Ebbe oder *ablaufendes Wasser* ist das Sinken des Meeresspiegels infolge der Gezeiten.

- Fahrwasser
  Als Fahrwasser werden die Teile der Wasserfläche bezeichnet, die z.B. durch →*Bojen* gekennzeichnet sind, und die für die durchgehende Schifffahrt bestimmt sind.
- Fall
  Ein Fall ist ein Seil, mit dem ein Segel oder auch z.B. ein →*Ankerball* hochgezogen werden.
- Fender
  Ein elastisches, meist kugel- oder tonnenförmiges Polster, das an der Außenseite eines Schiffes befestigt wird, um es vor Stößen oder Reibungen, z.B. mit einer Kaimauer oder einem anderen Schiff zu schützen.
- festmachen
  Ein Boot an seinem Liegeplatz vertäuen.
- Festmacherboje
  Eine →*Boje* mit einer Vorrichtung zum →*festmachen* eines Schiffes. Die kann z.B. ein Ring sein, oder auch ein bereits vorhandenes Seil.
- Flaute
  Sehr geringe Bewegung der Luft, Windstille.
- Flut
  Flut ist das Steigen des Wasserstandes infolge der Gezeiten.
- Fock
  Das Segel auf dem Vorschiff, vor dem →*Groß*. Es hat keinen festen →*Baum*.

- Gezeiten
  Die Gezeiten oder Tiden sind periodische Wasserbewegungen der Ozeane. Der Zeitraum zwischen Tidehochwasser und Tideniedrigwasser wird als →*Ebbe*, der zwischen Niedrig- und Hochwasser als →*Flut* bezeichnet.
- Gezeitenrechnung
  Die - teils komplizierte – Berechnung der Zeiten von →*Ebbe* und →*Flut*.
- Groß
  Das Hauptsegel eines Schiffes. Es verfügt im Gegenteil zur →*Fock* über einen →*Baum*.
- Großfall
  Ein →*Fall* zum Hochziehen des →*Groß*
- Halse
  Eine Kursänderung bei →*achterlichem Wind*, bei dem das →*Heck* eines Schiffes durch den Wind geht.
- Handkompass
  Ein nicht fest montierter Kompass, der in der Hand gehalten wird, um eine →*Peilung* durchzuführen.
- Heck
  Der hintere Teil eines Bootes. Das Heck ist das Gegenstück zum →*Bug*.
- Jolle
  Ein kleines, offenes Boot.
- Kaimauer
  Mauerwerk oder Betonteile einer Hafenanlage, an denen z.B. ein Schiff →*festmachen* kann.

- Kajüte
  Wohn-, Koch-, Schlaf- oder Aufenthaltsraum unter Deck.
- Kartenplotter
  Eine elektronische Seekarte.
- Kiel
  Der Teil eines Schiffes, der am tiefsten im Wasser liegt und von vorn nach hinten in der Mitte des Schiffbodens verläuft.
- Koje
  Die Koje bezeichnet eine enge Schlafstätte oder Schlafkammer auf Schiffen.
- Kombüse
  seemännischer Ausdruck für die Bordküche.
- Kompass
  Ein Kompass ist das wichtigste Gerät zur →*Navigation*. Es dient der Bestimmung der Himmelsrichtung.
- Kurs
  Die Richtung, in der ein Schiff segelt oder unter Motor fährt.
- Landratte
  Jemand, der von Schiffen keine Ahnung hat.
- Leuchtfeuer
  Ein Lichtzeichen, welches Seeleuten zur Navigation bei Nacht dient.
- Leuchtturm
  Fest an Land errichtetes Seezeichen, das ein →*Leuchtfeuer* trägt.

- Logbuch
  Ein Logbuch ist das Schiffstagebuch, in dem alle Fahrten und Vorkommnisse genau dokumentiert werden.
- Manöver
  Allgemein eine Tätigkeit an Bord eines Schiffes. Es kann sich z.B. um ein Anlegemanöver, Segelmanöver (Segel setzen oder →*bergen*, Ankermanöver oder vieles mehr handeln.
- Mast
  Ein langer Pfahl mitten auf dem Boot, an dem unter anderem das →*Groß* hochgezogen (gesetzt) wird.
- Mittschiffs
  Die Mitte des Bootes.
- Morsecode
  Der Morsecode (auch Morsezeichen, Morse-Alphabet), ist ein Verfahren zur Übermittlung von Buchstaben, Zahlen und übrigen Zeichen. Er besteht aus drei Symbolen: kurzes Signal, langes Signal und Pause. Der Code kann als Tonsignal, als Funksignal, als elektrischer Puls mit einer Morsetaste oder als blinkendes Licht übertragen werden.
- Navigation
  Bestimmung des →*Kurses* eines Bootes. Dabei müssen viele Dinge, wie z.B. die Windrichtung, die Strömung und vieles mehr berücksichtigt werden.
- Navigator
  Das für die →*Navigation* verantwortliche Crewmitglied.

- Niedergang
  Eine kurze, meist steile Treppe, die in das Innere eines Schiffes, also in den Salon und zu den →*Kajüten* führt.
- Palstek
  Einer der wichtigsten Knoten überhaupt. Er wird z.B. für Ab- und Anlegemanöver, aber auch für vieles mehr benötigt.
- Peilung
  Eine Richtungsbestimmung.
- Pier
  Eine Anlegestelle, die z.B. von einer →*Kaimauer* aus ins Wasser ragt.
- Planke
  Ein Holzbrett, welches z.B. für das →*Deck*, aber auch für die →*Außenhaut* eines Holzschiffes oder allgemein als Tritt verwendet werden kann.
- Plicht
  Der Sitz- und Arbeitsraum der →*Crew*. Die Plicht liegt etwas tiefer als das →*Deck* und ist nach Außen abgegrenzt.
- Rhe (Ree)
  Kommando zur Einleitung einer →*Wende*.
- Reling
  Ein Geländer rund um das gesamte Schiff, welches verhindern soll, das jemand über Bord fällt.
- Rumpf
  Der gesamte Bootskörper, bestehend aus →*Außenhaut*, →*Deck*, →*Plicht* und →*Kajüten*.

- Schiffsdiesel
  Der mit Diesel-Treibstoff angetriebene Motor des Schiffes. Für den Betrieb selbst eines kleinen Motors auf einem Segelschiff ist in der Regel ein Motorbootführerschein erforderlich.
- Schot
  Eine an der Außenseite eines →*Segels* befestigte Leine, die die seitliche Verstellung eines Segels erlaubt, um dieses an die Windrichtung anzupassen.
- Schott
  Eine quer zum →*Kiel* verlaufende Trennwand in einem →*Rumpf*.
- Seemannsknoten
  Alle in der Seefahrt benötigten Knoten, die in der Regel schnell geknüpft und ebenso einfach wieder gelöst werden können.
- Seemeile
  Eine Seemeile sind 1852 Meter.
- Seesack
  Der wasserdichte „'Rucksack'" eines Seemannes. In ihm transportiert und verwahrt er seine persönlichen Dinge.
- Segel
  Ein aus mehreren Bahnen genähtes, meist dreieckiges Tuch mit einer Wölbung. Es wird an einem →*Mast* befestigt, um mithilfe der Windenergie ein Schiff in Fahrt zu versetzen.
- Skipper
  Der Skipper ist der verantwortliche Bootsführer.

- Steg
  Kurzform für „'Anlegesteg'" oder auch „'Anlegebrücke'" in einem Hafen.
- Strömung
  Bewegung des Wassers, z.B. verursacht durch →*Ebbe* und →*Flut*. Auch eine ständige Meeresströmung wie beispielsweise der ‚*Golfstrom*'.
- Strömungsdreieck
  In der →*Navigation* benutzte Vektorskizze, um bei der Berechnung des →*Kurses* die →*Strömung* einzuberechnen.
- Teakholz
  Eine Holzart, die gerne z.B. für den Decksbau benutzt wird. Es hat einen sehr geringen Schrumpfungswert und ist weit gehend immun gegen Fäulnis und Insektenbefall.
- Törn
  Ein Törn ist eine Schiffsreise.
- Vorschiff
  Vorderteil des Schiffes. Es reicht von →*Mittschiffs* bis zum →*Bug*.
- Vorfall
  Ein →*Fall*, welches von der Mastspitze zum →*Vorschiff* verläuft, und an dem z.B. ein →*Ankerball* hochgezogen werden kann.
- Vorsegel
  Ein vor dem vorderen Mast gefahrenes →*Segel*.
- Vorwindkurs
  Ein →*Kurs*, der genau in Richtung des Windes verläuft.

- Wende

  Eine Änderung des →*Kurses*, bei dem der →*Bug* durch den Wind geht.
- Winsch

  Eine Winde, die z.B. zum Verstellen der →*Segel* benutzt wird.